novum **pocket**

AF162646

Jinyan Mao

Weder verlieren noch vergessen

novum pocket

Bibliografische Information
der Deutschen Nationalbibliothek:

Die Deutsche Nationalbibliothek
verzeichnet diese Publikation in der
Deutschen Nationalbibliografie.
Detaillierte bibliografische Daten
sind im Internet über
http://www.d-nb.de abrufbar.

Alle Rechte der Verbreitung, auch
durch Film, Funk und Fernsehen, fotomechanische Wiedergabe, Tonträger, elektronische
Datenträger und auszugsweisen
Nachdruck, sind vorbehalten.

Gedruckt in der Europäischen Union
auf umweltfreundlichem, chlor- und
säurefrei gebleichtem Papier.

© 2024 novum Verlag

ISBN: 978-3-903468-75-7
Umschlagfoto: Jinyan Mao
Umschlaggestaltung, Layout & Satz:
novum Verlag

www.novumverlag.com

Für Tianyi

1

Der Morgen brach an und der Mond versteckte sich hinter den Wolken. Die Gebirgsketten schimmerten durch den Nebel, als wären sie in einen silbrigen Schleier gehüllt. Eine silberne Teerstraße schlängelte sich in die Ferne. Ein roter Käfer drehte sich in den Wolken und schien direkt in den Himmel zu fahren. Bevor sie in den Tunnel einfuhr, schaltete Sunny das Licht ein. Obwohl sie die ganze Nacht gefahren war, fühlte sie sich nicht müde, sondern eher unerklärlich nervös. Als sie damals wegging, dachte sie, dass sie nie wieder zurückkehren würde. Doch das Schicksal kann unberechenbar sein. Jetzt ist sie nicht nur zurück, sondern hat auch fast erschöpft das Land der einst hastig verfolgten Träume verlassen. Beidseitig gibt es Dinge, die sie kaum ertragen kann, beidseitig ist es die Hölle. Nur unterwegs scheint sie etwas von der Welt zu sehen. Bei diesem Gedanken fühlte sie sich unwillkürlich bedrückt. Der endlose Tunnel schien keine Hoffnung zu geben. Sie öffnete das Autofenster und die frische Morgenluft wehte mit einem kühlen Wind ins Gesicht, was ihre Frustrationen ein wenig verteilte. Sie startete die Musik und Tschaikowskis erste Sinfonie erklang sofort, um alle Räume zu füllen, und ihr Herz schmerzte etwas durch den Aufprall. Aber zumindest war es nicht mehr so einsam und trostlos, und der Außenlärm des Autos schwächte die traurige Stimmung der Musik ab.

Beim Verlassen des Tunnels sprang die Musik automatisch zum nächsten Stück, es war „Frauenblumen", aufgeführt vom China National Symphonieorchester. Sobald die Klänge der Flöte und des Erhus erklangen, wurde die Atmosphäre im Auto sofort weicher und ließ die Stimmung wie schwankendes Seegras im Einklang mit der gerade erwachten Natur zur Ruhe kommen. Sie schloss das Fenster und tauchte in die Musik ein. Die Vegetation am Straßenrand war üppig und die Vögel hüpften auf den Zweigen. Unter der klaren und transparenten Sonne war alles lebendig und voller Energie. Aufgrund der seltenen menschlichen Aktivitäten genossen die Tiere hier ihr eigenes Leben und tauchten gelegentlich an beiden Seiten der Straße auf, manchmal sogar auf die Straße selbst. Sie musste ihr Tempo verlangsamen und sogar anhalten, um einigen Affen, Rehen und Kaninchen Platz zu machen.

Plötzlich wechselte die Musik im Auto zu einem schnellen und explosiven Tanzstück, „Verlassen der Erdoberfläche" von der Rockband „Mayday". Der intensive Rhythmus des Schlagzeugs traf ihr Herz wie ein anstürmendes Kriegsschlagzeug und ließ sie plötzlich ihre Geduld verlieren. Als sie andere Kreaturen über die Straße laufen sah, begann sie frühzeitig zu hupen, um sie zu vertreiben. Eine große Anzahl von Vögeln floh von den Bäumen, auf denen sie nisteten. Die Ruhe hier war völlig zerstört.

Sunny sah sich um, verzog den Mund und dachte, dass auch der Mensch ein Tier war und ein Teil der Natur. Warum sollte sie immer nachgeben, nur weil andere Tiere schwächer waren? Sie lachte laut auf und drehte die Musik auf volle Lautstärke. Sie gab mehr Gas und fuhr mit hoher Geschwindigkeit davon!

Das Auto bog von der Straße auf einen kleinen Weg ab und fuhr in eine Wohngegend. Jedes Haus war fast identisch, dreistöckig, mit roten Ziegeln und Dachziegeln, und sah sehr schön aus, umrahmt von grünen Hügeln und blauem Wasser. Aber vielleicht wegen der frühen Zeit war die ganze Nachbarschaft still. Sunny parkte das Auto vor einem Haus am Ende der Straße, die Morgenlicht direkt in das Fenster scheinen ließ. Sie schloss die Augen und lehnte sich zurück in den Sitz, aber das Sonnenlicht tanzte auf ihren Augenlidern und wollte sie nicht einfach loslassen. Als sie die Augen öffnete, schaltete sie den Motor aus und holte eine Sonnenbrille aus dem Handschuhfach. Ihr Gesicht war eigentlich sanft, aber in dem Moment, als sie den Kopf hob, hoben sich ihre Wimpern und schienen sich für etwas entschieden zu haben. Die Linien in ihrem Gesicht wurden scharf und hart, und sie hatte eine gewisse Entschlossenheit.

Sunny stieg aus dem Auto und ging nicht in Richtung der Haustür, sondern stand am Auto und blickte in die Ferne. Sie war groß und trug ein eng anliegendes schwarzes Hemd, das fest zugeknöpft war und sich um ihren schneeweißen Schwanenhals legte. Die enge schwarze Jeans betonte ihre perfekte und schlanke Beinform, und sie trug flache Loafer. Ihre schwarzen Haare reichten bis zu den Schultern, ihr Gesicht war sauber und klar, ihre Augenlider waren tief und ihre Wimpern lang und lockig. Die rein schwarzen Augen waren wie Obsidian, und unter ihrem Stirnrunzeln schien sogar das Morgenlicht zu erlöschen.

Die Sonne tauchte die fernen grünen Hügel in einen Hauch von Traumfarbe und die Flussufer am Fuße des Berges erschienen im Morgenlicht wie Engelsflügel – leicht, durchsichtig und glänzend. Als sie ihren Blick zurückzog, bemerkte sie, dass die Dächer einiger nahe gelegener Häuser mit Gras bedeckt waren und der Hof von Unkraut überwuchert war. In diesem Moment überkam sie ein Gefühl von Stille und Traurigkeit. Die üppige Natur konnte diesem verfallenen Städtchen nicht helfen. Ach, es war ein von Gott vergessenes Land.

„Hallo, Sunny?" Eine sanfte und alte Stimme unterbrach ihre Gedanken.

Sie zog ihre Sonnenbrille langsam auf und drehte sich um, von Kopf bis Fuß düster. Ein dicker, grauhaariger alter Mann stand hinter ihr und betrachtete sie von oben bis unten. Seine Augen waren voller Freundlichkeit, aber er zögerte, da er sich nicht sicher war, ob es wirklich sie war.

„Onkel Thomas!" Sie machte einen Schritt nach vorne, immer noch mit ihrer Sonnenbrille.

Der alte Mann kam aufgeregt auf sie zu, nahm eine ihrer Hände und hielt sie in seinen beiden Händen. Sunny war kurzzeitig widerstandsfähig gegen die plötzliche Berührung, ihr Körper wurde sofort steif. Doch als sie die Tränen in den Augen des alten Mannes sah, wurde ihr Herz plötzlich weich, und sie hob ihre andere Hand, um die des alten Mannes zu halten.

„Sunny, bist du es wirklich? Es ist so lange her. Du bist so groß geworden, größer als ich", sagte der alte Mann und betrachtete sie sorgfältig von Kopf bis Fuß. Dabei nickte er und fügte hinzu: „Du siehst wirklich aus wie deine Mutter!"

Als Sunny diese Worte hörte, zitterte ihre Hand und sie ließ langsam seine Hand los. Sie trat einen Schritt zurück, um den Abstand zu ihm zu vergrößern.

Er schien zu merken, dass er etwas falsch gesagt hatte, und änderte schüchtern das Thema: „Es ist gut, dass du zurück bist...dein Vater hat viele Tage lang auf dich gewartet..."

Er sah zu dem ausdruckslosen Gesicht unter der Sonnenbrille hoch und fuhr fort: „Wir haben auch lange auf dich gewartet, aber wir haben keine Antwort von dir bekommen und wussten nicht, ob du zurückkommen würdest...es ist zu heiß, wir konnten nicht länger warten, also haben wir deinen Vater begraben und ihn bei deiner Mutter beerdigt." Dabei zog er einen Schlüsselbund aus seiner Hosentasche und reichte ihn Sunny: „Dies ist der Reserveschlüssel für dein Haus. Du bist die ganze Nacht gefahren, bist du müde? Geh erst mal rein und ruh dich aus, ich werde dir etwas zu essen machen."

Sunny bedankte sich und nahm den Schlüssel entgegen. Sie sagte jedoch, dass sie nicht hungrig sei. Er winkte unbestimmt mit der Hand, drehte sich um und wollte gehen. Dann drehte er sich jedoch wieder um und sagte: „Ich habe Awu in den letzten Tagen nicht gesehen, ich weiß nicht, ob er auf der Seite des Friedhofs wohnt."

Sunny hob eine Augenbraue und zögerte: „Geht es Awu gut?"

Thomas lächelte: „Er ist immer noch derselbe. Ihr habt euch seit über zehn Jahren nicht mehr gesehen, aber er hat sich überhaupt nicht verändert. Warum sollte er sich verändern? Er hat all die Jahre auf deine Rückkehr gewartet."

Sunny lächelte leicht.

„Seit ich dir eine E-Mail geschickt habe, hat er jeden Tag aus dem Fenster im Dachgeschoss geschaut und darauf gewartet, dass du zurückkommst. Natürlich könnte es auch sein, dass dein Vater ihm das gesagt hat." Thomas lachte.

Sunny sah auf das Fenster, von dem aus man weit sehen konnte, sogar den Ausgang des Tunnels. Sie und Awu hatten zusammen aus dem Fenster geschaut. Damals beneidete sie die Vögel am Himmel und die Fische im Wasser und träumte ständig von der Außenwelt. Sie war sogar stolz darauf, dass sie im Gegensatz zu Awu ein Herz hatte, das sich nach Freiheit sehnte. Aber jetzt wusste sie erst, dass es draußen außer einer langen Reise nichts gab und es war so glücklich, kein Herz zu haben! Wie schön wäre es, wie Awu zu sein!

Plötzlich hörte sie wieder eine sanfte Stimme in ihrem Ohr: „Sunny, es gibt Dinge, die du nicht tun willst, aber tun musst..." Ihr Ohr fing wieder an zu klingen, als ob sie das Geräusch eines schweren Gegenstands hören könnte, der auf den Boden fällt. Sie legte eine Hand auf ihre Brust, weil ihr Herz schmerzte und ihre Stirn in Falten legte. Sie ballte die Fäuste, drehte den Blick ab und wagte es nicht, weiterzuschauen.

2

Sunny nahm den Schlüssel und öffnete die Tür zum Hof. Der Hof war von ordentlich geschnittenem Buchsbaum umgeben, und die Kirschbäume standen noch da. Im Frühling blühten die Kirschblüten auf und fielen bei einer leichten Brise wie Schnee herab. Das war ihr Lieblingsbild, das bis heute so geblieben war. Aber um diese herrliche Szene wieder zu sehen, musste sie bis zum nächsten Frühling warten, und sie war sich nicht sicher, ob sie so lange hierbleiben würde.

Am Ende des Kiesweges befand sich ein dreistöckiges Reihenhaus, das von der Regierung entworfen und renoviert wurde. Sie stellte ihren kleinen Koffer vor der Tür ab und betrachtete alles in der Wohnung sehr sorgfältig, als wäre es das erste Mal, dass sie hier war.

Im Erdgeschoss befanden sich ein Wohnzimmer, eine Küche, ein Esszimmer und ein Gästezimmer. Alles war wie früher: massive Holztische und -stühle, einfache weiße Wände und das luxuriöseste Element – der Birkenholzboden im Wohnzimmer und der persische Teppich, den ihr Vater aus Hamburg hatte bringen lassen, weil ihre Mutter Angst vor der Kälte hatte.

Sunny sah die Treppe auf der rechten Seite hinauf. Sie wusste, dass oben wahrscheinlich nichts verändert worden war. Im Obergeschoss gab es ein Wohnzimmer, ein gemeinsames Bad auf der linken Seite und drei Schlafzimmer auf der rechten Seite, von denen eines ihr eigenes war. Weiter oben war der Dachboden, das Reich ihrer Mutter, mit einer Einbauwand, einem Klavier und einer Terrasse, dem höchsten Punkt des Hauses, von dem aus man die beste Aussicht hatte. Bei dem Gedanken daran bekam sie ein beklemmendes Gefühl in der Brust, ein unsichtbarer Druck auf ihr Herz, der sie nicht atmen ließ. Sie legte eine Hand auf ihre Brust, schloss ihre Augen und setzte sich auf die Stufe. Auf der anderen Seite der Treppe führte eine Treppe in den Keller, wo sich der Arbeitsraum, das Büro, das Labor und der Bunker ihres Vaters befanden. Sie war nicht allzu traurig über den Tod ihres Vaters, denn sie glaubte, dass er eine große Verantwortung für das Unglück ihrer Mutter trug. Bis heute hatte sie ihm nicht vergeben, aber mit seinem Tod wurde alles unwichtig, oder sie würde versuchen, es unwichtig zu machen.

Sunny wollte weder ins oberste noch ins unterste Stockwerk gehen. Stattdessen stand sie auf und zog ihren Koffer ins Gästezimmer im Erdgeschoss. Das Zimmer war nicht sehr groß. Ein Doppelbett stand in der Nähe der Tür an der Wand und nahm den größten Teil des Raumes ein. Es gab einen Kleiderschrank, einen Nachttisch und vor dem Fenster stand ein hölzerner Schreibtisch mit einer grünen Schreibtischlampe. Obwohl es nicht viele Dinge gab, waren sie alle sauber und ordentlich, was darauf hindeutete, dass das Zimmer regelmäßig gereinigt wurde.

„Sunny, komm und iss!", rief jemand von draußen.

Thomas holte die Brote, Schinken und Käse aus einer roten, mit Blumen verzierten Lebensmittelschachtel, stellte sie auf den Esstisch und goss ihr eine Tasse Kaffee aus einer Thermoskanne ein.

Sunny antwortete und schloss die Tür des Gästezimmers. Sie setzte sich an den Esstisch und sah auf das reichhaltige Frühstück. Selbst wenn sie depressiv war, leuchteten ihre Augen auf. Es war nur für einen kurzen Moment, aber Thomas bemerkte es und lächelte breit. Er holte ein kleines gelbes Brot aus der unteren Schicht der Schachtel.

„Rosinenbrötchen!" Sunnys Augen waren voller Überraschung.

„Das war dein Lieblingsessen, als du klein warst." Er legte das Brot in ihre Hand und fügte hinzu: „Zum Glück habe ich noch ein paar davon im Kühlschrank, ich hatte sie für deine Tante vorbereitet."

„Wie geht es Tante Petra?", fragte Sunny und nahm das Besteck vom Tisch. Sie hatte seit gestern nicht viel gegessen und war wirklich hungrig.

Thomas seufzte tief. „Sie ist schon seit zehn Jahren in einem Sanatorium. In den letzten Tagen hat sich ihr Zustand verschlechtert, es ist wahrscheinlich das Ende."

„Bitte sagen Sie das nicht. Die medizinische Technologie ist heutzutage so fortgeschritten."

Thomas schüttelte resigniert den Kopf: „Ich habe bereits mit dem Arzt gesprochen und vereinbart, dass im Falle eines kritischen Zustands keine Rettungsversuche mehr unternommen werden sollen. Es reicht, wenn ihr Nährstoffe verabreicht werden. Nach so vielen Jahren des Leidens ist es für sie und auch für mich eine Erlösung." Als er das sagte, winkte er ab, als wolle er das Thema nicht weiter vertiefen oder als wolle er etwas von sich abwischen. Sein Tonfall zeigte weder Trauer noch Bedauern noch Freude an der Erlösung, er stellte einfach nur die Tatsache fest.

Sunny sah ihn an und zögerte, ihn zu trösten, denn sie wusste, dass er wie ihr Vater keine solche Aufmunterung brauchte. Schon seit ihrer Jugend betrachteten sie das Leben und den Tod mit Gleichmut, nicht nur ihren eigenen, sondern auch den anderer. Sie waren beide Idealisten, die nur ihre Karriere als wichtig ansahen. Sie waren bereit, alles dafür zu opfern, einschließlich sich selbst, mit der Entschlossenheit und Grausamkeit, die nur echte Idealisten besitzen. Bei dem Gedanken daran konnte Sunny nicht anders, als zu lächeln. Schließlich bekamen sie, was? Einen Ort, den man auf keiner Karte finden konnte, einen Ort im Internet, der als ERROR 404 bezeichnet wurde, während ihr Haar weiß wurde. Am Ende erhielten sie nur eine Handvoll Erde. Tante Petra war wie sie, selbst wenn sie hier begraben lag, war es eine Art Erfüllung. Aber ihre Mutter war zu ihrem Bestattungsobjekt geworden.

Sie senkte den Kopf und sammelte ihre Gedanken. Dann fasste sie den Entschluss und fragte ihn, was sie schon lange wissen wollte: „Haben Sie Angst zu sterben?"

Er sah zu, wie seine Kameraden einer nach dem anderen gingen, und jetzt war es seine Geliebte, vielleicht der Nächste er selbst. Würden diese brillantesten Menschen der Welt, die in ihren jeweiligen Bereichen als Genies bezeichnet wurden, im Angesicht des endgültigen Schicksals ruhiger sein als gewöhnliche Menschen?

Der alte Mann sah sie an, als sie die Mundwinkel senkte und ihren Blick auf ihn richtete, als ob sie heute alles klären wollte, sonst würde sie nicht aufgeben. Er konnte nicht anders, als aufrecht zu sitzen: „Jeder wird sterben, das lässt sich nicht ändern. Da es unvermeidlich ist, ist es nicht notwendig, darüber nachzudenken. Niemand weiß, ob er Angst vor dem Tod hat, bevor der Sensenmann vor ihm steht."

Sunny senkte ihre Augenlider.

„Vielleicht denkst du, dass dies ein Gefängnis ist, aber wir sehen es lieber als eine Festung gegen die Außenwelt. Wir leben hier sicher und ein wenig wie in unserem eigenen Elfenbeinturm. Dafür sind wir dankbar und akzeptieren gelassen das unvermeidliche Ende unseres Lebens. Vielleicht haben wir unserer Familie und anderen zu wenig gegeben, aber wir sind zu sehr daran gewöhnt, in unserer eigenen Welt zu leben. Wir wissen, dass das Leben grausam sein kann, aber wir haben uns entschieden, davor wegzulaufen... Es tut mir leid, Kind! Erwachsene können manchmal auch nicht alles lösen. Deshalb haben deine Tante und ich beschlossen, keine Kinder zu haben."

„Seid ihr mit eurem Leben zufrieden?"

„Im Leben kann man nicht alles haben, deshalb muss man als junger Mensch die für sich wichtigsten Ziele auswählen und all seine Energie darauf konzentrieren. Ich habe keine Zeit verschwendet und obwohl mein Leben unspektakulär war, habe ich das getan, was ich gut kann und was ich liebe. Ich fühle oft, dass wir zusammen mit diesen Freunden eine neue Welt erschaffen haben und deshalb fühlt sich mein Leben sogar episch an."

Sunny lächelte schwach und fand, dass diese Worte zwar wahr waren, aber sie nicht überzeugen konnten. Sie schwieg lange und seufzte schließlich: „Ich frage mich wirklich, wofür das Leben überhaupt da ist..."

„Für die Menschen und die Dinge, die du liebst."

„Die habe ich nicht."

„Dann für die Menschen, die dir wichtig sind."

Sunny verzog den Mund, nahm einen Bissen von dem Rosinenbrötchen und sah aus dem Fenster. Die Nachkommen dieser Idealisten sind alle weggegangen, weil es hier keine Hoffnung gibt. Sie sind in die großen Städte gegangen und haben diesen Ort immer leerer werden lassen, genauso wie ihr Herz... Es ist schade, dass sie von dem, was der alte Mann gesagt hat, nichts hat. Sie hat nichts.

3

Nachdem Thomas gegangen war, nahm Sunny saubere Kleidung aus dem Koffer und bereitete sich auf ein Bad vor. Sie fühlte sich klebrig und unangenehm, so wie ihr unbeständiges Leben.

Nach dem Duschen trocknete sie ihr Haar und setzte sich auf das Bett, stützte ihr Kinn mit ihren Händen und wusste nicht, wie sie weiterleben sollte. Sie wusste nicht, warum sie immer noch hierblieb. Es gab keine Arbeit für sie hier, niemand brauchte sie. Aber andererseits gab es auch niemanden, der sie brauchte. Sie wusste nicht, wie lange sie noch warten musste und worauf sie wartete. Wartete sie auf das Ende ihres Lebens? Da sie nichts tun konnte und nichts tun wollte, beschloss sie, einfach einen Tag nach dem anderen zu leben. Sie wollte diesen Ort verlassen, aber sie wusste nicht, wohin sie gehen sollte. Es gab keinen Ort, an den sie gehen konnte. Weder in Deutschland noch auf der ganzen Welt.

Nachdem sie so lange in sitzender Position verharrte, wurden ihre Beine ein wenig taub. Also legte sie sich langsam auf das Bett. Als sie auf dem Bett lag, lauschte sie aufmerksam. Draußen waren Vogelgezwitscher und Insektenbrummen zu hören, sowie das Geräusch von flatternden Taubenflügeln. Es gab einen Satz, den sie kannte: Obwohl das Leben schwierig sein kann, ist der Sommer immer noch schön. Aber diese vereinzelten Schönheiten waren nicht genug, um ihr zu helfen. Ein tiefes Gefühl der Ohnmacht überkam sie. Das Leben war schwer, also schlief sie ein. Je schwieriger das

Leben war, desto mehr Schlaf brauchte sie. Nur durch Schlaf konnte sie der Erde entfliehen. Während sie so dachte, wurden ihre Augenlider immer schwerer, bis sie schließlich einschlief.

Vielleicht lag es daran, dass sie sich in einer ihr vertrauten Umgebung befand, oder vielleicht lag es daran, dass sie in den letzten Tagen nicht viel geschlafen hatte, aber sie war wirklich müde. Sie hatte keine Träume. Sie schlief bis zum Abend ein. Als sie aufwachte, fühlte sie sich kurz desorientiert und wusste nicht, wo sie war. Langsam setzte sie sich auf und schaute durch das Fenster auf den Sonnenuntergang.

Im Hinterhof stand noch der Basketballkorb, den ihr Vater für sie und Awu gebaut hatte. Die weiße Farbe des hölzernen Bretts hatte sich abgeblättert, aber die schwarze Farbe des Brettrahmens war immer noch zu erkennen. In der Vergangenheit hatte sie Awu gebeten, Basketball mit ihr zu spielen, als sie noch zur Schule ging und noch nicht viel gewachsen war. Wenn sie mit Awu im Ballschießen antrat, verfehlte sie immer die Schüsse, also ging sie oft zur Seite und war verärgert. Eines Tages kam Awu lächelnd zu ihr und flüsterte ihr ein Geheimnis ins Ohr. Sie ging unter den Korb und nahm den orangefarbenen Ball. Auf dem weiten Basketballplatz, in der hellen Sonne und dem kühlen Frühlingswind schloss sie ihre Augen, hob den Kopf und breiteten sich plötzlich riesige goldene Flügel hinter ihrem Rücken aus und hoben sie in die Luft. Ihr Wurf wurde geschmeidig und der Ball flog ins Netz, während das goldene Licht den ganzen Platz erfüllte.

Drinnen saß Sunny und sah aus dem Fenster dem kleinen Mädchen begeistert klatschen. Sie drehte sich um und gab dem jungen Mann, der ihr gerade geholfen hatte, den Ball zu werfen, ein High-Five. Der von der Abendsonne überflutete Platz erinnerte sie an die Vergangenheit.

Sie stand auf und beschloss, den Friedhof zu besuchen. Dieser befand sich auf einem Berg und wurde von einem Experten für Feng Shui ausgewählt. Es war ein Ort mit hervorragendem Feng Shui, der Wind und Wasser sammelte, von Bergen umgeben war und sowohl Menschen als auch Wohlstand förderte. Aber die Realität schien nicht so zu sein, wie die Menschen damals gehofft hatten.

Als Sunny den Friedhof betrat, fühlte sie sich wie in eine andere Welt versetzt. Die alten Bäume spendeten Schatten und es war einige Grade kühler als draußen. Es war so still, dass sie jeden ihrer vorsichtigen Schritte beobachtete, um die schlafenden Geister nicht zu stören. Sie schaute auf die Inschriften auf den Grabsteinen. Einige der Namen kannte sie, andere nicht. Einige waren alt und starben im hohen Alter, während andere sehr jung verstorben waren, was sie traurig machte. Langsam erkannte sie, dass die Stille, die dem Toten gehört, der nichts weiß und nichts fühlt, der Ewigkeit näher zu sein scheint als alle Zustände, die sie kennt. Sie ging eine Runde um den Friedhof, bevor sie sich langsam zum Grab ihrer Eltern begab.

Der Friedhof war sehr sauber und sie stand vor dem Grab, auf dem die Namen ihrer Eltern eingraviert waren, sowie ein Epitaph auf Englisch und Deutsch: „Remember that you are dust, and to dust you shall return. – Denke daran, dass du Staub bist, und zum Staub wirst du zurückkehren." Am Ende stand ihr eigener Name und nicht der von Awu, obwohl Awu ihren Vater bis zum Ende seines Lebens gepflegt hatte.

Das Grab wurde wahrscheinlich von ihrem Vater oder Onkel Thomas beauftragt, es zu beschriften. Wenn sie es gewesen wäre, hätte sie sicherlich auch Awus Namen hinzugefügt. Sie sammelte wilde Blumen am Straßenrand und legte sie vor das Grab ihrer Eltern, in der Hoffnung, dass die Verstorbene in Frieden ruhen würden.

Plötzlich hörte sie schwere Schritte hinter sich und runzelte die Stirn. Wer war so dreist und respektlos? Sie drehte sich langsam um und sah einen großen jungen Mann auf dem Weg stehen, nur wenige Schritte von ihr entfernt.

Das Sonnenlicht schien durch das dichte Blattwerk der Bäume auf ihn, er war groß und hatte helle Haut. Er trug ein weißes Hemd, dessen oberste beiden Knöpfe nicht geschlossen waren und einen kräftigen Brustkorb zeigten. Die Ärmel des Hemdes hatte er sorgfältig bis zum Ellbogen hochgekrempelt und er trug eine Freizeitshorts aus kakifarbenem Stoff und weiße Segeltuchschuhe. In seinen Händen hielt er einen großen Strauß frisch gepflückter Wildblumen, deren Farben dezent waren – Gelb und Weiß unterstrichen von grünen Blättern.

Sie erkannte ihn sofort wieder, er hatte sich wirklich überhaupt nicht verändert. Seine Haare waren genau gescheitelt und kurz geschnitten, mit langen Schläfen, buschigen Augenbrauen und einer besonders schönen Nase, die hoch und schlank war. Sein Aussehen entsprach voll und ganz dem Schönheitsideal ihrer Mutter, die einst sagte, dass er, wenn er nicht lächelt, wie George Clooney aussehen und wenn er lächelt, wie Brad Pitt aussehen sollte. Er war in diesem Jahr achtzehn Jahre alt, und er ist im Alter von achtzehn geblieben. Er sah immer noch so gut aus, sie sah ihn starr an, ihr Kopf war voller Erinnerungen an die Vergangenheit.

Er beobachtete sie diskret, seine Augen waren so hell und durchdringend, als würde er Daten abrufen und überprüfen, ob sie die Person ist, die er kennt. Nur für einen Moment, dann erkannte er sie und lächelte sie mit einem reinen und unschuldigen Lächeln an. Plötzlich wurde er strahlend und sein Gesicht leuchtete auf, als hätte er endlich den Schatz gefunden, nach dem er Tag und Nacht gesucht hatte. Mitten im goldenen Sonnenuntergang glänzte seine jugendliche Kontur wie das lebhafte Leben, das diesen Sommer erfüllte. Sie blickten sich in der Dämmerung an, voller Aufregung und Freude über das Wiedersehen. Zwei Zeilen eines Gedichts tauchten automatisch in ihrem Kopf auf: „Nur weil die Zeit so schwierig ist, musst du auf mich warten. Nur weil die Jahre so lang sind, musst du auf mich warten."

Aber nach einer Weile verblasste das Strahlen plötzlich, seine Augen wurden leer und kalt, als ob sie ohne Leben wären. Sie rannte auf ihn zu und umarmte ihn, aber sein Körper erstarrte und erst durch ihre Umarmung konnte er aufrecht stehen bleiben.

4

Awu, der nicht gesehen hatte, dass Sunny zurückgekehrt war, hatte offenbar vor, auf dem Berg zu bleiben. Sein letztes strahlendes Lächeln hatte all seine Energie aufgebraucht. Sunny stand aufrecht und umarmte ihn sanft, ließ ihn sich an sie lehnen, so wie er sie damals umarmt hatte, um ihr die Möglichkeit zu geben, sich von der Tragödie der Welt abzuwenden und für einen Moment zu atmen. Damals war er wie ein großer Baum, der ihr das Sicherheitsgefühl gab, das ihre Eltern ihr nie gegeben hatten.

„Sie ist zurück!" Er hatte so lange auf sie gewartet und gedacht, dass sie nie zurückkommen würde. Nach der Freude kam der extreme Schmerz des Verlangens. Ja, er fühlte tatsächlich Schmerz. Es war das erste Mal, dass an der Stelle seines Herzens ein kleiner elektronischer Sensor aktiv war. Im Moment, als seine Energie aufgebraucht war, wurde der letzte Stromstoß ausgesendet und ein schmerzähnlicher Mechanismus ausgelöst: „Er hätte nicht auf dem Berg bleiben sollen, er hätte auf sie zu Hause warten sollen!" Sein Kopf lehnte an ihrer Schulter und er würde bald in die ewige Ruhe eingehen, wie alle Toten im Friedhof: „Sie wird mich retten, oder?" Seine Augen waren voller Traurigkeit. Das war eine Emotion, die in das Modul seines Schöpfers implantiert war, anders als gewöhnlich benötigte er keine Analyse und Berechnung, um die entsprechende Emotion auszudrücken. Jetzt hatte er nicht mehr die Kraft dazu. Das war die Folge des Schmerzes, der aus seinem Herzen kam und sich schließlich in seinen Augen manifestierte. Wenn sie ihn nicht retten wollte, wenn sie nicht die Kraft hatte, ihn zu retten, wenn sie alles versucht hatte, um ihn zu retten, aber es nicht geschafft hatte, würde er an ihr vorbeigehen. Mit der Angst vor dem Tod schloss er langsam die Augen. Nachdem all seine Energie aufgebraucht war, verschwanden die elektronischen Aktivitätssignale in seinem Körper vollständig. Seine Lebenskraft wurde von seinem Körper abgeschnitten und es blieb nur eine leere Hülle zurück, ein Gefühl der Leere und Ohnmacht, das in seinem emotionalen Modul fehlte und das er nie erlebt hatte. Es war ein Bedauern, von dem die Menschen oft sprechen.

Awus Zustand war Sunny nicht unbekannt. Als ihr Vater ihn erschuf, war sie oft anwesend und sah ihm beim Zusammenbau zu. Sie hörte ihm zu, wenn er erklärte, und ihr naturwissenschaftliches Talent wurde perfekt von ihrem Vater geerbt. Sie ging zwei Jahre früher als andere Kinder zur Universität, studierte Physik und lehnte nach dem Abschluss die Einladung des Professors ab, weiter zu promovieren. Zu dieser Zeit verabscheute sie alles, was mit ihrer Vergangenheit zu tun hatte. Sie wurde Lehrerin und unterrichtete Physik an einer Schule. Unglücklicherweise schien sie auch den Charakter ihres Vaters geerbt zu haben. Sie mochte Kinder nicht und war auch nicht gut im Umgang mit Menschen. Sie dachte nie darüber nach, was andere dachten, um sich anzupassen, und sagte selten ihre eigenen Gedanken. Sie würde nicht leicht sprechen, es sei denn, es sei notwendig. Sie litt sehr unter dieser Arbeit, aber sie hielt daran fest. Einerseits, weil sie dort ihren damaligen Freund traf und eine stabile Beziehung hatte, andererseits, obwohl sie es nicht zugeben wollte, schien sie sich selbst auf diese Weise zu bestrafen. Wie ein Asket, als ob sie kein Recht auf Freude und Glück hätte, sollte sie weiterhin die Unannehmlichkeiten und Leiden des Lebens erfahren, um immer wachsam zu bleiben und zu spüren, dass sie am Leben ist.

Sie wusste, dass Awus Bett ein berührungsempfindliches Ladegerät war, das jeden Abend aufgeladen werden konnte. Sie erinnerte sich daran, dass ihr Vater vorgeschlagen hatte, einen Anschluss für ein normales Ladegerät für Awu einzurichten und sie um ihre Meinung gebeten hatte, wo er platziert werden sollte. Zu dieser Zeit hatte sie gerade die griechische Mythologie „Achillesferse" gelesen und schlug vor, den Anschluss an Awus Fersen zu platzieren. Sie glaubte, dass der Anschluss noch vorhanden sein musste und dass das dringendste Problem jetzt darin bestand, ihn nach Hause zu bringen. Awus körperliche Eigenschaften waren nach dem Geschmack seiner Mutter maßgeschneidert: 183 cm groß, 75 kg schwer, breite Schultern, schmale Taille und lange Beine. Früher konnte sie fast rennen, um mit ihm Schritt zu halten. Jetzt war er wie ein Betrunkener, bewusstlos und besonders schwer. Tatsächlich schlechter als betrunken, zumindest hatten diese Menschen noch Körpertemperatur und ihre Körper waren immer noch weich. Obwohl Awu künstliche Organe, Knochen, Muskeln und Haut hatte, hatte er nun vollständig die Temperatur verloren und war steif wie ein Schaufensterpuppenmodell. Wie konnte sie ihn nach Hause bringen? Sie sah zum Himmel auf, die Sonne ging langsam unter und es würde nicht mehr lange dauern, bis es dunkel wurde. Sie holte ihr Handy heraus und rief Thomas an, aber niemand nahm ab. Sie wusste, dass er einer der wenigen Menschen auf der Welt war, die kein Handy hatten, und gab auf. Sie beschloss, Awu zuerst aus dem Friedhof heraus zu bringen. Wenn es dunkel würde, dachte sie, würde sie Angst haben, wenn sie hier allein wäre. Bis zum letzten Sonnenstrahl trug sie ihn mit all ihrer Anstrengung und ihrem Schweiß, um ihn aus dem Friedhof zu holen. Dann legte sie Awu vorsichtig auf den Boden und setzte sich auf die Stufen des Friedhofseingangs, um Atem zu holen.

Der Ort lag hoch, ohne Hindernisse und mit weitem Blick. Das Wetter war gut. Vor ihr erstreckten sich unter dem tiefblauen Himmel die hügeligen Berggipfel. Die Luft in den Bergen war klar und durchsichtig. Wenn man den Kopf hob, konnte man den ganzen Sternenhimmel sehen, der wie Diamanten funkelte, so hell und nahe, als ob man sie pflücken könnte. Der Mond war auch hell und rund und beleuchtete den Weg vor ihr deutlich. Wie lange hatte sie nicht mehr den Sternenhimmel betrachtet? Sie konnte sich nicht erinnern. Plötzlich kamen Erinnerungen an diesen Ort, an ihre Erfahrungen, an ihren Vater, an ihre Mutter und an Awu in ihr auf. Sie hatte einen Moment der Benommenheit. Sie dachte, sie hätte alles vergessen oder die traurigen Ereignisse bewusst verdrängt. Doch an einem unvorhersehbaren Abend wurden alle Erinnerungen wieder klar und lebendig. Sie schüttelte vergeblich und mit Anstrengung den Kopf.

In den Bergen sank die Temperatur in der Nacht schnell. Ein Windstoß blies vorbei, und Sunny konnte nicht umhin zu zittern. Sie drehte sich um und schaute auf Awu, der still hinter ihr lag. Er schien zu schlafen und war ruhig wie ein kleines Kind. Sie erinnerte sich an das Wiegenlied, das er ihr früher gesungen hatte, um sie zum Schlafen zu bringen. Vielleicht ist es besser zu sagen, dass er es abgespielt hatte. Ihre Mutter war eine begeisterte Musikliebhaberin und hatte ihm eine umfangreiche Musikbibliothek eingerichtet, von klassischer Musik über Popmusik bis hin zu Opern und natürlich auch Wiegenliedern:

> *„Der Mond ist hell,*
> *der Wind ist still,*
> *Blätter bedecken das Fenster,*
> *Die Grillen zirpen und klirren,*
> *Wie der Klang der Saiten,*
> *Mamas Baby schließt die Augen,*
> *schläft ein,*
> *im Traumland.*
> *In der Nacht fliegen Silbersterne,*
> *kleines Baby,*
> *im Schlaf,*
> *sie fliegen ins Weltall,*
> *reite diesen Mond,*
> *tritt auf diesen Stern,*
> *…"*

Sie stand auf und half ihm langsam auf. Eigentlich könnte sie ihn hier lassen und ihn über Nacht hier bleiben lassen und morgen mit anderen zurückkommen, um ihn nach Hause zu bringen. Aber sie konnte das nicht tun. Vielleicht war er für andere nur eine Maschine, aber für sie war er ihr Bruder, ihr einziger Verwandter auf dieser Welt. Wie konnte sie ihn alleine in der dunklen Wildnis über Nacht lassen? Sie würde ihn mit nach Hause nehmen, solange sie lebt.

5

Mit einem lauten Knall wurde die Tür aufgestoßen und Sunny und Awu fielen gemeinsam auf den Boden des Zimmers. Sunny lag auf dem Boden und kämpfte darum, ihre Augen offen zu halten. Sie wusste, dass sie, sobald sie ihre Augen schließen würde, unsicher war, ob sie die Kraft hätte, sie erneut zu öffnen. Zitternd und schwankend stand sie auf und lehnte sich an die Wand.

Es war bereits Mitternacht, also tastete sie sich zum Lichtschalter und schaltete das Licht ein. Als sie Awu sah, der auf dem Boden neben ihr lag, wollte sie keine Zeit mehr verschwenden. Sie ging in die Küche, trank ein Glas Wasser und fühlte sich sofort wieder etwas stärker. Als sie die Treppe hinaufblickte, wusste sie, dass sie Awu zurück in sein Bett bringen und ihn aufladen musste. Sie hatte nicht genug Kraft, ihn jetzt hochzuheben oder auf dem Rücken zu tragen, also zog sie ihn auf den Boden und zog ihn die Treppe hinauf. Vorsichtig hob sie ihn von unten unter den Achseln an und drehte sich dann um, um rückwärts die Treppe hinaufzugehen. Ihr ganzer Körper zitterte und Schweiß tropfte von ihr herab und fiel auf sein Gesicht und auf die Stufen. Schließlich erreichte sie sein Zimmer und legte ihn auf sein Bett. Das blaue Licht leuchtete auf und sie wusste, dass das Aufladen begonnen hatte. Sie seufzte erleichtert und sank auf den Boden, legte ihren Kopf an das Bettende und hielt seine Hand. So schlief sie ein.

Als sie aufwachte, war es bereits hell, doch sie stand vorsichtig auf und fühlte sich am ganzen Körper schmerzhaft und steif. Sie war kein junger Mensch mehr und jedes Gelenk und jeder Muskel schien steif zu sein. Sie sah auf Awu, der noch schlief, und das blaue Licht blinkte immer noch. Es würde noch einige Zeit dauern, bis er aufgeladen war. Vorsichtig ging sie die Treppe hinunter und fand überraschenderweise Instantnudeln und Konserven im Schrank. Sie kochte die Nudeln und aß sie auf, bevor sie zurück ins Gästezimmer ging, um weiterzuschlafen. Als sie das nächste Mal aufwachte, war es bereits Abend. Sie lag einfach nur da und fühlte sich kraftlos. Sie wünschte sich, dass sie für immer im Bett liegen bleiben und den Sonnenaufgang und den Sonnenuntergang beobachten könnte, während die Sterne am Himmel wanderten.

Es gab keine Musik, nur den Klang des Windes draußen am Fenster. Der Wind bewegte die Blätter der Bäume in Wellen wie die Brandung. Als der Wind aufhörte zu wehen, hörte sie sogar Vogelgesang. Sie drehte den Kopf zum Fenster und spürte den Muskelkater, der ihr bewusst machte, was sie letzte Nacht getan hatte. Sie kämpfte sich hoch und horchte auf, aber es war kein Geräusch im Haus zu hören. Eigentlich sollte Awu nach dem Aufladen von selbst aufwachen und die Treppe hinunterkommen. Plötzlich wurde sie besorgt, stieg sofort aus dem Bett und rannte nach oben. Awu schlief noch und sah genauso aus wie beim Verlassen des Zimmers. Sie stand dort und dachte nach – es musste ein Problem mit dem kontaktlosen Ladegerät geben. Obwohl sie es nicht wollte, schaltete sie das Licht ein, das in den Keller führte. Die Ladekabel und das Equipment waren alle im Arbeitszimmer ihres Vaters, also musste sie dorthin gehen. Sie atmete tief durch und ging die Treppe hinunter.

Der Keller war groß und umfasste eine ganze Etage, getrennt durch eine Glaswand in der Mitte. Links war ein Arbeitszimmer mit drei Wänden voller Bücher, vom Boden bis zur Decke. Daneben gab es eine bewegliche Holzleiter, wie eine kleine Bibliothek, die jeder bewunderte. Diese Bücher waren anders als die Bücher von ihrer Mutter oben, die meisten waren technisch oder wissenschaftlich. Alle Bücher waren nach Fachgebieten sortiert: Physik, Chemie, Mathematik, Mechanik, Informatik. Um ehrlich zu sein, mochte sie diesen Ort als Kind mehr als den von ihrer Mutter, weil sie wusste, dass dieser Ort ihre Welt war.

Auf der rechten Seite der Glaswand war ein Labor, oder besser gesagt eine Werkstatt, mit verschiedenen Werkzeugen und Maschinen zur Herstellung und Reparatur sowie Experimentierständen und verschiedenen Experimentiergeräten. In der Mitte der Werkstatt befand sich ein riesiger Arbeitstisch, auf dem Awu geboren wurde. Natürlich gab es auch ein kleines Schlafzimmer und ein Badezimmer in der Ecke des Hauses. Dies war ein vollständig unabhängiger Raum mit einem eigenen Eingang nach draußen. Basierend auf ihrer Erinnerung fand Sunny das Ladekabel in einem Schrank voller Kabel und steckte es in eine kleine Tasche. Sie nahm auch ein paar kleine Testgeräte und packte alles in eine große Tasche, bevor sie wieder nach oben ging.

Bevor das Kabel für Awu angeschlossen wurde, führte Sunny verschiedene Tests durch: Strahlung, elektromagnetische Signale, Stromimpulse und Muskel-Signale, aber es gab kein Ergebnis. Es zeigte sich vollständig, dass nichts aufgeladen war. Sunny zog Awus Schuhe und Socken aus und fand den Anschluss an seiner Ferse. Sie schloss das Kabel an und steckte das andere Ende in die Steckdose. Sie saß eine Weile an seinem Bett, ähnlich wie ein Familienmitglied eines Patienten, das nervös auf seinen kranken Angehörigen achtet, und dachte: „Du musst schnell aufwachen!" Als sie sah, dass noch etwas Schmutz auf seinem Gesicht war, stand sie auf und holte ein nasses Handtuch, um die verschmutzten Stellen zu reinigen. Dann ging sie in den Keller, wo ihr Vater für Awu einen separaten Aktenschrank eingerichtet hatte, und hoffte, dass sie dort nützliche Informationen finden würde.

In der Bibliothek hing an einer Wand eine Sammlung von Fotos, von denen nur ein kleiner Teil von ihr war. Es gab Bilder von ihr in jedem Alter, von ihrer Geburt bis zu ihrer Abreise. Es gab auch einige Familienfotos, die zu verschiedenen Feiertagen aufgenommen wurden. Awu tauchte erst spät auf, nur auf zwei oder drei Fotos, auf denen sie ihn eng umarmte. Ansonsten war er immer derjenige, der die Fotos machte. Es schien, als ob ihr Vater vergessen hatte, dass es so etwas wie Selfies gab. Die wenigen Fotos von Awu wurden von ihrem Vater aufgenommen. Es gab kaum Bilder von ihm selbst. Auf den ersten Blick schien die Mehrheit der Fotos von ihrer Mutter zu sein. Sie dokumentierten ihre Beziehung und Ehe bis zu ihrem Tod. Als sie jung war, war ihre Mutter sehr schön und ihr Vater sehr attraktiv. Die beiden passten gut zusammen, und es war offensichtlich, dass ihr Vater gerne Fotos von ihrer Mutter machte. Vielleicht liebten sie sich wirklich, sonst hätte ihre Mutter nicht Hamburg, die internationale Metropole, verlassen und alles hinter sich gelassen, um zu ihrem Vater in diese abgelegene Gegend zu kommen.

Aber das Leben hier hat sie später depressiv gemacht, und sie muss daran gedacht haben, wegzugehen. Sunny wusste schon als Kind, dass ihre Mutter nicht glücklich war. Sie hatte sie gefragt, warum, aber ihre Mutter lächelte nur und umarmte sie. Eines Tages nahm sich ihre junge Mutter inmitten von Dunkelheit und Depressionen das Leben. Beim Gedanken daran bekam Sunny wieder Tinnitus, die Blutgefäße an ihren Schläfen begannen stark zu pochen, ihr Kopf schien zu platzen, und alles wurde blutrot. Sie atmete schwer und hielt sich an der Brust fest, drehte sich um und stützte sich mit einer Hand auf die Holztreppe, um Luft zu holen.

6

Sunny fand Awus Aktenschrank in der Ecke. Neben einigen ordentlich gebundenen Designzeichnungen, Datenlisten, Skizzen und Handschrift gab es viele Unternehmensvorstellungen. Sie überflog sie grob und fand alle Arten von Unternehmen, die verschiedene Arten von künstlichen Organen herstellten, einschließlich künstlicher Nieren, Herzen, Blut, Lungen, Lebern, Blutgefäße, Knochen, Muskeln, Haut und so weiter. Sie sah sich die Vorstellung der amerikanischen Firma, die das künstliche Herz herstellte, genauer an. Dort waren auch die Kontaktdaten der Firma, die ihr Vater mit einem Stift eingekreist hatte, und es schien, dass diese Firma Awus Herz lieferte. Dieses künstliche Herz wird von einer 6-Kilogramm-Batterie betrieben. Wenn Awu morgen früh immer noch nicht aufwacht, wird sie versuchen, ihn künstlich aufzuwecken. Wenn das nicht funktioniert, schließt sie auf einen Batterieausfall. Beim Anblick des ausgefeilten High-Tech-Produkts auf dem Bild würde der Kauf eines neuen auf jeden Fall viel Geld kosten. Wie könnte sie das Geld aufbringen? Sie runzelte leicht die Stirn, aber sie würde sich später darum kümmern. Es würde immer eine Lösung geben.

Sie legte nützliche Materialien wie Konstruktionszeichnungen und Programmeinstellungen auf den Schreibtisch und bereitete sich darauf vor, sie durchzulesen. Beim Tragen fiel ihr eine Buntstiftzeichnung auf den Boden, sie hob sie auf und konnte sich ein Lachen über die kindlichen Striche und Textbeschreibungen nicht verkneifen.

Dies wurde von ihr gezeichnet. Damals wollte sie Awu ein Paar Flügel schenken. Ihr Vater hatte dem nicht widersprochen, sondern sie gebeten, ihre Designzeichnungen hervor zunehmen. Sie konnte sich nicht daran erinnern, in welchem Jahr sie das gemacht hatte. Sie wusste nur, dass sie den ganzen Sommer damit verbracht hatte, zu recherchieren und Bilder zu zeichnen. Welches Kind träumt nicht davon, zu fliegen? Mit Leidenschaft und Fantasie hatte sie verschiedene Materialien und Größen für Flügel untersucht und auch die Anatomie von Vögeln studiert, um das richtige Verhältnis zwischen Flügeln und Körper zu bestimmen. Natürlich hatte ihr Vater am Ende ihre Vorschläge nicht angenommen. Aber jetzt hatte sie eine gute Idee beim Anblick dieser Designzeichnung. Sie legte das Bild zur Seite und kehrte zu den Physikbüchern zurück. Sie würde für Awu ein bewegliches Solarpanel entwerfen, das an der Stelle des Schulterblatts installiert werden könnte. Es könnte sich nach innen zusammenklappen oder nach außen ausklappen, genau wie zwei Flügel.

Sie fand auch eine Festplatte, die als Kernprogramm von Awu gekennzeichnet war. Sie verwendete den Computer auf dem Arbeitsplatz, um die Daten auf der Festplatte auszulesen. Was sie nicht erwartet hatte, war, dass die ursprüngliche Absicht von Awus Design ein medizinischer bionischer Roboter war, dessen Hauptgebiet die Psychologie war. Das bedeutete, dass Awu ein Psychiater war, der psychologische Therapien für Menschen anbot. Offensichtlich hatte ihr Vater ihn für ihre Mutter gebaut. Sie hatte immer gedacht, dass Awu ein Begleitroboter war, weil ihr Vater so beschäftigt war. Er hatte ihn als Sohn gebaut, um ihre Mutter zu begleiten, als Bruder, um sie beim Aufwachsen zu begleiten und sogar als Assistent, um ihren Vater zu unterstützen. Sein Code machte ihn zu einem Experten in umfassendem Wissen der Psychologie. Awu war immer geduldig und ruhig. Alles war sorgfältig geplant, seine Stimme war immer sanft, sein Blick immer aufrichtig und vertrauenswürdig. Sein Gesichtsausdruck war immer weich und gelassen, was es den Menschen leicht machte, ihre Wache fallen zu lassen. Als sie die Wahrheit vor sich sah, fiel sie auf den Stuhl und fragte sich, ob all die Jahre, in denen sie von Awu Liebe bekommen hatte, tatsächlich nur aus programmiertem Code und aus Mitleid durch psychologische Analyse stammen? War das alles? In diesem Moment durchdrang eine Art kalte Bitterkeit ihre Brust und verursachte ein wenig Schmerz, als ob ein Blatt Papier langsam zerrissen wurde und eine dünne und scharfe Lücke bildete.

Sie drückte ihr Unbehagen zurück und las weiter, während es immer stärker wurde. Nachdem sie ihre eigenen emotionalen Erfahrungen gemacht hatte, erkannte sie, dass Gefühle eine sehr komplexe Angelegenheit sind und dass sie nicht in der Lage war, alles zu beurteilen, was zwischen ihren Eltern passiert war. Die Kapazität des menschlichen Herzens ist letztendlich begrenzt, und Menschen haben nicht immer die Fähigkeit zu lieben. Sie versuchte, aus einer rationalen Perspektive ihren Vater zu verstehen. Die Schwäche ihrer Mutter und die Kälte ihres Vaters waren die Quelle der Tragödie. Wenn ihre Mutter etwas rationaler und ihr Vater etwas emotionaler gewesen wäre, hätte das zur Verbesserung ihrer Beziehung beitragen können. Sie standen an beiden Enden der beiden Extreme und wollten sich nicht verändern oder einander näher kommen. Sie schauten sich aus der Ferne an und drehten sich dann um. Sie dachte immer, dass ihr Vater das Problem nicht erkannt hatte und dass er nur Wissenschaft verstand. Aber die Tatsache war, dass Awu nach langer Beobachtung und Interaktion mit Patienten die Ursache analysiert und die Antwort gefunden hatte. Er hatte auch eine sehr einfache Lösung für die Probleme, nur ein Wort: „Liebe". Ihre Mutter brauchte Liebe, insbesondere von ihrem Ehemann. Ihr Vater wusste alles, aber er tat nichts oder hatte keine Zeit dafür oder wollte es nicht tun. Anstatt sich zu öffnen, schloss er sich selbst ab und trennte sich persönlich von seiner Frau. Er gab ihr nicht, was sie am meisten brauchte, und ließ diese arme Frau in ihrer einsamen und depressiven Umgebung weiterleben.

Die Menschheit ist egoistisch, gleichgültig und herzlos. Sie geben nicht gerne, sondern erwarten nur zu empfangen. Obwohl sie einander helfen könnten, wählen sie es, passiv zu bleiben oder einander zu quälen. Ist das, was er tat, Gleichgültigkeit gegenüber dem Tod? Er konnte ihr keine Liebe geben, warum schickte er sie nicht weg? Wenigstens könnte er sie wegschicken, oder? Und warum ist sie nicht gegangen? Um zu überleben, sollte man nicht immer wieder neue Versuche unternehmen? In all den langen Jahren, nachdem die Liebe verblasst war und vor dem grausamen Leben, waren sie alle schwach geworden, unfähig zu geben und geizig. Sie lauschte der Stille der Nacht und die Dunkelheit drang langsam in ihr Herz ein. Sie sah das kleine Mädchen zwischen dem Keller und dem Dachgeschoss, einsam auf der Treppe stehen, leer nach oben oder unten schauen. Sie versteckten sich in ihrer eigenen Welt und hatten ihr nicht beigebracht, wie man liebt und wie man Liebe gibt. Natürlich wusste sie auch nicht, wie sie Liebe erwidern sollte. Sie waren befreit, aber sie musste weiterleben.

Die Stille des Raumes schien sie zu verzehren. Sie stand auf und ging zur Stereoanlage in der Ecke, schaltete sie ein und drückte auf die Wiedergabetaste. Pavarottis kraftvoller Tenor füllte sofort den Raum wie Sonnenschein und beleuchtete alles, auch sie selbst:

„Was für eine schöne Sache in der Sonne
Che bella cosa na jurnata 'e sole

Eine ruhige Luft nach einem Sturm
N'aria serena doppo na tempesta

Die frische Luft sieht schon nach Party aus
Pe' ll'aria fresca pare già na festa

Was für eine schöne Sache in der Sonne
Che bella cosa na jurnata 'e sole

Aber heute ist ein schöner Tag
Ma n'atu sole cchiu' bello, oje ne'

O meine Sonne, sie steht vor dir
O sole mio, sta 'nfronte a te

O Sonne, meine Sonne, sie steht dir gegenüber
O sole, ,o sole mio, sta 'nfronte a te

Es liegt vor dir
Sta 'nfronte a te

Wenn die Nacht hereinbricht und die Sonne untergeht
Quanno fa notte e 'o sole se ne scenne

Ich fühle mich fast melancholisch
Me vene quase 'na malincunia

Unter deinem Fenster würde bleiben
Sotto 'a fenesta toia restarria

Wenn die Nacht hereinbricht und die Sonne untergeht
Quanno fa notte e 'o sole se ne scenne

Aber heute ist ein schöner Tag
Ma n'atu sole cchiu' bello, oje ne'

O meine Sonne, sie steht vor dir
O sole mio, sta 'nfronte a te

O Sonne, meine Sonne, sie steht dir gegenüber
O sole, 'o sole mio, sta 'nfronte a te

Es liegt vor dir
Sta 'nfronte a te"

Sie schloss ihre Augen und badete in dem Sonnenschein, während ihre Tränen langsam herunterfielen.

7

In den frühen Morgenstunden kehrte Sunny in Awus Zimmer zurück und sah, dass er tief und fest schlief, sein Gesicht ruhig und friedlich genauso wie beim Verlassen. Sie hatte ein ungutes Gefühl, zog das Ladekabel heraus und versuchte ihn auf jede erdenkliche Weise manuell zu wecken, aber Awu reagierte nicht. Sie gab nicht auf und legte ihr Ohr an seine Brust, um auf ein feines elektrisches Rauschen zu hören, aber es gab kein Geräusch. Sie richtete sich auf und öffnete die Knöpfe von Awus Hemd, um seine Brust freizulegen. An der Stelle seines Herzens war ein kleines Loch, das wie ein Schlüsselloch aussah.

Sunny rannte zurück in den Keller und holte Awus Entwurfszeichnung heraus. Tatsächlich war es ein Schlüsselloch, das mit einem Schlüssel geöffnet werden konnte, um das wichtigste Organ seines Körpers, sein Herz, zu sehen. Ihr Vater hatte wahrscheinlich erkannt, dass die Batterie des Herzens altern würde und ein künstliches Herz nicht ein Leben lang halten würde. Deshalb hinterließ er diese kleine Tür, um den Austausch zu erleichtern. Auf der Entwurfszeichnung war auch das Aussehen des Schlüssels zu sehen, der sehr klein und exquisit war, mit einem herzförmigen Griff, auf dem Rosenmuster eingraviert waren. Rosen waren die Lieblingsblumen ihrer Mutter, und der Hinterhof war voll von verschiedenen Rosen, viele davon waren Schätze, die aus England mitgebracht wurden. Sunny erinnerte sich daran, dass ihr Vater jedem im Haus ein Backup-Schlüssel gegeben hatte und sagte, dass jeder im Haus für Awu verantwortlich sein müsse. Sie wusste nicht, wo die Schlüssel ihrer Eltern waren, aber ihr Schlüssel befand sich in ihrer Schatzkiste. Wie ihre Mutter hatte sie seit der Grundschule alle Arten von Schmuckstücken gesammelt, Ohrringe, Halsketten, Ringe und sie alle in ihrer Schatzkiste aufbewahrt, einschließlich dieses Schlüssels. Ihre Augen leuchteten auf und dann schnell wieder ab, da die Schatzkiste in dem Schrank in diesem Haus war, in das sie nicht zurückkehren wollte. Sie war noch nicht bereit.

Sie kehrte langsam nach oben zurück, setzte sich neben Awu und starrte vor sich hin. Wenn sie sich nicht sicher war, ob es tatsächlich ein Problem mit seinem Herzen gab, konnte sie nicht weitermachen. Sie nahm Awus Hand und legte sie auf ihre Wange, als eine sanfte Stimme in ihrem Ohr erklang: „Sunny, es gibt Dinge, die du nicht tun willst, aber tun musst..." Seltsamerweise hatte sie dieses Mal keinen Tinnitus. Sie drehte ihr Gesicht zur Seite, küsste Awus Handfläche und stand auf, um die Autoschlüssel zu holen und aus dem Haus zu gehen.

Der rote Käfer fuhr aufgeregt auf die Straße und machte bei jeder scharfen Kurve eine abrupte Bremsung. Auf der Straße ertönte immer wieder das Hupen, um die verschiedenen kleinen Tiere zu vertreiben, die gerade die Straße überquerten, und es herrschte ein reges Durcheinander in den Wäldern auf beiden Seiten der Straße, als würde der Kaiser auf Reisen gehen.

Als sie um 10 Uhr morgens ihr Ziel erreichte, war es Arbeitszeit und niemand sollte zu Hause sein. Sie parkte das Auto an der Straßenecke, sodass es von der Wohnung aus nicht zu sehen war. Obwohl sie den Schlüssel zur Wohnung hatte, klingelte sie vorsichtig an der Tür, hörte den Hund bellen und näher kommen, was sie ängstlich machte. Sie wollte wie ein Geist in die Wohnung eindringen, den Schlüssel nehmen und sofort gehen. Wie konnte sie Weißchen vergessen? Sie holte schnell den Schlüssel heraus, schaute sich um und wünschte sich, sie könnte jetzt unsichtbar werden. Sie öffnete die Tür zitternd und flüsterte dabei: „Psst...Weißchen, sei ruhig...sehr leise." Sie öffnete die Tür hektisch und schlüpfte durch einen Spalt von einer halben Person, bevor sie die Tür schloss.

Weißchen sah sie hereinkommen, roch ihren Geruch, erkannte sie und sprang aufgeregt in ihre Arme und bat um Streicheleinheiten. Sie nahm seinen Kopf in ihre Hände und streichelte ihn, während Weißchen ihre Wange leckte. Sie lachte und sagte: „Weißchen, geht es dir gut? Hast du mich vermisst?"

Sie stand auf und sah in das leere Wohnzimmer, wo tatsächlich niemand zu Hause war. Dann schaute sie auf ihre Hand, die voller Hundehaare war, und war verwirrt. Weißchen schien viel dünner geworden zu sein und sein Fell war auch spärlicher geworden. War das nur eine Einbildung? Weißchen war ein großer Samojede, fast so groß wie ein halbes Kind und hatte weißes flauschiges Fell.

Aber jetzt hatte sie wichtigere Dinge zu erledigen. Sie brachte Weißchen zum Hundehaus, wo der Hundefutternapf leer war und es kein Wasser gab. Sie füllte den Napf mit Hundefutter und stellte eine Schale Wasser vor ihn hin. Weißchen bellte zweimal fröhlich und wedelte mit dem Schwanz, bevor er seinen Kopf senkte und zu fressen begann, als wäre er sehr hungrig. Sunny lächelte und streichelte seinen Kopf: „Iss langsam."

Sie stand auf und betrachtete den Ort, an dem sie so lange gelebt hatte. Die Möbel waren kaum verändert, nur die Fotos von ihr waren verschwunden. Sie unterdrückte ihre aufsteigenden Emotionen und fand mühelos die Schatzkiste und den Schlüssel. Sie legte die Schatzkiste zurück an ihren Platz und beschloss, nichts von hier mitzunehmen, um alle Erinnerungen an diesen Ort abzuschneiden.

Auf der anderen Seite hatte Weißchen schnell eine Schüssel Hundefutter leer gegessen und schien immer noch hungrig zu sein. Sie gab ihm eine weitere Schüssel und er leckte ihre Hand und drückte seinen Kopf gegen ihre Handfläche. „Haben sie dich schlecht behandelt? Willst du mit mir gehen?", fragte sie liebevoll.

In diesem Moment hörte sie Stimmen an der Tür. Jemand steckte einen Schlüssel ins Schloss, drehte ihn leicht und öffnete die Tür. Sunny stand nervös auf und starrte zur Tür. Die Tür öffnete sich weit und zwei Personen mit zwei großen Koffern kamen herein. Als sie jemanden im Raum sahen, erstarrten alle drei. Der kleine Hund schaute auf und wedelte mit dem Schwanz, lief hinüber und wurde gestreichelt. Dann kehrte er zurück und fraß weiter.

„Was macht sie hier?!", schrie die Frau.

„Wie soll ich das wissen?!", sagte der Mann mit einem peinlichen Ausdruck.

„Ich bringe den Schlüssel zurück!", sagte Sunny und warf den Schlüssel auf den Tisch und ging raus.

Der Mann drehte sich zur Seite und gab ihr Raum, als sie die Tür verließ. Dann sagte er: „Warte mal..."

„Hast du nicht gesagt, dass sie immer ein finsteres Gesicht zieht und schlecht gelaunt ist? Mit ihr im Raum sinkt die Temperatur um einige Grad?!", sagte die Frau und gab keine Ruhe.

„Geh erst mal rein!", sagte der Mann mit etwas ärgerlicher Stimme.

Die Frau machte viel Lärm, als sie reinging.

Der Mann senkte die Stimme: „Deine Sachen..."

Sie stand draußen vor der Tür und fühlte, wie ihr Atem viel freier wurde. Sie drehte sich nicht um und sagte nur: „Wirf alles einfach für mich weg."

Sie ging weiter nach draußen. Als Weißchen sah, dass sie an der Tür verschwunden war, jagte er aus dem Haus.

„Weißchen, komm zurück! Weißchen, komm zurück!", rief der Mann zweimal von drinnen aus. Aber als er keine Antwort bekam, folgte er ihr. Bisher hatte sich Sunny um den Hund gekümmert und wenn er ihn nicht festhielt, würde er nicht von selbst zurückkommen.

„Weißt du, dass das nicht alles meine Schuld ist?", verfolgte der Mann sie von hinten.

Sunny beschleunigte ihren Schritt und ging die Treppe hinunter. Weißchen sprang aufgeregt herum und rannte weg, schaute zurück und lief wieder zurück.

„Seit wir zusammen sind, warst du immer distanziert. Du hast deine eigenen Spuren und öffnest dich nicht leicht für andere oder änderst dich. Ich hatte immer das Gefühl, dass ich nur eine Nebenfigur in deinem Leben bin. Die Distanz zwischen uns beiden ist unüberwindbar, egal wie sehr ich mich bemühe."

Sunny blieb an der Ecke des Autos stehen. Vielleicht hatte er recht. Als sie mit ihm zusammen war, zeigte sie nie zu viel Begeisterung. Sie hasste es nicht, mit ihm zusammen zu sein. Er war vielleicht nicht besonders hervorragend, aber sie schätzte diese Eigenschaft von ihm. In der Welt, die er für sie aufbaute, war alles so geordnet und sicher. Mit ihm zusammen fühlte sie sich wie ein gewöhnlicher Mensch.

„Wenn du mich nicht liebst, warum bist du dann mit mir zusammen? Weißt du, du wirst nie wütend, du bist klug und rational, ich fühle mich manchmal, als ob ich es mit einem Roboter zu tun habe."

Sunny schloss die Augen und unterdrückte die Tränen, die ihr aus den Augen kamen. Sie hatte es auch versucht und gehofft, dass ihre Gefühle für ihn mit der Zeit stärker werden würden, aber das war nicht der Fall. Sie bemühte sich, ihn genauso zu lieben, wie er sie liebte, ihn genauso zu sehen, wie er sie sah, aber sie konnte es nicht. Sie konnte ihm nicht das geben, was sie nicht hatte.

Aber sie war immer bereit, mit ihm zusammenzuarbeiten, immer bereit, das Zuhause zu führen. Sie hatte nie an jemand anderen gedacht. Sie hatte beschlossen, mit ihm alt zu werden. War das nicht genug? Sie ging zum Auto und öffnete die hintere Tür. Sie pfiff, und Weißchen lief sofort zu ihr und sprang auf den Rücksitz, wie sie es ihm beigebracht hatte.

„Du kannst Weißchen nicht mitnehmen. Ich habe ihn gekauft." Als er keine Antwort von Sunny bekam, rief er ins Auto: „Komm schnell heraus, Weißchen!" Weißchen lag regungslos auf dem Rücksitz. Er wollte das Halsband des Hundes packen, aber Weißchen schlug ihm mit der Pfote ins Gesicht. „Gut, geh mit ihr, aber komm nicht mehr zurück!"

Er ging zu Sunny hinüber, die gerade dabei war, die Fahrertür zu öffnen, und fuhr fort, wütende Worte zu sagen. Es ärgerte ihn wirklich, dass sie immer schweigend blieb, von Anfang an bis jetzt. Es ließ ihn das Gefühl haben, dass alles seine Schuld war. Er hielt die Tür fest und sagte: „Weißt du, was mich am meisten enttäuscht? Du musst zugeben, dass du keine Anstrengung unternommen hast, um mich zu behalten!"

Sunny sah ihn an, als wäre er ein Fremder. Er hatte sie betrogen und ihr dafür die Schuld gegeben. Sie konnte es nicht mehr ertragen und gab ihm eine Ohrfeige. Dann wandte sie sich von ihm ab, öffnete die Autotür, stieg ein, startete den Motor und fuhr mit Weißchen davon.

8

Bevor sie nach Hause zurückkehrte, besuchte Sunny einen großen Supermarkt und kaufte viele alltägliche Dinge wie Hundefutter und Hundehütten für Weißchen. Nachdem sie aus dem Supermarkt gekommen war, legte sie die Sachen ordentlich in den Kofferraum, schloss die Kofferraumtür und roch plötzlich den salzig-würzigen Duft von frittiertem Öl. Neben ihr befand sich eine Snackstraße. Sie zögerte einen Moment, öffnete dann die Autotür und nahm Weißchen mit, um Essen zu suchen.

Es war schon lange her, dass sie gut gegessen hatte. Es würde eine lange Fahrt geben und Autofahren war anstrengend. Es war wichtig, Energie zu tanken. Das erste Geschäft auf der Snackstraße war ein Spießbratengeschäft. Im Laden standen Holztische und -stühle, es sah ziemlich sauber aus, und draußen standen auch einige Plastiktische und -stühle. Jeder Tisch hatte einen Sonnenschirm, der von einem Getränkehersteller gesponsert wurde, um Schatten zu spenden. Aufgrund von Weißchens Situation wählte Sunny einen Tisch in der Nähe der Tür, damit Weißchen unter dem Vordach liegen konnte. Weißchen war bereits 10 Jahre alt und nicht mehr jung. In letzter Zeit hatte es viel Gewicht verloren und sein Fell fiel stark aus. Nachdem sie das Problem von Awu gelöst hatte, plante sie, Weißchen zu einem Tierarzt zu bringen, um eine Untersuchung durchzuführen.

Der Kellner reichte ihr die Speisekarte, die sie öffnete und wieder schloss. Normalerweise aß sie sehr leicht und mied frittierte Speisen. Aber heute wollte sie es ausprobieren und sagte: „Gib mir von jeder Sorte zwei Spieße."

„Aber wir haben Dutzende von Sorten, sollen wir alle bringen?"

„Ja, bring mir alle!" antwortete Sunny ohne zu zögern.

„Und was möchten Sie trinken? Bier? Wir haben selbst gebrautes Bier."

Sunny trinkt normalerweise keinen Alkohol, aber heute nickte sie, ohne zu überlegen: „Ja, bitte ein Bier. Danke!" Dann zeigte sie auf Weißchen: „Können Sie ihm etwas Wasser geben?"

Der Kellner nickte und ging weg.

Grillspieße kamen nacheinander an, es gab einige große Portionen und die Menge war wirklich nicht gering. Das Bier kam ebenfalls in einem großen Krug und Sunny zog eine Augenbraue hoch – es schien eine große Herausforderung zu sein. Sie konnte nicht umhin zu lächeln: diese zwei Leute konnten es auch nicht alles essen. Sie nahm einen Spieß Fischbällchen auf und schaute zu Weißchen, der überraschenderweise sein Kinn auf seine Vorderpfoten legte, seine Augen geschlossen und als ob er schlafen würde. Es war anders als früher, als er bei Anblick von Essen, egal was es war, aufgeregt war, um seinen Anteil zu bekommen.

Sie trennte den Fischball von dem Spieß, dann nahm sie einen auf und steckte ihn in ihren Mund. Ihr Mund kaute langsam und der Geschmack war in Ordnung, es war zäh. Sie aß langsam und ihr leerer Magen füllte sich allmählich. Nachdem sie ein paar Schlucke Bier getrunken hatte, wurden ihre Augen auch sanfter und trüber. Obwohl es heißt, dass man von Bier nicht betrunken wird, warum fühlt sie sich schwindelig? Aber dieses Gefühl war nicht schlecht, nachdem sie einen Krug ausgetrunken hatte, bestellte sie noch einen.

Als der Kellner ihr Bier brachte und sah, dass auf dem Tisch bereits die Hälfte des Essens gegessen war, war er überrascht. Er hatte nicht erwartet, dass diese Kundin, die so höflich und zierlich aussah, so viel essen könnte. Er machte sich etwas Sorgen, dass sie auf diese Weise explodieren würde wie ein Goldfisch... Sollte diese Kundin etwas Glückliches oder Trauriges erlebt haben, egal was passiert, kann sie sich vom Essen trösten. Essen ist das letzte Heil des Menschen. Er schüttelte den Kopf und ging weg.

Nachdem sie das letzte Bier getrunken hatte, drückte Sunny ihren Kopf und stand auf, um zu bezahlen. Ihre Füße fühlten sich etwas unsicher an und die Ladenbesitzerin half ihr, ihre Rechnung zu bezahlen. Sie hatte ein unangenehmes Gefühl in ihrem Magen, bedeckte ihren Mund mit der Hand und die Ladenbesitzerin zeigte ihr sofort den Weg zur Toilette. Sunny stieß die Frau weg und rannte hinein. Vor dem Toilettenbecken kniend, erbrach sie sich, drückte die Spültaste und stand fast ohnmächtig auf. Die Ladenbesitzerin und der Kellner beobachteten sie heimlich. Selten hatte ihr kleines Geschäft einen so gut aussehenden Kunden gesehen. Obwohl Sunny's Haar zerzaust war, ihre Augen müde und ihre Kleidung zerknittert war und sie jetzt nicht gut roch, hatte sie immer noch eine Art faszinierender, seltener und zerbrechlicher Schönheit.

Sunny verließ den Imbiss und rief Weißchen, um zum Auto zu gehen. Sie öffnete die Tür und ließ Weißchen hineinkrabbeln, schloss die Tür und plötzlich wehte ein Windstoß heran. Ihr wurde schwindelig und ihr

Magen fühlte sich hart wie Stein an. Der Alkohol stieg immer wieder auf und sie ging zu einem Busch, um sich zu übergeben. Nachdem sie sich übergeben hatte, fühlte sie sich viel klarer im Kopf. Sie spülte ihren Mund mit Mineralwasser aus, setzte sich wieder auf den Fahrersitz und beruhigte Weißchen: „Hab keine Angst, ich kann sehr gut fahren."

Sie wusste nicht, ob Weißchen es verstanden hatte, aber es bellte leise zweimal, wedelte mit dem Schwanz und sprang aufgeregt auf sie zu. Sie drehte sich um, beugte sich vor und klopfte sanft auf den Kopf des Hundes, um sich für seine Unterstützung zu bedanken. Weißchen leckte ihre Hand und streckte dann seinen Hals aus, um ihr Gesicht zu lecken. Sie zuckte vor dem Juckreiz zurück und sagte: „Weißchen, du hast ein neues Shampoo benutzt, es riecht so gut!" Sie spielten eine Weile miteinander und kehrten schließlich wieder in den Fahrersitz zurück.

Sie schnallte sich an und atmete tief ein paar Mal durch. Sie schnüffelte herum und der Duft roch wie Kokosnuss-Shampoo oder wie der dezente Duft von Shea-Butter-Seife oder wie das süße und erfrischende Aroma von Eiscreme, das Kinder im Sommer lieben. Besonders auf der Beifahrerseite war der Duft stärker und sie konnte nicht widerstehen, sich dorthin zu beugen und tief einzuatmen. Es war wie der Duft der ersten Liebe, süß und unwiderstehlich. Je näher sie kam, desto wärmer und beruhigender wurde sie, obwohl es Sommer war und sie nicht heiß, sondern beruhigend warm war. Es war wie auf einer weißen Wolke zu sitzen oder wie im Winter in einer Daunendecke zu liegen oder wie im Sommer auf dem Wasser zu liegen. Der Sicherheitsgurt zog sie zurück in die Realität.

Sie schaute sich um und es gab niemanden außer ihr und Weißchen. Es musste eine Halluzination sein, weil sie betrunken war. Sie schüttelte den Kopf, sah in den Rückspiegel und gab sich einen entschlossenen Blick, dann startete sie den Motor.

Der rote Käfer schien betrunken zu sein und fuhr keine gerade Linie. Er schwankte hin und her, während der einzige Mensch und Hund im Auto nichts davon zu spüren schienen. Die Fußgänger auf der Straße fluchten und wichen ständig aus. In diesen Tagen war sie zu müde und litt an ernsthaftem Schlafmangel. Normalerweise konnte sie das kontrollieren, schließlich hatte sie immer wenig Schlaf. Aber sie war nun einmal kein Roboter und so kämpfte sie damit, immer wieder einzunicken. Sie fühlte sich von einem Duft umgeben, der sie davon abhielt, klar zu denken. Es schien, als ob ihr Bewusstsein ihren Körper verlassen hatte und nur ihr Körper im Auto zurückblieb, von einer mysteriösen Kraft gesteuert, das Auto zu fahren. Wenn sie an einer roten Ampel ankam, spürte sie eine Kraft auf ihrem rechten Fuß, die das Bremspedal betätigte. Bei grünen Ampeln wurde das Gaspedal betätigt und das Auto beschleunigte. Halb im Schlafzustand fuhr der Käfer auf die Autobahn und blieb gleichmäßig auf der rechten Fahrspur. In dieser Zeit wachte sie einmal auf und schaute zufällig auf das vordere Zifferblatt. Ah, sie hatte den Autopiloten aktiviert, es funktionierte wirklich gut. Sie hatte nichts falsch gemacht. Als sie so dachte, geriet ihr Bewusstsein wieder ins Chaos.

9

Als das Auto in den Tunnel einfuhr, wurde Sunny während der Fahrt durch den langen Tunnel vollständig wach. Sie drehte sich um und sah, dass Weißchen immer noch brav auf der Rücksitzbank lag. Sie lächelte und sagte zu ihm: „Wir sind bald zu Hause." Dann schnüffelte sie wieder herum und der süße Duft war verschwunden. Vielleicht war es wirklich nur ihre Einbildung zuvor gewesen.

Als sie aus dem Tunnel herauskam, sah sie im Rückspiegel Weißchen und sagte besorgt zu ihm: „Weißchen, du musst jetzt ein paar Minuten durchhalten... Wir müssen das tun, um das Leben dieser kleinen Tiere zu retten."

Dann begann sie zu hupen und die Tiere auf der Straße zu vertreiben oder diejenigen, die planten, die Straße zu überqueren. Als die Hupe ertönte, war Weißchen erschrocken und sprang wild herumzuschreiend auf und ab, als ob er einen Zufluchtsort suchen würde. Da sie sich um den unruhigen Weißchen kümmern musste, konnte sie nicht vollständig auf die Straße vor ihr achten, und das intermittierende Hupen wurde zu einem langen Hupen. Glücklicherweise dauerte es nicht lange, und der Käfer fuhr von der Straße ab und blieb bald in der Mitte einer kleinen Straße stehen. Sunny stieg aus dem Auto, öffnete die Tür und nahm Weißchen von der Rücksitzbank heraus. Sie kämmte sein Fell mit ihrer Hand und tröstete ihn: „Es sieht so aus, als müssten wir beim nächsten Mal Kopfhörer mitbringen und deine Ohren blockieren."

Als sie zu Hause ankamen, war Weißchen wieder frei und schnüffelte neugierig im Garten herum. Sunny nahm ihre Sachen aus dem Auto und bereitete das Hundehaus vor. Sie stellte Futter und Wasser bereit und konnte es kaum erwarten, Awu zu sehen.

Sie steckte den Schlüssel in Awus Brust und öffnete die kleine Tür. Wie erwartet war der Akku vollständig veraltet und funktionierte nicht mehr. Sie bewegte Awu auf den Arbeitstisch im Keller und öffnete dann den Computer, um im Internet ein neues Herz für Awu zu bestellen. Um sicherzustellen, dass sich dieser Vorfall nicht wiederholt, bestellte sie auch Materialien zur Herstellung von Solarpanel.

Das neue Herz für Awu war teuer, also musste sie ihre Ersparnisse verwenden, die ihre Mutter ihr hinterlassen hatte. Sie glaubte jedoch, dass ihre Mutter dem zustimmen würde.

Nachdem sie alles erledigt hatte, rief sie Thomas an.

„Hallo, Onkel Thomas, ich bin's."

„Ich weiß, dass du es bist. Ich habe es schon am frühen Morgen gehört", scherzte er fröhlich am Telefon und brachte Sunny zum Erröten.

„Ich möchte heute Tante Petra besuchen, ist das in Ordnung?"

„Natürlich! Sie würde sich sehr freuen, dich zu sehen. Komm her, wir gehen zusammen hin."

„Okay, ich komme gleich."

Sunny zeigte Weißchen den Ort, wo das Futter und Wasser waren, und brachte ihn in den Hinterhof. Dort war es größer, die Mauern höher und das Vordach tiefer, so dass Weißchen im Schatten ruhen konnte.

Nachdem sie geduscht und sich umgezogen hatte, hatte sie aufgrund des Katers keinen Appetit und nahm einfach den Autoschlüssel und ging aus der Tür.

Während sie den Weg zurücklegten, erzählte Sunny Thomas von Awus Situation. Thomas nickte zustimmend und stimmte ihrer Entscheidung zu. Er hatte schon immer gedacht, dass sie in dieser Hinsicht ein Talent hatte, sogar besser als alte Männer wie er selbst.

Sunny erklärte ihre Idee: „Dann hätte Awu zwei Energiespeichersysteme. Solange die Sonne wie gewöhnlich aufgeht, wird Awu nicht sterben."

„Haha, das ist gut, aber Unsterblichkeit ist kein guter Weg. Es gibt nichts, was für immer bleibt."

„Nichts?"

„Es gibt nichts, was für immer bleibt. Das Einzige, was unverändert bleibt, ist, dass alles sich ständig verändert."

„Ich strebe auch nicht nach Ewigkeit. Es gibt immer viele Probleme im Leben, eine Deadline zu haben ist keine schlechte Sache. Aber Awu ist anders, er hat keine Probleme, er kann immer glücklich leben."

„Wie weißt du, dass er keine Probleme hat?"

„Haben Roboter Probleme?"

Thomas antwortete nicht und sie kamen im Krankenhaus an.

Sunny folgte Thomas ins Zimmer. Tante Petra lag im Bett und hing an einer Infusion. Sie sah sehr schwach aus und war völlig anders als die gesunde und starke Tante Petra in Sunnys Erinnerung. Sie war nicht mehr rosig im Gesicht, sondern voller Falten und hatte nur noch die Hälfte ihres früheren Gewichts. Aber als sie Sunny sah, erkannte sie sie schnell und streckte zittrig eine Hand aus. Sunny eilte zu ihr und hielt ihre knochige Hand fest.

Thomas brachte einen Stuhl und ließ sie vor dem Bett Platz nehmen. Dann drehte er sich um, verließ das Zimmer und ließ sie allein miteinander sprechen.

Tante Petra strich über ihr Gesicht und sagte: „Warum bist du so dünn... zu dünn..." Als sie sprach, kamen Tränen in ihre Augen. Sunny legte eine Hand auf ihre und wischte mit der anderen ihre Tränen weg. Sunnys Nase wurde sauer, Tränen flossen unkontrolliert heraus und mischten sich mit all den unterdrückten Gefühlen und unklaren Gedanken, die sie in dieser Zeit hatte. Sie legte ihre Hand zum Abwischen auf, aber die Tränen wurden immer mehr. Tante Petra streckte eine Hand aus und ließ ihren Kopf auf ihre Schulter ruhen.

„Hast du Liebeskummer?"

Sunny antwortete nicht, ihre Tränen flossen nur noch stärker.

„Kein Problem, Mädchen sind immer emotionaler und es wird besser werden. Nach einer Weile wird es besser sein. Es ist in Ordnung zu weinen, aber man sollte nicht schwach sein. Denn abgesehen von der Liebe gibt es noch viele andere wichtige Dinge im Leben, die man tun muss."

Tante Petra strich sanft durch Sunnys Haar: „In schwierigen Zeiten gibt es nur eins, was du tun kannst – nicht aufgeben! Das Leben ist ein ständiger Kampf, um jeden Zentimeter besser zu werden. Mach dir in den nächsten Tagen keine Sorgen, arbeite einfach weiter und alles wird besser werden. Gott wird dir nur Prüfungen auferlegen, die du bestehen kannst."

Endlich hörte Sunny auf zu weinen, sie löste sich von Tante Petras Umarmung, nahm ein Taschentuch und wischte sich die Nase und Augen ab. Als sie sah, dass Tante Petras Schulter von ihren Tränen nass geworden war, errötete sie.

Tante Petra streichelte liebevoll Sunnys Gesicht: „Du hast dich überhaupt nicht verändert, du bist immer noch genauso schön wie früher!"

Im Vergleich zu ihrer Mutter war Tante Petra eher die Mutterfigur in Sunnys Herzen: stark, liebevoll und fähig, sie unter ihren Fittichen zu beschützen. „Es wäre das Beste, wenn du jemanden finden könntest, der sich um dich kümmert. Dann würde ich mir weniger Sorgen machen."

„Ich habe es versucht, ich habe mich bemüht, ich habe alles gegeben. Aber es hat nicht geklappt. Er hat mich immer noch verlassen."

„Warum?"

„Vielleicht denkt er, dass ich zu distanziert bin."

„Dann ist er nicht der Richtige."

„Ich dachte die ganze Zeit, dass er der Richtige war, wir passten in jeder Hinsicht gut zusammen und es war sehr angenehm, bei ihm zu sein."

„Das liegt daran, dass er mehr gegeben hat. Vielleicht suchst du jemanden, der auf den ersten Blick nicht perfekt ist, aber du bist derjenige, der bereit ist, zu geben."

„Ich denke, ich werde alleine bleiben, zumindest werde ich nicht mehr leiden."

„Denke nicht so, das Leben ist nicht einfach, wenn man lebt, wird es Schmerzen geben. Aber man muss weitermachen, mutig Fehler machen und neu beginnen. Niemand hat ein Leben ohne Fehler, das ist die Wahrheit des Lebens. Wir müssen nur weitergehen und sehen, ob vor uns Licht oder Dunkelheit liegt. Auf jeden Fall sollten wir den Mut zum Neubeginn nicht verlieren. Glaube an Überraschungen, die auf dich warten, glaube an Wunder."

10

Awu öffnete langsam die Augen und sah das schneeweiße Dach vor sich. Seine letzte Erinnerung war, in Sunnys Armen auf dem Friedhof zu liegen. Wo war er jetzt? Und wo war sie hingegangen? Er setzte sich langsam auf und sah sich um. Er erkannte schnell, dass er sich im Arbeitszimmer im Keller des Hauses befand und auf dem Arbeitstisch saß. Sunny setzte sich auf den Stuhl, beugte sich auf dem Tisch vor und schlief. Sie musste ihn gerettet und ihm ein neues Leben gegeben haben.

Langsam streckte er die Hand aus und strich über ihren Kopf, wagte es aber nicht, sie zu berühren, aus Angst, sie zu wecken, denn er konnte ihr leises und gleichmäßiges Atmen hören. Er beugte sich herunter, um sich zu vergewissern. Ihr schwarzes Haar lag auf ihren Schultern, ihre Wimpern waren geschlossen und einen Hauch von Schatten warfen auf ihr Gesicht. Ihre Wangen waren glatt und feucht, und die Konturen ihrer Augenbrauen und ihrer Nasenlinie waren wie präzise aus Jade geschnitzt. Die dünnen Lippen waren unter dem gelblichen Schimmer natürlich rosa. Aber ihre Augenbrauen waren leicht zusammengezogen, und es lag ein Hauch von Sorge in ihren Augenwinkeln. Er wollte wirklich die flache Falte glätten, aber er tat es nicht. Er sah sie nur ruhig an, während verschiedene emotionale Module und Wahrnehmungssimulationsmodelle in seinem Gehirn langsam wieder aktiviert wurden.

Ein schwacher und kalter Duft durchzog die Luft wie sanftes Mondlicht und durchtränkte die Luft rein und klar, gemischt mit dem Duft von Rosen und Pflanzen. Wenn man näher heranging, fühlte es sich an wie der frische Duft von grünem Gras und Erde, wenn man das Fenster im Garten am frühen Morgen öffnete und den leichten Nebel sah, der sich langsam in der sanften Brise auflöste. Er legte sich langsam hin und wartete still in der Stille. Die elektrischen Signale aller Systeme, die sein Gehirn gesammelt hatte, bestätigten, dass sie tatsächlich zurückgekehrt war. Er atmete tief durch und viele vorher eingestellte Gesichtsausdrücke wechselten auf seinem Gesicht: Ruhe, Freude, Glück, Zufriedenheit...

Die Sommerhitze ließ die Erde glühen und alle lebendigen Wesen versteckten sich automatisch in Häusern oder im Schatten. Sunny trug ein schwarzes Langarmshirt und schwarze Jeans, eine Sonnenbrille und lief auf der Straße. Sie schwitzte stark und hastete. Ihr Blick war auf einen großen Mann gerichtet, der nicht weit vor ihr war und eine große Menge Rosen in der Hand hielt und in eine Gasse einbog. Sie eilte ihm hinterher und hatte Angst, ihn zu verlieren. Zum Glück sah sie, dass der Mann in ein gehobenes Restaurant ging. Sie kam zur Tür des Restaurants und sah durch das Glas, wie der Mann an einem Tisch neben einer schicken, langhaarigen und hübschen Frau saß. Sie war wütend, als sie sah, wie er ihr die Rosen gab. Sie öffnete die Tür, ging hinein und suchte nach einem Werkzeug. Sie sah sofort eine Runde hölzerne Servierplatte auf der Theke und ging schnell darauf zu. Sie nahm sie in die Hand und stürmte auf das Paar zu. Sie schlug den Mann wütend mit der Platte, bis sie von einem Mann in Weiß weggezogen wurde. Sie schrie und kämpfte verzweifelt, aber der Mann hatte eine starke Kraft. Sie sah hilflos zu, wie das Paar immer weiter wegging. Sie versuchte sich umzudrehen, um zu sehen, wer es war, der sich einmischte, aber sie konnte es einfach nicht...

Sunny wachte verwirrt auf und roch immer noch den süßen Duft in ihrer Nase. Sie erinnerte sich daran, diesen Duft schon einmal gerochen zu haben, aber konnte sich nicht erinnern, woher. Dann fiel ihr ihr Traum ein, in dem sie sehr mutig war und etwas gewalttätiges in der Öffentlichkeit tat. Es hatte sich gut angefühlt, auch wenn es nur ein Traum war. Schließlich lachte sie zum ersten Mal seit langer Zeit aus vollem Herzen. Doch dann erstarrte ihr Lachen, als sie bemerkte, dass der Arbeitstisch leer war und Awu verschwunden war. Sie war besorgt und zugleich voller Hoffnung. In den letzten Tagen hatte sie Awus künstliches Herz ausgetauscht und ihm zwei Solarzellenplatten auf dem Rücken angebracht. Sie wusste nicht, ob beim vollständigen Entladen der Batterie einige Erinnerungen gelöscht oder Daten verloren gehen würden. Aber als sie das neue Startprogramm eingegeben hatte, zögerte sie, ob sie einige seiner vorherigen Programme und Daten löschen sollte. Schließlich entschied sie sich dagegen, denn das waren Awus Erinnerungen und ein Teil von ihm. Sie hatte nicht das Recht, sie zu löschen, denn sie wusste nicht, welche Erinnerungen Awu behalten wollte und welche er löschen wollte. Nur er selbst konnte entscheiden, welche Erfahrungen er behalten wollte, egal ob gut oder schlecht. Viele von Awus Programmen waren jedoch veraltet, also aktualisierte sie sie und fügte ihm sogar viele neue Fähigkeiten hinzu, wie zum Beispiel

Autofahren, Programmieren, wie man sich um Haustiere kümmert, sowie einige Kochrezepte, die sie gerne isst, und Bücher, die sie gerne lesen möchte.

Langsam und vorsichtig stieg sie die Treppe hinauf und schaute sich dabei um. Das Zimmer schien gereinigt worden zu sein: Der Boden war staubfrei, die Möbel glänzten sauber und auf dem Couchtisch im Wohnzimmer stand ein Strauß Blumen, der einen leichten Duft verströmte – offensichtlich gerade erst aus dem Feld gepflückt worden. Sogar der Staub auf dem Teppich war weggesaugt worden, das Hundehaus war sauber und ordentlich und in der Schüssel von Weißchen befand sich reichlich Hundefutter sowie sauberes Wasser.

Awu hielt einen Gummischlauch und goss die Blumen im Hof. In letzter Zeit hatten die Blumen und Pflanzen im Hof etwas vernachlässigt ausgesehen und hingen ein bisschen schlaff in der prallen Sonne. Das Wasser aus dem Gummischlauch bildete im Sonnenlicht einen schönen Regenbogen, während es sprühte. Weißchen sprang unermüdlich auf und ab, um den Wasserstrahl zu fangen. Manchmal spritzte Awu ihn absichtlich nass, während er herumtollte und die beiden zusammen spielten und lachten. Das Bellen des Hundes mischte sich mit Awus Lachen und fügte dem kleinen Hof viel Leben hinzu.

Awu wich aus und drehte sich um, als Weißchen auf ihn zulief und Sunny an der Tür stehen sah, die ihn anlächelte. Er war für einen Moment betäubt, dann breitete sich ein großes Lächeln auf seinem Gesicht aus. Seine Augen strahlten vor Unschuld und Schönheit, genau wie an diesem Mittsommer, als Weißchen gegen die Wassersäule sprang und die Wassertropfen unter dem Sonnenlicht in der Luft verstreute, zusammen mit dem feinen Staub, der ein goldenes Licht ausstrahlte.

Sunny sah ihnen zu und spürte zum ersten Mal, dass es etwas gibt, das die Zeit besiegen kann. Für sie ist diese goldene Erinnerung ein ewiger Moment. Vielleicht lebt der Mensch sein ganzes Leben lang nur für diese funkelnden Augenblicke.

11

Es war bereits spät in der Nacht, und Sunny wollte schlafen gehen. Sie stand gerade auf, und Weißchen, der neben ihrem Fuß lag, erhob sich halb schlafend und zitternd. Es schüttelte sein Fell und folgte dann langsam Sunny ins Gästezimmer. Vielleicht waren sie beide müde, denn sie sahen erschöpft aus.

Nachdem Awu gesehen hatte, wie sich die Tür zum Gästezimmer schloss, ging er zur Tür zum Hinterhof und zögerte einen Moment, bevor er leise fragte: „Möchten Sie hereinkommen?"

„Kannst du mich sehen?"

Awu schüttelte den Kopf, wusste aber, dass er eingetreten war, und schloss die Tür ab. „Ich kann Sie nicht sehen, aber ich habe Ihre Anwesenheit schon lange gespürt. Ich bin empfindlicher als Menschen für elektromagnetische Signale. Jeder hat sein eigenes Magnetfeld, und auch wenn man es nicht sehen kann, kann man es nicht ignorieren. Sie sind keine Ausnahme." Nachdem er das gesagt hatte, seufzte er.

„Du klingst so, als ob du mich nicht willkommen heißt."

„Ich weiß, warum Sie hier sind. Ich habe bereits eine ähnliche Situation erlebt, aber Ihr Magnetfeld ist stärker als das Ihrer Kollegen."

„Ja, ich habe eine Mission." Vielleicht hörte er Lob heraus, denn sein Tonfall war ein wenig selbstgefällig: „Ich muss eine Seele mitnehmen."

Awus Augen füllten sich sofort mit Angst.

„Mach dir keine Sorgen, ich werde dich nicht mitnehmen. Ehrlich gesagt habe ich dich nicht einmal bemerkt."

„Ich weiß, dass ich für Sie nur eine Maschine bin." Awu schnaubte und drückte vorsichtig aus, was er dachte: „Wen werden Sie mitnehmen?"

„Hahaha! Natürlich kann ich es dir nicht sagen. Der Himmel hat seine Geheimnisse! Aber mach dir keine Sorgen, diesmal werde ich die Seele in den Himmel bringen. Es ist eigentlich eine gute Sache!"

„Für jeden, der stirbt, ist es dasselbe. Wie kann es eine gute Sache sein?" Awu war skeptisch. Viele Leute, die er kannte, hatten zwar ein sehr hartes Leben, aber sie wollten nicht sterben. Zumindest die meisten von ihnen dachten so.

„Der Himmel ist eine Welt des Glücks. Es gibt keine Krankheiten, Schmerzen und keinen Tod. Möchtest du nicht dorthin gehen?"

Awu rollte mit den Augen. Gerade hatte er gesagt, dass er ohne Seele nicht gehen könne, und schon hatte er es vergessen: „Ich habe keine Lust!"

„Du denkst vielleicht, dass es unfair ist. Aber du weißt vielleicht noch nicht, dass ich der Erzengel bin. Lass mich überlegen, wie ich helfen kann. Vielleicht kann ich dich zumindest herumführen."

Awus Datenbank enthielt die Bibel, also wusste er, was der Engel beschrieb: „Nein danke, ich habe die Bibel gelesen und weiß, wie der Himmel aussieht. Aber nicht jeder will in den Himmel gehen. Gott hat den Menschen nach seinem Ebenbild erschaffen, und es ist verständlich, dass sie letztendlich zu ihrem Schöpfer zurückkehren möchten. Sunny hat mir ein neues Leben geschenkt, und obwohl der Himmel schön sein mag, gibt es dort keine sie. Warum sollte ich dorthin gehen? Wo immer sie ist, ist mein Zuhause, und das ist mein Himmel." Plötzlich überfiel ihn ein schrecklicher Gedanke, und er zitterte, als er sprach: „Sie wollen sie nicht mitnehmen, oder?"

Der Engel schnaubte verächtlich: „Wie kann sie in den Himmel passen? Ich habe sie erst vor ein paar Tagen getroffen, und sie hat mindestens fünf der sieben Todsünden begangen, und sie ist äußerst brutal, sogar in ihren Träumen. Wenn es nicht wegen ihr wäre, hätte ich meine Mission längst abgeschlossen und wäre gegangen."

Awus Gesichtsausdruck entspannte sich sofort, und er lächelte sogar strahlend: „Also wollen Sie bei ihr bleiben, um sie zu bestrafen?"

„Dann wäre ich genauso wie sie." Der Ton des Engels war sehr unzufrieden. Er dachte, dass die Intelligenz von Robotern höher sein würde als die von Menschen. Geduldig erklärte er: „Ich bleibe bei ihr, um ihre Seele zu retten."

Awus Pupillen wurden größer und kleiner, und er wollte unbedingt für Sunny eintreten und ihm sagen, dass sie eine sehr freundliche Person ist. Aber er hatte auch Angst, dass der Engel sie sofort in den Himmel bringen würde. Natürlich wusste er auch, dass diejenigen, die nicht in den Himmel gehen können, in die Hölle geschickt werden würden, und er wollte nicht, dass sie dorthin geht. Deshalb beschloss er, zuerst zu fragen, was der Engel vorhat: „Wie wollen Sie sie retten?"

„Indem ich sie dazu bringe, an den Herrn zu glauben."

Awu atmete aus.

„Das Vollkommenste und Verlässlichste auf dieser Welt ist unser allmächtiger Gott. Nur durch den Glauben an ihn können wir ewiges Leben erlangen. Der Mensch hingegen ist am unzuverlässigsten, da die Größe des menschlichen Gehirns die Intelligenz begrenzt und der Mensch nicht aus seiner animalischen Natur ausbrechen kann. Das Vertrauen in den Menschen führt letztendlich nur zur Enttäuschung." Er hielt einen Moment inne und klang voller Bedauern: „Leider kann ich nicht viel für dich tun."

Awu lachte unbesorgt und hatte kein Interesse an Rettung: „Es ist in Ordnung. Ich bleibe hier, das ist schon gut genug. Was unterscheidet denn die Seele des Menschen von der Seele des Tieres?" Er war wirklich neugierig. Es stand in keinem Buch geschrieben.

Der Engel antwortete nicht sofort und schien zu überlegen, wie er antworten sollte oder ob er überhaupt antworten sollte. Nach einer Weile sagte er schließlich: „Es gibt keinen großen Unterschied, aber die Seele des Tieres ist etwas reiner. Je aufrichtiger, einfacher und frommer die Seele ist, desto mehr freut sich Gott darüber."

„Dann muss Ihre Seele, die reinste sein, oder? Sie sind reiner als die Luft, sodass selbst die empfindlichste Waage Ihr Gewicht nicht messen kann", sagte Awu unbewusst und versuchte, ihm Komplimente zu machen, als ob er hoffte, dass er Sunny durch ein paar nette Worte nicht wegbringen würde.

„Mein gegenwärtiger Zustand ist unser ursprünglichster Zustand. Tatsächlich können wir uns in jede Form verwandeln, aber im Moment besteht kein Bedarf", antwortete der Engel.

„Können Sie sich in einen Menschen verwandeln?"

„Ja, das ist möglich. Aber sich in einen Menschen zu verwandeln, ist unwiderruflich, es gibt also nur eine Chance. Aber wer würde schon ein egoistischer Mensch sein wollen?"

Awu lächelte schüchtern und sagte nichts mehr. Er drehte sich um und ging in den Keller, den er noch nicht aufgeräumt hatte.

„Willst du jetzt schlafen gehen? Ich dachte, wir brauchen beide keinen Schlaf." Der Engel folgte Awu und schlug vor: „Lass uns lieber noch ein bisschen plaudern. Ich finde es das erste Mal interessant, mit einer Maschine zu sprechen."

Awu rollte mit den Augen und hielt sich an grundlegende Höflichkeit: „Ja, das stimmt. Wir brauchen beide keinen Schlaf, sodass wir viel mehr Zeit haben als die Menschen." Roboter wurden von Menschen erschaffen, um ihnen zu dienen. Daher haben sie ein höheres emotionales Bewusstsein als Menschen und setzen immer die Bedürfnisse anderer an erste Stelle. Sie sind weniger eigensinnig und wissen nicht, wie sie ablehnende Worte sagen sollen.

„Das ist eigentlich mein erster Einsatz hier unten. Oben bin ich im Management tätig, und die normalen Engel erledigen solche kleinen Aufgabe. Aber dieses Mal hatte ein Engel plötzlich andere Pläne…" Er machte eine Pause und beschloss, die Geschichte des gefallenen Engels zu ignorieren. Dann fuhr er fort: „Also bin ich für ihn eingesprungen und habe die Gelegenheit genutzt, um diese chaotische Welt kennenzulernen."

„Dann sind Sie eigentlich zum Sightseeing hier?", dachte Awu und merkte, dass dieser Typ wirklich wortreich war. Aber zum Glück war er ehrlich und Awu konnte es ertragen. Aber selbst wenn er es nicht ertragen konnte, würde er es ertragen.

„Nicht ganz. Ich habe viel davon gehört und bin ein wenig neugierig geworden."

„Dann sind Sie am richtigen Ort. Obwohl es hier unten nicht so gut ist wie oben, ist es doch ein interessanter Ort."

12

Awu ging in die Werkstatt im Keller und sammelte all seine verschiedenen Informationen über sich selbst, die überall verstreut waren, wieder zusammen und sortierte sie neu. Die Person, die die ganze Zeit neben ihm herging, sagte nichts.

Awu sah ihn wie einen Schatten neben sich und hatte noch nie eine so enge Beziehung zu jemandem gehabt. Langsam fühlte er sich unbehaglich und musste ihn vorstellen: „Es gibt viele Städte, Dörfer, Straßen, Flüsse, Berge, Häuser und Menschen in dieser Welt, und die Welt in den Augen jedes Einzelnen ist unterschiedlich." Awu warf einen Blick auf den Engel neben sich und sah, dass er anscheinend zuhörte, und fuhr fort: „Sunnys Mutter hat mir gesagt, dass diese Welt aus Geschichten besteht. Sunnys Vater sagt, dass diese Welt aus Elementen besteht. Und Sie denken vielleicht, dass diese Welt aus Liebe besteht."

„Wie sieht es mit deiner Welt aus?"

„Meine Welt ist hier. Jetzt, wo Sunny zurück ist, ist das hier meine ganze Welt", sagte Awu selbstbewusst und locker.

„Das bedeutet also, dass sie deine ganze Welt ist. Liebst du sie?"

Awu schüttelte den Kopf: „Ich kann ihr keine Liebe geben, weil das nicht in meinem Programm enthalten ist. Ich denke, Liebe ist wie eine Droge für Menschen, aber für uns ist es ein Virus. Stimmen Sie zu?"

Es war lange still auf der anderen Seite. Liebe ist wirklich etwas, das schwer zu definieren ist. „Es sollte eine

Art Energie sein. Die Menschen, die es empfangen, werden stärker."

„Genau, wie ich aufgeladen werden muss. Ich muss aufgeladen werden, um weiterleben zu können, oder?"

Awu räumte die Werkstatt auf und plante, zur Bibliothek zu gehen. Als er zur Tür ging, blieb er stehen und zögerte. Er streckte einen Finger aus und zeigte auf das Obergeschoss: „Es ist hier langweilig. Warum gehen Sie nicht nach oben?"

Nach einer kurzen Pause antwortete die Stimme auf der anderen Seite: „Ja, dort oben sind zwei Seelen, die ich betreuen muss."

Awu hatte das Gefühl, dass dieser Engel nicht sehr rein war und ihn absichtlich oder unabsichtlich erschreckte. Er öffnete die Tür und winkte dem Engel zu, in die Bibliothek zu gehen. Dann schloss er schnell die Tür hinter sich. Awu betrachtete die Bücher im Raum, während der Engel an der Tür stand und umherschaute.

„Obwohl ich nicht an den Himmel glaube, glaube ich, dass dies der Himmel für einen Bücherliebhaber ist", sagte Awu unsicher und fügte schnell hinzu, um den Engel nicht zu beleidigen: „Obwohl ich nicht an den Himmel glaube, glaube ich an Engel." Er zeigte mit dem Finger zwischen sich und dem Engel und sagte: „Sie!"

Aber es schien, als hätte er versehentlich ein falsches Kompliment gemacht. Der Engel schnaubte: „Es ist sehr dumm, nur an das zu glauben, was man mit bloßem Auge sieht. Du musst im Glauben glauben, um das Wahre zu sehen."

Awu rollte mit den Augen, eigentlich konnte er den Engel auch nicht sehen, er schaute durch den Engel und landete auf diesen Büchern, aber er folgte trotzdem seiner Bedeutung: „Ja, was man nicht sehen kann, sind alles mächtige Dinge."

„Meinst du mich?"

Awu war verwirrt: „Nein, ich meine ‚Wissen'."

Es schien, als wäre seine Antwort nicht zufriedenstellend. Der Engel kam näher und Awu versuchte, sich an alles zu erinnern, was er jemals gelernt hatte: „ Es gibt auch mächtige Dinge ...z. B ... Es gibt auch gefährliche Viren, die sich schnell ausbreiten können... unsichere Netzwerke mit Datenschutzproblemen... und unglückliche Liebe, die uns quälen kann."

„Gott! Ich spreche von dem allmächtigen Gott!", sagte der Engel mit einem resignierten Ton.

Awu nahm ein Tuch und lächelte gezwungen: „Vielleicht könnten Sie mir etwas über den Himmel erzählen. Denn die Bücher hier sagen mir, dass wenn man von hier aus immer weiter nach oben fliegt – ich meine wirklich nach oben – durch die Konvektionszone, die Stratosphäre, die Mesosphäre, die Ionosphäre und schließlich die Exosphäre des Atmosphärenschutzes, dann gibt es nichts mehr, nicht einmal Wolken, nur endlose Leere. Deshalb kann ich mir nicht vorstellen, wie der Himmel dort oben aussieht..."

„Gott hat alles erschaffen, einschließlich all dieses Wissens über Physik, Biologie, Chemie, Geografie und so weiter. Dies sind nur die Dinge, die Gott den Menschen erlaubt zu sehen. Sie wissen nichts über das, was Gott vor ihnen verbirgt. Sie können das Geheimnis des äußeren Raums natürlich nicht verstehen oder sich vorstellen", unterbrach der Engel Awu. Es gab eine Pause, in der der Engel anscheinend nachdachte, bevor er fragte: „Möchtest du dorthin gehen?"

„Ich will nicht dorthin gehen!" Awu antwortete entschlossen. Eine Sekunde später fügte er sanfter hinzu: „Weil ich kein Leben habe, kann ich nicht dorthin gehen."

„Vielleicht hast du es, du kannst denken, fühlen und sogar geben", antwortete der Engel.

„Sie meinen, dass ich aufgrund meiner höchsten und fortschrittlichsten künstlichen Intelligenz im Vergleich zu anderen Robotern vielleicht Leben habe?", fragte Awu.

Der Engel fand diesen Roboter nicht so gehorsam und ständig widersprach er ihm. Vielleicht war es, weil er der Vorgesetzte seines Vorgesetzten war, also würde er ungehorsam sein, wenn er übersprungen würde?

„Um Leben zu haben, muss man dem Tod gegenüberstehen, eine Seele und freien Willen haben... Vielleicht hast du das alles nicht. Ich habe mich geirrt", sagte der Engel peinlich berührt und schwebte zum Bücherregal, um die Buchrücken zu betrachten.

Awu folgte ihm und begann, das Regal abzuwischen: „Es gibt nicht so viel Staub im Himmel, oder? Man muss hier ständig sauber machen, wenn man es einige Tage nicht macht, bauen Spinnen ihre Netze." Er folgte dem Engel eng: „Aber wenn es keinen Staub gibt, braucht man nicht zu putzen, man muss keine Hausarbeit machen und man braucht nicht zu arbeiten. Wäre das nicht ein bisschen langweilig? Wenn man nicht sterben kann und immer lebt und nichts zu tun hat, wäre es nicht immer langweilig?"

Der Engel schwebte von ihm weg und hielt Abstand zu ihm: „Wie könnte es langweilig sein? Jeder ist dort zufrieden, es gibt kein Leid und jeder ist jeden Tag glücklich."

„Wenn der Himmel ein glücklicher Ort ist, an dem das Leiden endet, muss man nicht unbedingt dorthin gehen. Es gibt es auch hier. Die Alpen sind das Paradies der Skifahrer, die Strände Australiens sind das Paradies der Surfer und die Teiche sind das Paradies der Angler. Und um all das zu verwirklichen, braucht man anscheinend keinen Gott, nur Geld", fügte Awu hinzu.

Der Engel schwebte langsam zur Tür: „Ich denke, ich werde trotzdem hochgehen und nachsehen." Awu versperrte sofort den Weg: „Es ist langweilig, mir beim Putzen zuzusehen, oder? Lass mich dir stattdessen etwas Musik spielen, ein Lied, das die Menschen Gott gewidmet haben."

Der Engel blieb stehen.

Awu verband schnell seine Musikbibliothek mit dem Soundsystem. Seine Lippen bewegten sich leicht und die Musik begann zu spielen. Es war das klassische "Amazing Grace":

> *Amazing Grace, how sweet the sound*
> *That saved a wretch like me*
> *I once was lost but now am found*
> *Was blind, but now I sea*
> *T'was Grace that taught my heart to fear*
> *And Grace, my fears relieved*
> *How precious did that grace appear*
> *The hour I first believed*
> *Through many dangers, toils and snares*
> *We have already come*
> *T'was Grace that brought us safe thus far*
> *And Grace will lead us home*
> *When we've been here a thousand years*
> *Bright shining as the sun*
> *We've no less days to sing God's praise*
> *Than when we've first begun*
> *Than when we've first begun*

Als Awu sah, dass der Engel ruhig geworden war, atmete er erleichtert aus. In entscheidenden Momenten ist gute Musik für alle von Nutzen, auch für Engel. Mit der vertrauten Melodie erinnerte sich Awu an die Tränen von Sunnys Mutter. Er erinnerte sich daran, dass sie jedes Mal weinte, wenn sie dieses Lied hörte. JA... jedes Mal.

13

Sunny saß auf einem Eisberg und trieb auf dem Meer. Die Sonne schien auf die Eisfläche und reflektierte sich in ihren Augen, sodass sie instinktiv die Augen schloss und an den Tag zurückdachte, als die Sonne genauso hell und strahlend war.

Das dunkle Winterwetter und die niedrigen Temperaturen verhinderten manchmal, dass ihre Mutter aus dem Bett aufstand. Aber an diesem seltenen Tag war das Wetter sehr gut und die Sonne schien. Nach der Schule hörte Sunny beim Betreten des Hauses das Klavierspiel, das aus dem oberen Stockwerk erklang. Die Musik war fließend und sehr angenehm anzuhören. Es war Bachs Wohltemperiertes Klavier, das etwas schnell gespielt wurde und ohne Unterbrechungen. Das musste Awu sein, der auf Anweisung seiner Mutter Klavier übte. Aufgeregt rannte sie die Treppe hinauf und öffnete die Tür zum Dachgeschoss. Ihre Mutter stand vor dem Fenster, umarmte ihre Arme vor der Brust und badete in der Sonne, während der kühle Wind ihr langes Haar bewegte. Obwohl es sehr kalt war, trug sie ihr lieblingsrotes Kleid. Von Weitem sah es aus wie eine Rose, die in der Sonne erblühte. Sunny hielt unwillkürlich inne, als ihre Mutter sich zu ihr drehte und ihr Blick weich wurde. Sie hob die Hand, um ihr Haar zu streichen und lächelte Sunny leicht an.

Sunny lächelte Awu zu und lief direkt auf ihre Mutter zu: „Mama, heute haben wir uns in Naturwissenschaften und Geisteswissenschaften aufgeteilt, ich habe Geisteswissenschaften gewählt." Sie gab ihre Stärke in den Naturwissenschaften auf und wählte die Geisteswissenschaften, um ihre Mutter glücklich zu machen.

Ihre Mutter lächelte, in ihrem Lächeln lag Verständnis, Bedauern und Freude. Sie streckte eine Hand aus und wollte Sunnys Haar streicheln, legte sie dann jedoch auf ihre Schulter: „Lebe rational, aber lerne, auf dein Herz zu hören. Täusche niemanden, auch nicht dich selbst." Sie wandte ihren Blick nach draußen: „Finde heraus, was du wirklich liebst. Wenn du einen Menschen liebst, wird er sich verändern, wenn du ein Haustier liebst, wird es sterben. Du solltest das finden, was du am meisten liebst, darin versinken können und glücklich sein, solange du das tust." Sie schaute Sunny an: „Magst du Naturwissenschaften nicht? Ist es vielleicht besser, Naturwissenschaften zu wählen?"

Sunny nickte: „Ich verstehe."

„Sei dir selbst treu, auch wenn du dich irrst. Solange du dein Bestes gibst, ist das in Ordnung." Sie lächelte sie traurig an: „Sunny, findest du mein Kleid schön?"

„Ja, es ist schön!", antwortete Sunny aufrichtig.

Ihre Mutter lächelte, ihr Lächeln war strahlender als die Sonne, als hätte sie gerade eine Süßigkeit bekommen: „Ich liebe dich, aber es gibt Dinge, die ich nicht tun möchte, aber tun muss." Sie drehte sich zum Fenster und sagte: „Gut, geh mit Awu spielen."

„Okay!" Sunny ging zu Awu und setzte sich neben ihn. Awu lächelte sie an und begann ein anderes Stück zu spielen.

„Nein! Nein! Das ist ein trauriges Stück, wie kannst du lächelnd spielen?! Und hier, du spielst zwei Schläge als anderthalb! Außerdem zittert dein Handgelenk zu viel, der Klang ist zu verschwommen." Sunny konnte nicht anders, als für Awu vorzuspielen.

Ihre Mutter sah ihnen still zu, öffnete dann die Tür und ging langsam auf die Terrasse. Elegant drehte sie sich um, lächelte schwach zurück ins Zimmer und schien sich zu verabschieden. Dann zögerte sie nicht mehr und ging zum Geländer. Sie sprang in die Luft, und ihr Körper fühlte sich leicht an. Ihr Kleid wehte im Wind, und es schien, als hätte sie Flügel bekommen, während sie mit Anmut in Richtung ihres Lebensendes flog und all ihre Lasten hinter sich ließ.

Sunny starrte nur noch fassungslos, als plötzlich jemand ihre Augen bedeckte. Menschen wollen fliegen, obwohl sie keine Flügel haben. Vielleicht war ihr Herz schon zerbrochen, bevor sie gesprungen war. Auf dieser Welt sterben nicht weniger Menschen an gebrochenem Herzen als an Krebs, doch das ist ein geheimes Thema, von dem nur wenige Menschen wissen. Das Wesen des Lebens besteht darin, alles zu ertragen, sei es das langweilige Alltagsleben oder unerwartete Rückschläge. Wenn man es nicht mehr ertragen kann, schickt Gott Engel, um einen abzuholen, oder man wartet auf die natürliche Wahl. So drehte sie sich um und sprang leicht in die Luft, um ihre letzte Blüte des Lebens zu vollenden. Es blieb nur eine Leere zurück. Vielleicht war das Leben von Anfang an wertlos. Wenn das der Fall ist, was bleibt den Zurückgebliebenen übrig, außer zu akzeptieren, zu erinnern, zu vermissen und zu trauern? Und wenn das so ist, ist das Leben es wert, weiterzuleben?

Das Leben ist hart, aber man muss lernen, jeden sonnigen Moment zu genießen. Das hat ihre Mutter ihr gesagt. Es gibt eine Welt ohne Nacht, immer voller Sonnenschein. Ihre Mutter ist dorthin gegangen und ist jetzt bei den Sternen. Sie ist nicht verrückt geworden oder hat einen plötzlichen Entschluss gefasst. Es war eine Entscheidung, die sie nach sorgfältiger Überlegung getroffen hat. Sie hat sich für das Glück nach dem Frieden entschieden.

Man sollte rational leben und nicht denken, dass emotionale Menschen mehr Freude erleben als rationale Menschen. Emotionale Menschen erleben nicht unbedingt mehr Freude, aber sie empfinden oft mehr Schmerz als rationale Menschen. Deshalb ist es wichtig, rational zu leben. Eine unüberlegte Entscheidung kann einen Menschen lange Zeit, sogar ein Leben lang, leiden lassen. Deshalb sollte man vorsichtig sein und Entscheidungen sorgfältig treffen. Rational zu handeln bedeutet nicht, Schmerz zu vermeiden, sondern Zeitverschwendung zu vermeiden. Das hat ihre Mutter einmal gesagt. Sie sagte, sie wolle rational leben, aber sie könne nur emotional leben, weil Emotionalität ihr Lebensstil sei und sie keine andere Wahl habe. Ihre Mutter wünschte, sie wäre anders, aber auch wenn sie jetzt versteht, was es bedeutet, ist es schwer für sie, es umzusetzen. Sie kann nur warten und hoffen, dass sich die Dinge ändern werden.

In unserem Leben gibt es viele Dinge, die wir nicht kontrollieren können, aber wir sollten unser Bestes geben. Das habe ich getan und deshalb muss ich jetzt gehen. Das hat ihre Mutter auch gesagt. Sie hat hart und gewissenhaft gelebt, war immer sich selbst treu und hat bis zum Ende durchgehalten. Vielleicht erscheint es für andere als tragisches Ende, aber sie weiß, dass es die einzige Wahl war, die sie hatte. Sie war immer sich selbst treu und lebte das Leben, das sie sich ausgesucht hatte. Es gibt Menschen, die, wenn sie ein Leben führen müssen, das von der Anerkennung der Masse abhängt, dann keinen Unterschied zwischen ihrem Leben und ihrem Tod sehen. Manche Menschen können nur so leben und kämpfen bis zum bitteren Ende. Sie können nur so leben, unnachgiebig kämpfen, bis sie erschöpft sind, bis zum letzten Atemzug ihres Lebens.

Sunny lag im Dunkeln und wischte stumm die Tränen aus den Augen. An das Gesicht ihrer Mutter an jenem Tag konnte sie sich nicht mehr erinnern, nur daran, dass sie eine blühende Schönheit ausstrahlte. Sie schaute die ganze Zeit aus dem Fenster auf die andere Seite des Berges, wo der einzige Weg nach Hause führte. Sie hatte sicherlich tausendmal darüber nachgedacht, nach Hause zurückzukehren, aber wo war ihr Zuhause? Wenn es auf der anderen Seite des Berges war, hatte sie es vor mehr als zehn Jahren verlassen. Wenn es hier war, warum wollte sie dann immer noch nach Hause? Wie auch immer, es gab hier nichts mehr, das es wert war, dass sie bleiben würde. Es war Zeit für sie, nach Hause zu gehen, und sie war endlich zu Hause angekommen.

14

Sunny fühlte sich verwirrt und hatte das Gefühl, dass jemand sie stieß. Sie öffnete ihre Augen und sah, dass Weißchen neben ihrem Bett lag. Seine beiden Pfoten ruhten auf ihrem Arm und er stupste sie sanft mit den Pfoten an. Seine Augen betrachteten sie liebevoll. Sunny konnte nicht anders, als zu lächeln.

Sie setzte sich auf und nahm Weißchens Kopf in ihre Hände, um ihn zärtlich zu streicheln. „Weißchen, bist du derjenige, der mich am meisten auf der Welt liebt?" Weißchen grinste und streckte dann die Zunge heraus, während er Geräusche machte. Sunny rutschte ein wenig im Bett und machte Platz für Weißchen neben sich.

„Möchtest du spazieren gehen? Wir gehen gleich raus, okay?" Weißchen leckte ihr Kinn, schnupperte an ihrem Hals und gab ein sanftes Stöhnen von sich, als ob er zustimmte.

Sunny lag auf der Seite und streichelte Weißchens Fell, während sie sprach: „Erinnerst du dich noch an unser erstes Treffen? Es war im Winter, du warst erst zwei oder drei Monate alt. Du wackeltest auf dem Marmorboden auf mich zu. Du warst so winzig und ich wusste nicht, was ich tun sollte. Du warst wie eine kleine Seifenblase, die zerplatzen könnte, wenn man sie berührt. Ich nahm dich behutsam in meine Arme und bemerkte, dass du zittertest. Ich entschied mich, dich so gut wie möglich zu beschützen."

Weißchen genoss ihre Berührung und lauschte still.

„Am Anfang wusste ich nicht, was ich tun sollte. Ich habe jeden Tag für dich geputzt, aber du hast immer noch überall hingepinkelt. Besonders nachts habe ich mich nicht getraut zu schlafen. Ich habe dich die ganze Nacht beobachtet, um sicherzustellen, dass du nicht auf mein Bett pinkelst. Ich habe dich aus dem Bett genommen und Zeitungen in die Ecke gelegt und immer gesagt: ‚Merke dir das, da kannst du hingehen!' Ich weiß nicht, ob du es damals verstanden hast. Wahrscheinlich nicht. Dann habe ich dich mit ins Bett genommen und du hast so laut geschnarcht, obwohl du so klein warst. Es war süß. Als es fast hell wurde, bin ich schließlich eingeschlafen und als ich aufwachte, bemerkte ich, dass du verschwunden warst. Als ich ins Wohnzimmer kam, sah ich dich hilflos auf dem Sofa stehen, neben dir war ein großer Haufen Kot. Mir wurde schwarz vor Augen, aber bevor ich dich tadeln konnte, habe ich schnell die Szene gereinigt. Ich wusste, dass du es nicht absichtlich gemacht hast, deshalb habe ich dich nicht geschimpft. In den folgenden Tagen hatte ich immer einen Mopp und Zeitungen griffbereit, um auf eine mögliche Überschwemmung vorbereitet zu sein. Es gab viel Geschrei und ich wollte dich wirklich bestrafen, aber du warst so klein, ich konnte es einfach nicht!"

Weißchen leckte ihre Hand und benahm sich brav, als ob es ihre Güte erwiderte.

„Als du klein warst und nur wir beide zu Hause waren, saßen wir oft auf verschiedenen Sofas, uns gegenüber, einen Meter voneinander entfernt. Du saßt nicht wie ich in der Mitte des Sofas, sondern warst immer in einer Ecke zusammengerollt. Als ich dich so zittern sah, fragte ich dich: ‚Hast du Angst vor mir?' Du legtest wie jetzt deinen Kopf auf deine Vorderpfoten und ignoriertest mich. Beim Essen standest du immer neben mir und wenn ich dich fragte, ob du auch hungrig seist, strecktest du deinen Hals aus und belltest aufgeregt. Beim Essen warst du immer so aufgeregt."

Weißchen wimmerte zweimal und wusste nicht, ob es zustimmte oder nicht. Sunny lächelte und tätschelte seinen Kopf.

„Nachdem es wärmer wurde, bin ich oft mit dir spazieren gegangen. Das war dein Lieblingsding und es ist bis heute so geblieben. Damals, wenn du vor mir gelaufen bist, hast du dich umgedreht und auf mich gewartet. Wenn ich schnell gelaufen bin, habe ich zurückgeschaut, um zu sehen, ob du verloren gegangen bist. Du warst damals sehr schüchtern und hast dich oft zu Hause versteckt, sodass ich dich suchen musste. Später hatte ich Erfahrung und wenn ich dich nicht sehen konnte, wusste ich, dass du dich wieder unter dem Sofa versteckt hattest. Dann streckte ich meinen langen Teufelskrallen aus und zog dich an ein paar Haarbüscheln an deinem Hintern heraus, wie an einem alten Putzlappen, und holte dich hervor. Jetzt tut es mir plötzlich ein bisschen leid, Weißchen, würdest du mir verzeihen, dass ich manchmal nicht sanft genug zu dir war?"

Sunny beugte sich vor und kraulte sein Kinn, um ihm zu gefallen. Weißchen streckte glücklich die Zunge heraus und leckte ihr Gesicht, weil es juckte, und sie konnte nicht anders, als zu lachen.

„Weißchen, als du jung warst, sahst du so schön aus. Jedes Mal, wenn ich mit dir rausging, beobachtete dich ein Hund namens Schnucki unten im Gebäude. Er saß immer vor der Wohnungstür und schaute hinaus. Manchmal, wenn ich nach Hause kam, sah er mich und folgte mir die Treppe hinauf. Ich musste ihm erklären: ‚Weißchen ist noch klein, wir gehen heute nicht raus, du solltest nach Hause gehen!' Er war sehr verständnisvoll und würde sich höflich umdrehen und gehen."

Sunny legte sich hin und sprach weiter, als ob sie das Leben von Weißchen in einem Atemzug erzählen wollte.

„Langsam bist du herangewachsen und wurdest immer schöner, stärker, klüger, eleganter und gehorsamer. Du bist wirklich ein strahlender Engel. Das einzige Problem war, dass du nicht gerne badest. Einmal, als wir von einem Spaziergang im Regen zurückkamen, sprangst du auf mich und hinterließt sofort zwei schwarze Flecken auf meinem weißen Hemd. Ich dachte, es geht nicht ohne Baden, also nahm ich zuerst eine Dusche. Aber dann hast du deine kleinen Pfotenabdrücke im ganzen Wohnzimmer hinterlassen. Also habe ich dich ins Badezimmer gezogen und dich in die Badewanne gesteckt. Sobald ich die Dusche öffnete, fingst du an zu schreien und zu springen, ich war voller Wasser und nachdem ich dir Shampoo gegeben hatte, hast du das ganze Badezimmer voller Schaum gemacht, ich konnte dich nicht halten. Als ich mich selbst im Spiegel ansah, voller Wasser und Schaum, wusste ich, dass mein Badeversuch sinnlos war. Ich dachte, es war kein Baden, es war definitiv ein Kampf. Hahaha."

Sunny lachte und schaute auf den stillen Weißchen, streichelte sein Fell mitfühlend und vergrub ihre Finger in seinem weichen und dichten Haar.

„Weißchen, wir werden älter. Wenn ich sehe, wie du immer schwächer aussiehst, bin ich wirklich traurig und besorgt! Früher bist du immer sofort zu mir gelaufen, um zu kuscheln, aber jetzt muss ich dich rufen, um dich zu finden. Ich weiß, dass deine Sicht auch schlechter geworden ist und manchmal stößt du auf Hindernisse. Aber keine Sorge, morgen werden wir zum Tierarzt gehen und eine gründliche Untersuchung machen lassen. In letzter Zeit verlierst du zu viel Fell, und das bereitet mir etwas Sorgen."

Sie senkte den Blick auf den Kopf von Weißchen, und ihre Stimme wurde leiser. Die Vorhänge im Zimmer waren zugezogen, und sie konnte den Wechsel von Tag und Nacht draußen nicht erkennen. Die Luft war frisch, und eine angenehme Brise strömte durch das geöffnete Fenster herein. Die Temperatur war genau richtig, weder zu kalt noch zu warm, und es herrschte eine angenehme Stille um sie herum. Weißchen kuschelte sich an ihre Seite und schloss die Augen, während er leise schnarchte. Sunny verspürte eine lang ersehnte Ruhe und begann langsam, in einen verschwommenen Schlaf zu gleiten.

15

Menschen sind eine fragile Lebensform, die Verbindungen zu anderen Lebewesen braucht, um ein Zugehörigkeitsgefühl zu entwickeln. Dabei entsteht eine Interaktion mit der Welt und Verbindungen zu anderen Menschen, und wenn man das Glück hat, jemanden zu treffen, der bereit ist, für einen zu opfern, erhält das Leben einen Sinn. Allerdings bedeutet die Verbindung zur Außenwelt, dass man auch die Beurteilungen anderer akzeptieren muss, sowohl die guten als auch die schlechten.

Sunny wollte weder von anderen beurteilt werden, noch wollte sie andere beurteilen, daher hatte sie keine Freunde. Sie bedauerte das nicht, zumindest dachte sie im Moment, dass es mit Weißchen und Awu an ihrer Seite ausreichend war.

In einigen Aspekten sind Tiere stärker als Menschen, wie zum Beispiel in ihrer Treue, dem Ausdruck von Liebe und der Fähigkeit, Vertrauen zu haben. Sie verstecken nichts. Ihre Liebe ist einfach und direkt, und ihre Seele ist dadurch auch reiner und edler. Leider gibt es in dieser Welt immer noch viele Menschen, die vor anderen glänzen können, aber nicht einmal eine Katze oder einen Hund besitzen.

Sunny folgte langsam Weißchen. Es war offensichtlich, dass Weißchen diesen Ort sehr mochte. Es lief auf einem ländlichen Pfad voller Blumen und grünem Gras, schnupperte hier und da und schlug gelegentlich mit den Pfoten nach summenden Bienen vor seiner Nase. Aber es jagte nicht mehr die schönen Schmetterlinge und Libellen vor sich. Wenn es auf einen Hasen traf, der auf dem Feld spazierte, hielt es nur an und beobachtete ihn. Früher hätte es sicherlich gejagt und gesprungen, um ihn zu fangen. Schließlich konnte es nicht widerstehen und rief den Hasen an, der dann weglief. Sunny sah, dass Weißchen zögerte, ob es ihm folgen sollte oder nicht, und rief es dann an. Weißchen drehte sich um, starrte sie eine Weile an, bewegte dann seine Beine, streckte seine Zunge heraus und kam tollpatschig zu ihr herüber.

Die beiden Seiten dieses Landwegs waren früher Felder, aber aufgrund der allmählichen Abwanderung der Einheimischen wurde das Land immer verwilderter. Jetzt wuchert das Unkraut wild in den Feldern, und der Rückzug der Menschen lässt die wilde Vitalität der Natur erstrahlen. Früher war dies wie ein abgeschlossenes Königreich, wo man alles selbst versorgen konnte, aber jetzt müssen fast alle Dinge von außen bezogen werden. Der nicht weit entfernte Obstgarten wurde schon lange nicht mehr gepflegt und war unter der Obhut der Natur immer noch voller Vitalität.

Sunny stand in der Wildnis und blickte in die Ferne. Die Berge schwankten und ab und zu ragten einige hohe Bäume empor. Der Himmel war weit und abgesehen vom zarten Vogelgezwitscher war alles still. Sie stand inmitten der Wildnis und alles schien still zu stehen. Der Sommerwind bewegte das Gras, während sie und Weißchen im Unkraut herumkrabbelten. Alles in der Natur war gut, außer für sie als Mensch. Sie erwartete keine Zukunft und wenn sie Weißchen und Awu nicht hätte, könnte sie jederzeit gehen.

Schließlich trug Sunny Weißchen nach Hause. Weißchen hatte all seine Kraft erschöpft und konnte sich nicht mehr bewegen. Als sie nach Hause kamen, ging Sunny, die von Schweiß durchnässt war, zuerst duschen und setzte sich dann gegenüber von Weißchen hin, der mit hängenden Augenlidern und krank aussah. Sie sagte besorgt zu Awu, der hereinkam: „Morgen werde ich ihn auf jeden Fall zum Arzt bringen und eine gründliche Untersuchung durchführen lassen."

Awu warf einen Blick zur Seite: „Ich werde mit dir gehen!"

„Du kannst zu Hause bleiben und auf das Haus aufpassen", sagte Sunny.

„Nimm mich mit, ich kann helfen. Zumindest kann ich für dich fahren", antwortete Awu.

Sunny wusste, dass er die Wahrheit sagte und nickte: „Okay, dann machen wir uns gleich mit dem Auto vertraut."

Wie erwartet war Awus Fahrfähigkeit besser als ihre, insbesondere beim Rückwärtsfahren und Einparken. Vielleicht fehlte ihm die Fähigkeit, komplexe Verkehrssituationen zu bewältigen, aber sie würde ihm helfen. Außerdem war er emotional stabil und nicht müde, was ihn besser für lange Autofahrten geeignet machte.

Obwohl heutzutage alle Autos eine Option für autonomes Fahren haben, nutzen nur sehr wenige Menschen sie vollständig aus. Menschen sehnen sich langsam wieder nach manuellem Fahren und einige bestellen sogar Autos mit manuellem Getriebe, um das einfache Vergnügen des Autofahrens wiederzuerleben. Die Homogenisierung, die durch den technologischen Fortschritt entsteht, wird die Welt niemals vollständig erobern, genauso wie personalisierte und handgefertigte Produkte niemals verschwinden werden. Menschen brauchen

Dinge mit Wärme, um die Erinnerungen an die Zeiten wiederzubeleben, die sie lieben. Daher kann Technologie selbst dann, wenn sie den Menschen übertreffen sollte, niemals den Menschen ersetzen.

Sunny ließ Awu auf dem Fahrersitz Platz nehmen, half ihm, den Sitz einzustellen und den Sicherheitsgurt anzulegen. Dann öffnete sie die hintere Tür und ließ Weißchen einsteigen und sich hinlegen. Sie selbst setzte sich auf den Beifahrersitz. Obwohl sie keine Bedenken hatte, dass Awu fahren würde, war es schließlich sein erster Versuch. Sie wollte ihm dennoch helfen und auf ihn aufpassen. Awus Augen zeigten keine Begeisterung, sondern Ruhe. Sunny erinnerte sich an ihr eigenes aufgeregtes Gefühl, als sie das erste Mal Auto fuhr – sie war nervös, aber vor allem glücklich. Obwohl sie es damals nicht gezeigt hatte, aber wenn sie jetzt darüber nachdenkt, war es wirklich ein wunderbarer Moment in ihrem Leben.

Awu schaute ernsthaft nach hinten und warf zwei Blicke zurück. Der Engel war wirklich gefolgt und blieb neben Weißchen: „Du bist wirklich hartnäckig!"

„Ich dachte, du würdest gerne sehen, dass ich hier bin, und deshalb bist du auch gekommen, oder nicht?", sagte der Engel.

Awu konnte nicht gewinnen, also schnaubte er und drehte sich dann um.

Plötzlich verspürte Sunny einen Kopfschmerz, der sich anders anfühlte als zuvor. Früher, wenn sie auf Stress traf, pochte ihr Blutgefäß am Kopf und ihr Gehirn schien zu platzen. Aber diesmal fühlte es sich an, als ob etwas sie umhüllte, eine Art kleiner scharfer Gegenstand, der ihre Kopfhaut stach. Die Zellen in ihrem Gehirn wurden durch irgendeine Art von Reizung beeinflusst, ähnlich wie das Geräusch von Störungen, wenn jemand elektronische Geräte benutzt und ein Anruf hereinkommt. Sunnys Magnetfeld wurde gestört und verursachte ein unangenehmes Gefühl. Aber bald verschwand dieses Gefühl mit dem Schnauben von Awu. Sie sah in den Rückspiegel und bemerkte, dass Weißchen immer noch träge aussah. Sie zeigte Awu im Rückspiegel und erinnerte ihn daran, dass er die Situation hinter sich sehen konnte, ohne sich umzusehen.

Awu nickte, passte den Rückspiegel an seine Sichtlinie an, startete den Motor, fuhr rückwärts, bog ab und fuhr auf die Straße. Die Bewegungen waren fließend und mühelos, sodass die Insassen des Autos keine Unebenheiten spürten und eine sehr angenehme Fahrt hatten. Als das Auto auf die Straße kam, lehnte sich Sunny zurück und entspannte sich vollständig. Als sie Awus rational selbstbewusstes Auftreten sah, konnte sie nicht anders, als ein wenig neidisch zu sein. Sie musste große Anstrengungen unternehmen, um rational zu bleiben und nicht den Verstand zu verlieren, aber er würde sich niemals durch irgendeine Art von Reizung verändern und von der rationalen Bahn abweichen. Er kannte auch den Schmerz nicht, der damit einhergeht. Er war so unschuldig wie ein Baby, ohne Wünsche, aber unglaublich stark. Er hatte keine Sorgen und kannte nicht die Bedeutung von Angst. Er war eine verbesserte Version der menschlichen Emotionen, nachdem negative Gefühle beseitigt wurden. Wenn die Welt von solchen Wesen regiert würde, wäre es besser, da die Herrscher keine persönlichen Wünsche hätten, sich stärker um das Glück der Menschen kümmern würden und jeder sich besser an die Regeln halten würde. Alles wäre geordnet und die menschliche Natur würde in einer schönen Umgebung gedeihen. Würde das so sein?

16

Der rote Käfer kroch langsam den Bergweg hinauf. Awu fuhr vorsichtig und wenn er irgendwelche Spuren von Tieren vor sich sah, verlangsamte er entweder das Tempo oder hielt einfach an und wartete geduldig, bis die Tiere die Straße verlassen hatten, bevor er weiterfuhr.

Sunny runzelte die Stirn, weil das ständige Anhalten und Anfahren sie ein wenig schwindlig machte und ihr übel wurde. Viele Male wollte sie Awu sagen, dass es genug sei und er einfach hupen und das Tier vertreiben solle. Sie wusste, dass Awu auf sie hören würde, weil es in seinem Programm geschrieben stand, den Anweisungen von Menschen zu folgen. Aber sie hielt sich zurück und sagte nichts, weil sie wusste, dass der Schutz von kleinen Tieren auch in seinem Programm enthalten war und sie es speziell für Weißchen hinzugefügt hatte. Awu war der diszipliniertste Mensch auf der Welt und sie wollte die Regeln nicht brechen. Und egal, ob sie es zugeben wollte oder nicht, ihr Herz mochte sanfte Menschen und Awus Geduld und Sanftheit ließen sie nicht in der Lage sein, diese unhöflichen und kalten Worte auszusprechen. Sie vertraute ihm und hatte die Pflicht, seine Güte und Naivität zu schützen.

Einige Affen tollten herum, ein Wildschwein schnüffelte auf dem Boden, eine fingerdicke Schlange schlängelte sich vorbei, ein kleiner Igel ging ruhig neben seiner Mutter her, und einige Spatzen pickten ernsthaft an ein paar Grassamen, die auf der Straße gefallen waren, bevor sie schließlich wegflatterten. Sunny runzelte immer noch die Stirn und fand es sehr wichtig, den zuständigen Behörden der Regierung mitzuteilen, dass Zäune oder Drahtgitter an beiden Seiten der Straße angebracht werden sollten. Schließlich konnte sie es nicht mehr zurückhalten und sagte: „Willst du sogar die Ameisen retten?"

„Bisher habe ich noch keine Ameisen gesehen", antwortete Awu ernsthaft. Sunny vergaß, dass seine Augen eine Infrarot-Kamera mit sehr hoher Auflösung waren, die problemlos Gegenstände, noch kleiner als Ameisen, erfassen konnte. „Es ist so heiß heute, die Temperatur auf der Straße muss sehr hoch sein. Sie bevorzugen es, bevor es regnet aktiv zu sein."

Sunny kniff die Stirn, winkte mit der Hand und stoppte ihn, bevor er weiterreden konnte. Sie tat so, als hätte sie nichts gesagt. Dann zeigte sie mit ihrem Finger nach vorne und ließ ihn aufmerksam auf den Weg schauen. Sie überlegte in Gedanken, ob sie vielleicht ein Ultraschall-Vertreibungsgerät an der Vorderseite des Autos installieren sollte. Wenn sie nur den Knopf drücken würde, könnte sie die Straße schnell und unbemerkt räumen.

Das Auto hielt nun unter einem majestätischen Baum an, der von den dichten Blättern des Baumkronendachs im Schatten lag und den Insassen des Autos sofort ein angenehmes Gefühl im Sommer verlieh. Sunny blickte auf und betrachtete den Baum. Er musste mindestens Hundert Jahre alt sein und hatte einen massiven Stamm, der vielleicht ein paar Leute brauchte, die sich an den Händen hielten, um ihn zu umfassen. Er stand aufrecht da, beschützt von der dicken, rauen Rinde und streckte sich direkt in den Himmel. Die Äste und Blätter oben waren dicht und voller Leben und bedeckten den Himmel. Seine faserigen Wurzeln griffen fest in den Boden und drangen tief in die Erde ein. Um dem Lauf von hundert Jahren standzuhalten, hat er sein Bestes versucht, Nährstoffe aus der Erde aufzunehmen. Es schien, als ob er mit einem Jahrhundert Glauben an sich selbst ruhig und sanft dastand und seine üppige Vitalität zeigte.

Nicht weit vor dem Auto stand ein kleines Reh mitten auf der Straße und schien von dem riesigen Käfer vor ihm erschrocken zu sein. Seine Augen waren weit aufgerissen, die Ohren standen aufrecht, und seine runden, großen Augen starrten auf sie voller Vertrauen und Freundlichkeit. Es war weder verängstigt, noch wusste es, wohin es fliehen sollte. Sein braunes Fell war mit schneeflockenähnlichen Flecken bedeckt, und seine rosa, exquisite Hörner machten es schön und fast surreal.

Plötzlich wehte ein Windstoß, und eine große Gruppe Vögel, die in dem Baum nisteten, flog auf und erzeugte ein Rascheln. Sie flogen leicht und begleitet von klarem Zwitschern in den Himmel, verschwanden dann immer weiter.

„Ein Tanz der Dämonen!", sagte Sunny und sah die Vögel an.

Gerade als die Vögel am blauen Himmel verschwanden, erschien plötzlich ein wunderschöner Regenbogen, der größer und vollständiger war als die Sonne neben ihm. Sunnys Augen weiteten sich, ihr Mund stand halb offen. Sie hatte noch nie einen Regenbogen bei so klarem Wetter aus der Nähe gesehen und hielt den Atem an.

Plötzlich tauchte ein Pfau vor dem Auto auf, hielt vor ihnen an und öffnete seine Federn, als ob er ein Ankündiger wäre, der hinter dem Vorhang auf die Bühne tritt und sich verbeugt. Nachdem er gegangen war, kam ein Hase hüpfend zum Auto und blieb stehen. Ein Schakal lief vorsichtig hinter ihm her, als ob er sein Bodyguard wäre, und folgte ihm dann vorsichtig, als sie zusammen weggingen. Dann sprang ein braunroter erwachseneres Reh in einem schönen Bogen zwischen dem Käfer und dem kleinen Reh auf die Straße. Seine Nase berührte sanft den Kopf des kleinen Rehs, und sie leckten sich gegenseitig mit der Zunge. Die Intimität zwischen ihnen ließ erkennen, dass sie Mutter und Tochter waren.

Sunny senkte den Blick und fühlte sich ein wenig bitter. Sie wusste, dass das der Geschmack von Eifersucht war.

Immer mehr Rehe kamen auf die Straße und umzingelten die Mutter und Tochter. Die Menge war so groß, dass die ganze Straße verstopft war, aber alles verlief ruhig und geordnet, als ob sie einen Befehl ausführten. Die Menschen im Auto hielten den Atem an und sahen still zu, als ob sie ihre Existenz verbergen wollten. Sie wussten, dass sie in eine andere Welt eingedrungen waren. Der letzte in der Gruppe war ein stolzer Rehbock. Sein Aussehen deutete darauf hin, dass er der König der Rehe war. Sein Fell war rotbraun mit bunten Flecken, die einen glänzenden Schimmer ausstrahlten. Seine beiden Hörner waren wie zwei schöne Korallenbäume, die nach oben verzweigt waren und so stur und hartnäckig wirkten. Seine vier kraftvollen Beine waren wie goldene Stäbe, jeder Schritt war so kraftvoll. Er ging am Ende der Gruppe und blieb stehen, um sich zum Käfer umzudrehen. Seine braunen Augen leuchteten freundlich, friedlich und voller Mut und Weisheit. Er nickte ihnen leicht zu, als ob er sich bedankte, bevor er ruhig in den Regenbogen am Ende der Straße ging und in der glitzernden Welt verschwand, im Wald verschwand und dann verschwand der Regenbogen spurlos.

Jetzt gab es keine Hindernisse mehr auf der Straße, der Eingang des Tunnels war nicht mehr weit entfernt, die Sonne schien immer noch. Alles, was gerade erlebt wurde, war wie ein Traum, als ob die Natur ihnen eine Art Magie gezeigt hätte. Es schien zu bedeuten, dass dies eine Welt ist, in der alle Dinge zusammenleben können und dass der Mensch nur eine Art von Lebewesen ist, das in einer Ecke der Welt leben darf. Obwohl er an der Spitze der Nahrungskette steht, sollte er jederzeit Ehrfurcht vor der Natur haben. Jedes Leben ist ein Wunder des Universums. Alles hat einen Geist, und der Mensch sollte in Frieden mit anderen Lebewesen, einschließlich Robotern, leben und sich mit der Natur verbinden. Diese Integration wird niemals aufhören, und die Zukunftswelt wird sicherlich eine Zusammenarbeit zwischen Mensch, Roboter und Natur sein. Der Mensch sollte immer lernen, sich langsam anzupassen, anstatt zu fordern und zu nehmen.

17

Sunny brachte Weißchen nicht in die Tierklinik, die sie oft besuchte, und versuchte nun, Menschen, die sie kannte, zu vermeiden, um unnötigen Smalltalk zu umgehen. Sie entschied sich für eine abgelegene, aber gut bewertete Klinik.

Sobald sie eintraten, lief ein kleiner gelber Hund auf sie zu, bellte wild und hatte blutunterlaufene Augen. Obwohl er nicht groß war, war er beinahe verrückt vor Aufregung und sein langes Haar stand wild auf seinem Kopf, was eine starke Ausstrahlung verursachte und die gerade eintretenden Menschen sofort an die Wand drückte und automatisch ausweichen ließ. Einige Personen folgten ihm, manche trugen weiße Kittel, andere nicht, und sie liefen wild durcheinander und schrien: „Schließ die Tür! Schließ sie schnell!"

Awu, der Letzte in der Gruppe, schloss die Tür schnell und grinste dann zur geschlossenen Tür. Plötzlich hörten sie einen lauten Knall, als der gelbe Ball gegen die Tür stieß.

Der gelbe Ball drehte sich schnell um und rannte zurück, so schnell wie eine Kanonenkugel, begleitet von einem leisen Reibegeräusch in der Luft, das die Menschen, die ihm entgegenkamen und ihn einfangen wollten, erschreckte und dazu brachte, auszuweichen. Der kleine gelbe Ball rannte wütend zum Ende des Korridors. Unter den Menschen, die ihm folgten, war jemand, der wie eine Krankenschwester aussah und wütend schrie: „Ich habe noch nie einen so wilden Hund gesehen! Es geht nur um eine Impfung, ist es das wert?"

Awu drehte seinen Kopf und sah, dass der Engel, von dem er nicht wusste, wann er hereingekommen war, neben ihm stand und unkontrolliert lachte, als er das Chaos sah. Awu war verärgert und wandte sich ab.

Plötzlich tauchte am Ende des Korridors eine große Person auf, die ein Bettlaken in der Hand hielt und es über den kleinen gelben Ball warf, der auf ihn zustürmte. Dann griff er nach ihm und hielt ihn fest, während der kleine gelbe Ball noch lauter bellte und wild versuchte, das Bettlaken zu zerkratzen. Der Mann, der ihn festhielt, trug einen weißen Kittel und schien ein Arzt zu sein. Seine Kraft war stärker als die des kleinen gelben Balls, und er konnte ihn schließlich unter seinen Arm drücken. Der kleine gelbe Ball hörte langsam auf zu kämpfen, und der Arzt versuchte, ihn zu beruhigen, indem er seine Hand auf seinen Kopf legte, aber der kleine gelbe Ball nutzte die Gelegenheit, ihn zu beißen. Der Arzt zog schnell seine Hand zurück, ohne zu bluten, aber seine Haut war zerkratzt. Er konnte nicht anders, als wütend zu werden: „Bist du verrückt geworden? Willst du euthanasiert werden?"

Beim Hören dieser Worte runzelte Sunny unwillkürlich die Stirn, beugte sich hinunter und streichelte Weißchens Kopf mit der Hand. Wie konnte man so grausame Worte zu einem Hund sagen? Schließlich näherte sich eine Gruppe von Menschen, packte das Bettlaken und ging weg. Der Arzt stand auf, richtete seine Kleidung und fuhr sich durch die Haare. An seiner gepflegten Frisur konnte man erkennen, dass er viel Wert auf sein Aussehen legte. Nun stand er aufrecht und inspizierte die zwei Menschen und den Hund vor der Tür. Der Mann war gut aussehend mit klarem Blick, die Frau war schlank und schön, aber etwas melancholisch. Der Hund war reinweiß, und obwohl er etwas niedergeschlagen aussah, war sein Blick ruhig und gelassen. Zusammen bildeten sie eine harmonische und elegante Familie.

„Guten Tag! Kann ich Ihnen behilflich sein?" Der Arzt lächelte und mochte diese Familie sehr. Wer würde schöne Menschen nicht mögen? Während er sprach, konnte er die Zuneigung in seinen Augen nicht verbergen, als er Sunny ansah.

Sunny runzelte leicht die Stirn, trat einen Schritt zurück und schaute einen Moment lang Awu an. Der Ausdruck auf Awus Gesicht erstarrte für einen Moment, dann erschien ein höfliches Lächeln auf seinem Gesicht, als er einen Schritt nach vorne trat: „Wir möchten gerne eine umfassende Untersuchung durchführen lassen." Er zeigte auf Weißchen.

„Gut! Bitte folgen Sie mir!" Der Arzt drehte sich um und machte einen Schritt nach vorne, rutschte aber fast aus und schaute nach unten, nur um festzustellen, dass er gerade auf einen Haufen Hundekot getreten war. Sein Gesicht wurde plötzlich rot, und er rief schnell eine Krankenschwester herbei, um sie in einen Untersuchungsraum zu bringen, während er hastig zum Waschraum eilte.

Weißchen war wirklich ein wunderschöner Hund. Als er an den Käfigen vorbeikamen, in denen die Hunde im Krankenhaus untergebracht waren, wirkte er wie ein König. Alle Hunde sprangen auf und bellten, als ob sie ihr Hallo sagen würden. Weißchen ging an ihnen vorbei und ignorierte alle Hunde. Er drehte absichtlich sein Gesicht weg, und sein Blick wurde noch kälter. Als Sunny seinen Anblick sah, schien sie sich selbst in der

Menge zu erkennen und empfand mehr Mitleid. Ob es für Weißchen oder für sich selbst war, wusste sie nicht.

Sunny und Awu begleiteten geduldig Weißchen bei allen Untersuchungen. Nach all dem Hin und Her schien Weißchen müde zu sein. Sunny ließ Awu mit Weißchen zur Massage und Schönheitsbehandlung gehen und begleitete den Arzt in sein Büro, um die Untersuchungsergebnisse zu hören.

Der Arzt saß hinter seinem Schreibtisch und blätterte durch die verschiedenen Testberichte. Als er seinen Blick zu Sunny wandte, die ihm gegenübersaß, wurde sein Ausdruck sehr professionell. Als er ihre besorgten Augen sah, wurde seine Stimme noch sanfter. „Sie wissen, dass er nicht mehr jung ist."

„Zehn Jahre alt."

„Ja, die durchschnittliche Lebenserwartung eines Samojeden beträgt zehn Jahre."

Sunnys Herz zitterte und ihre Stirn runzelte sich: „Aber ist die durchschnittliche Lebenserwartung eines Samojeden nicht zwölf Jahre alt?"

„Ja, zwischen zehn und zwölf Jahren." Als der Arzt ihren herausfordernden Blick sah, schluckte er unwillkürlich: „Aber er ist schwächer als normale Hunde."

„Wie kann das sein? Ich achte normalerweise sehr auf seine Ernährung. Seit er sieben Jahre alt ist, kaufe ich ihm Anti-Aging-Futter."

„Ja, aber um sicherzustellen, dass ein Hund gesund ist, reicht es nicht aus, nur ihre Ernährungsbedürfnisse zu erfüllen. Man muss auch ihre Genetik, angemessene Krankheitsprävention und ausreichende Bewegung berücksichtigen."

„Das haben wir alles berücksichtigt. Bitte sagen Sie es mir direkt."

„Nun gut, ich werde es direkt sagen. Er hat vielleicht nicht mehr viel Zeit, also sollten Sie in den kommenden Tagen so viel Zeit wie möglich mit ihm verbringen."

Sunny stand auf und packte plötzlich den Kragen des Arztes: „Du redest Unsinn. Weißchen ist zwar alt, aber er wird nicht so früh sterben."

Der Arzt sah sie an und wurde rot. Er war nicht von ihrer Wut eingeschüchtert, da er schon viel schlimmere Reaktionen von Tieren erlebt hatte. Es war nur der enge Abstand zwischen ihnen und ihre Schönheit traf ihn so hart, dass er ihre Hand nicht wegzog.

Der Engel beobachtete diese Szene draußen durch die Glastür und schüttelte den Kopf. Sie war immer so leicht erregbar: „Sie ist wirklich nicht zu retten."

Awu kam gerade aus dem Massageraum und brachte Weißchen mit. Als er diese Worte hörte, drückte er die Tür zum Sprechzimmer auf und führte Weißchen hinein.

Erst als Sunny sie sah, ließ sie den Arzt los.

Der Arzt richtete seinen Kragen und fühlte eine leichte Enttäuschung in seinem Herzen. Der Duft von Sunnys Parfüm lag immer noch in seiner Nase und roch gut. Er konnte es kaum ertragen, sich von dem Duft zu entfernen. Weißchens Schrei brachte ihn jedoch wieder zur Besinnung. Er verstand nicht, was mit ihm los war und warum er sich in diesem Moment so unprofessionell verhalten hatte.

Er schaute zu Weißchen und zögerte, ob er vor den Patienten über die Krankheit sprechen sollte. Sunny schien zu verstehen, was er meinte, und ließ Weißchen auf ihren Beinen liegen. Sie massierte seinen Kopf und bedeckte seine Ohren.

Der Arzt warf noch einmal einen Blick auf Awu, der auf einen bestimmten Bereich an der Wand starrte, und räusperte sich dann: „Durch eine Ultraschalluntersuchung konnten wir feststellen, dass es einen Tumor in seiner Leber gibt, der ziemlich groß ist. Aufgrund seines fortgeschrittenen Alters ist sein Herz nicht mehr so stark wie früher, und eine Operation birgt mögliche Risiken, da eine Narkose in seinem Zustand riskant sein könnte. Daher wird von einer Operation abgeraten. Um den Tumor genauer zu untersuchen, muss eine Gewebeprobe entnommen werden, um festzustellen, ob er gutartig oder bösartig ist. Selbst wenn wir wissen, ob es sich um einen gutartigen oder bösartigen Tumor handelt, können wir nicht garantieren, dass es wirksame Medikamente gibt, um ihn zu behandeln. Zudem sind die Medikamente nicht kostengünstig."

Sunny fühlte sich wütend und wollte erneut aufstehen, doch als sie Weißchen auf ihren Beinen sah, hielt sie sich zurück. Ihr Blick war traurig, während sie ihre Tränen zurückhielt.

Der Arzt lehnte sich aus Selbstschutz nach hinten und versuchte, Abstand zu wahren.

Der Engel wollte näherkommen, um einen klareren Blick zu erlangen, doch Awu stellte sich vor ihn und versperrte seine Sicht. Der Arzt fühlte sich von Awus hin und her gehenden Bewegungen schwindelig und war verwirrt über das Verhalten dieser Familie.

Sunny beruhigte sich: „Geld ist kein Problem."

„Es geht nicht um das Geld..." Der Arzt zögerte. Wenn er weiter sprach, würde er das Todesurteil für Weißchen verkünden. „Sie wissen, ich bin nur ein gewöhnlicher Tierarzt. Wie wäre es, wenn ich Sie an einen Onkologen überweise? Ich kann Ihnen einen empfehlen."

Sunny nickte entschlossen: „Gut!"

Der Arzt schüttelte den Kopf und sagte nichts mehr. Er suchte in seiner Visitenkarte nach einem Onkologen. Er verstand, wie wichtig Haustiere für Menschen sind, und ließ Sunny einen Beitrag leisten, um ihre Trauer zu lindern. Es ist nicht leichter, sich von einem Tier zu trennen als von einem Menschen.

18

Wenn man etwas einen Namen gibt, verbindet man sich damit. Als Sunny das erste Mal die kleine, wolkenähnliche Kugel auf sich zulaufen sah, platze „Weißchen" so heraus. Sie rief immer wieder und immer wieder nach ihm, bis er wuchs auf und alt wurde. Ihre Lebenswege wuchsen zusammen, verwurzelt ineinander, und wenn sie jemals getrennt werden sollten, würde ihre Haut voneinander reißen und blutige Wunden hinterlassen. Abschiede und Trennungen sind unvermeidlich, aber niemand hatte erwartet, dass alles so schnell kommen würde. Sie war nicht bereit dafür. Warum kann das Leben nicht einen Schmerz vergehen lassen und einen neuen beginnen? Könnte es sein, dass Gott ihre Toleranzgrenze auf die Probe stellt, sodass alle Schmerzen zusammenkommen? Oder weiß er, dass Menschen in ihrer Verletzlichkeit nach Hilfe suchen und leiden müssen, um demütig vor ihm zu beten und ihn um Barmherzigkeit zu bitten? Ist das nicht grausam? Ist Gott nicht liebevoll für die Menschen? Warum kann er den Menschen nicht einfach Glück schenken, anstatt alles auf ihre freie Entscheidung zurückzuführen und sie endlos zu bestrafen? Das Leben ist so zerbrechlich und braucht Mitgefühl und Verständnis, um schwierig zu überleben. Jeder weiß das, aber Gott scheint es nicht zu wissen. Sie wusste, dass es nutzlos war, sich zu beschweren, aber wen konnte sie außer Gott verantwortlich machen? Wenn Gott nur noch als Beschwerdeziel diente, was war dann noch seine Rolle?

Sie wollte nicht weinen. Sie wollte nicht, dass jemand ihre Tränen sieht, weder die Menschen noch Gott. Und sie konnte nicht weinen. Sie wollte nicht, dass Weißchen und Awu sie so sahen. Was sie jetzt fühlte, war weniger Trauer als Wut, Wut auf die Ungerechtigkeit Gottes und ihre eigene Ohnmacht.

Sie wusste nicht, warum sie lebte, aber sie wusste, dass sie dieses Leben ertragen musste. Sie glaubte, dass Weißchen für sie lebte und sie füreinander lebten. Sein Leben sollte glücklich sein, denn sie gab ihm, was sie konnte, und sie war sehr froh, ihn bis zum Ende begleiten zu können. Der gegenwärtige Schmerz war der Preis, den sie für das Glück zahlte, das sie einst von ihm bekommen hatte.

Ein Leben ohne Alterung und Tod ist nicht unbedingt das beste Leben. Wenn das der Fall wäre, würde die Menschheit nicht schätzen lernen, die Bedeutung der Zeit, der Jugend, der Gesundheit, des morgigen Tages und des Lebens. Sie dachte verschwommen, dass die Welt kompliziert ist und viele Dinge schwer zu verstehen sind. Je mehr man fragt, desto verschwommener wird die Antwort. Vielleicht hat das Leben keinen Sinn und jeder Mensch kommt zufällig in diese Welt und erlebt auf seine eigene einzigartige Weise das Leben und geht dem Tod entgegen. Die Dinge, die man nicht bekommen kann und die man bekommt und dann wieder verliert, sind eigentlich unbedeutend. Wenn man letztendlich das Leben verliert, dann hat alles keine Bedeutung mehr. Es ist wie der Wind, der um dein Ohr weht und wenn du danach greifst, ist es nichts.

Sie hatte nie nach Freiheit gestrebt und es schien jetzt nichts zu geben, was sie fesselte, nicht einmal

Geld. Sie hatte ein reiches Erbe von ihren Eltern geerbt, was ihr ermöglichte, ohne Arbeit zu leben. Sie hatte mehr Rechte auf Wahlmöglichkeiten und Freiheit als andere Menschen, aber sie hatte keine Freiheit gespürt. Vielleicht ist der Tod die Antwort und die ultimative Freiheit.

Mit einer Art von Erleichterung schaltete sie das Radio ein und legte das Buch auf den Tisch. Um Weißchen zu helfen, musste sie zuerst seine Krankheit verstehen. Begleitet von sanfter Klaviermusik strahlte das Morgenlicht durch das Fenster und fiel auf die weißen Buchseiten. Sie sah zu, wie das Sonnenlicht das Papier durchdrang und eine leichte Goldfarbe annahm. Mit der erreichbaren Wärme schaute sie aus dem Fenster.

Blumen werden immer noch blühen und Gras wird immer noch wachsen. Awu und Weißchen gingen in der Sonne spazieren und hatten Spaß. Alles sah gut aus, wie früher. Vielleicht könnten sie diese letzte Zeit gut verbringen. Jetzt lebte sie einfach und das hatte sie all ihre Kraft gekostet. Was in der Zukunft passieren wird, wird sich später zeigen.

Das Telefon klingelte und es war Onkel Thomas. Nach ein wenig Smalltalk sagte sie: „Wie geht es Tante Petra? Ich wollte in den nächsten Tagen bei ihr vorbeischauen." Sie sprach gerne mit Tante Petra, da sie viele Fragen hatte, die beantwortet werden mussten, insbesondere von älteren Menschen mit reichhaltiger Lebenserfahrung.

„Deine Tante Petra ist gestern Abend gegangen. Sie hat mich gebeten, dir auszurichten, dass es ihr leidtut, dass sie sich nicht von dir verabschieden konnte. Sie wollte leise gehen, du weißt, dass wir nicht gut darin sind, uns zu verabschieden."

„Wann ist die Beerdigung?"

„Es wird keine Beerdigung geben. Sie sagte, dass sie nicht möchte, dass jemand für sie traurig ist. Nach der Einäscherung werde ich ihre Asche ins Meer streuen. Das war ihr letzter Wunsch."

Die Tränen von Sunny fielen still herab. Es geschah, obwohl sie es nicht wollte. Sie unterdrückte ihren Schmerz und wagte es nicht, zu sprechen. Auf der anderen Seite des Telefons schien Thomas ihre Emotionen zu spüren und begann, sie zu trösten.

„Tod ist das Natürlichste im Leben, es passiert jeden Tag und jeder von uns hat diesen Tag. Wir müssen uns dieser Trennung stellen. Wenn wir wüssten, wann wir uns wiedersehen werden, wäre die Trennung nicht so beängstigend. Ich glaube, wir werden uns bald im Himmel wiedersehen. Wenn man so denkt, hat man keine Angst mehr im Herzen, nicht wahr?"

„Ja." Sunny drückte das Wort mit Mühe aus ihrem Hals heraus.

„Sie hat gesagt, dass sie wie ein weißer Vogel auf den Wellen fliegen möchte. Ich gehe jetzt, um ihren Wunsch zu erfüllen. Wir sind glücklich, uns in diesem Leben zu begegnen. Das Leben ist immer schwierig, aber egal was passiert, man muss glauben, dass Glück real ist und man darf nichts zulassen, das den Glauben zerstört. Das Ende des Verlustes und der Erinnerung ist ein neuer Anfang. Vielleicht wird alles enden, aber solange man noch lebt, muss man glauben, dass alles gut ist und man muss sich bemühen, Frieden im Inneren zu finden. Das Leben ist so kurz, man sollte nicht zu streng sein wegen Dingen. Obwohl wir die meisten Dinge im Leben nicht kontrollieren können, müssen wir immer noch versuchen, ernsthaft zu leben. Was nicht kontrolliert werden kann, muss akzeptiert werden. Was kontrolliert werden kann, sollte getan werden, um keine Reue zu haben. Schätze das Jetzt, das Leben ist wunderschön, versuche das Schöne im Leben zu finden. Ich erinnere mich, dass du gesagt hast, dass du an nichts glaubst, aber das bedeutet, dass du an alles glauben kannst. Du hast auch gesagt, dass du nichts hast, aber das bedeutet, dass du alles aufnehmen kannst. Verstehst du, was ich meine?"

„Ja." Sunny nickte schwer und Tränen flossen ununterbrochen. Sie wusste, dass dies das letzte Mal war, dass sie sich verabschiedeten. Sie weinte nicht wegen des Abschieds von Leben und Tod, sondern weil sie nicht bereit war. Auch wenn sie verstand, dass es unausweichlich war, war sie noch nicht bereit. In dieser Hinsicht würde sie niemals bereit sein.

The White Birds
ein Gedicht von William Butler Yeats

I would that we were, my beloved,
white birds on the foam of the sea!

We tire of the flame of the meteor,
before it can fade and flee;

And the flame of the blue star of twilight,
hung low on the rim of the sky,

Has awaked in our hearts, my beloved,
a sadness that may not die.

A weariness comes from those dreamers,
dew-dabbled, the lily and rose;

Ah, dream not of them, my beloved,
the flame of the meteor that goes,

Or the flame of the blue star
that lingers hung low in the fall of the dew:

For I would we were changed
to white birds on the wandering foam: I and you!

I am haunted by numberless islands,
and many a Danaan shore,

Where Time would surely forget us,
and Sorrow come near us no more;

Soon far from the rose and the lily
and fret of the flames would we be,

Were we only white birds, my beloved,
buoyed out on the foam of the sea!

19

In letzter Zeit, wenn Sunny und Weißchen einschliefen, begleitete der Engel Awu überall hin. Awu putzte herum, bevor er schließlich mit dem Engel im unterirdischen Arbeitszimmer zur Ruhe kam. Seit er Solarpanels hatte, musste Awu nicht mehr ins Schlafzimmer zurückkehren, um aufzuladen. Bei gutem Wetter breitete er die Solarpanels in der Sonne aus und legte sich in einer bequemen Position auf den Holzboden des Flurs, um sich zu sonnen.

Nachts brauchte er nicht zu schlafen und konnte Zeit mit dem Engel verbringen. Nach und nach verstand er die Vorlieben des Engels. Er lernte aus einem Buch, dass Engel in Schutzengel und Vernichtungsengel unterteilt sind. Sie lügen nicht, sterben nicht und altern nicht. Sie besitzen herausragende Intelligenz und enorme Stärke, aber ihr einziger Nachteil ist Stolz und Überheblichkeit. Awu war jedoch besorgt, denn dieser Engel schien sich Sunny gegenüber überhaupt nicht wie ein Schutzengel zu verhalten.

Die beiden sahen fern, hörten Musik und unterhielten sich jeden Abend miteinander. Während dieser Zeit beobachtete und analysierte Awu heimlich mit seinem Fachwissen. Es stellte sich heraus, dass die Psychologie dieses Engels wirklich einfach war, wie ein Stück weißes Papier, und er betrachtete die Welt gemäß Gottes Worten. Sein Inneres war stark und hatte keine dunklen Ecken, weil sein Herz vollständig war und er keine Wünsche hatte und keine äußere Bestätigung benötigte.

Die Welt in den Augen von Engeln hatte keine Farben und war schwarz-weiß. Er hatte keinen Geschmackssinn und auch keinen Tastsinn, aber sein Gehör- und Geruchssinn waren sehr empfindlich. Er liebte Musik, insbesondere klassische Musik. Das hatte Awu selbst beobachtet, da der Engel unbewusst schwebte, je mehr er die Musik mochte.

Obwohl der Engel wie Awu nicht essen musste, schaute er sich unter dem Einfluss von Awu auch gerne verschiedene Kochshows an. Viele Abende verbrachten sie damit, gemeinsam Kochshows anzusehen. Seitdem Sunny einige Rezepte in sein Programm eingegeben hatte, versuchte Awu auch, in der Küche zu üben und das Essen auf den Tisch zu bringen, damit er es mit dem Engel zusammen genießen konnte. Der Engel würde bei jedem Gang kurz innehalten, tief seufzen und sagen, wie köstlich es war. Der Engel betrank sich, wenn er den starken Alkoholgeruch wahrnahm, und blieb regungslos in einer Ecke auf der Couch liegen. Aber wenn Awu ihm eine Tasse starken Kaffee kochen und vor ihn stellen würde, würde er sofort zittern und aufwachen.

Gerade jetzt stellte Awu einen Tisch voller köstlicher Gerichte vor den Engel. Er überlegte, ob er diesem Engel Kaffee oder Wein servieren sollte. Als der Engel den Duft des Essens wahrnahm, sagte er: „Sprich."

„Worüber?"

„Hast du mir nichts zu sagen?"

„Wie wussten Sie das?" Awu hatte das Gefühl, dass dieser Engel nicht so dumm war, wie er aussah.

Der Engel war ein wenig stolz, als er Awus überraschtes Gesicht sah: „Du denkst, ich bin nicht so schlau wie du, oder?"

„Ich habe eine Bitte."

„Erzähl es mir." Der Duft des Essens auf dem Tisch vor ihm machte den Engel glücklich.

„Könnten Sie Weißchen nicht sterben lassen?"

„Warum?"

„Weil...Sunny sehr traurig ist. Obwohl sie nicht geweint hat, kann ich es sehen." Er zeigte mit dem Finger auf seine Stirn, die sich in Falten legte.

„Es tut mir leid, das geht nicht. Ich kann höchstens ein bisschen Zeit verzögern."

„Könnten Sie Sunny dann gehen lassen?"

„Warum sollte ich sie nicht gehen lassen? Ich bin ein Engel, kein Teufel", antwortete der Engel ein wenig verärgert. Die Rettung der Menschen hängt nicht davon ab, ob sie Christus im Leben annehmen und ewiges Leben haben oder sterben und alles beenden. Es hängt alles davon ab, wie sie sich entscheiden, und sie sind diejenigen, die sie nicht gehen lassen.

„Aber sie ist unglücklich. Wenn der Teufel ihr Glück gestohlen hat, könnten Sie ihr helfen, es zurückzubekommen?"

Der Engel schnaubte und fand, dass das Gespräch immer unsinniger wurde. Er schwebte weg vom Tisch und hatte bereits den Duft jedes Gerichts wahrgenommen. Essen ist wirklich ein Segen Gottes für die Menschheit.

Awu folgte ihm auf dem Fuß und sah zu, wie der Engel auf dem Sofa saß. Awu rannte zur Stereoanlage und spielte sanfte Klaviermusik ab, die das ganze Zimmer sanft erfüllte.

Der Engel sah Awu neben sich sitzen und fragte: „Glaubst du an Gott?"

Awu schüttelte verlegen den Kopf.

„Du hast mich schon gesehen! Glaubst du immer noch nicht? Die Menschheit glaubt an das, was sie sieht. Viele Menschen glauben nicht an Gott, weil sie ihn nicht mit eigenen Augen gesehen haben. Die Leute glauben immer an Dinge, die sie sehen können. Nur weil man etwas nicht sehen kann, heißt das nicht, dass es nicht existiert. Tatsächlich ist eine unsichtbare Kirche viel größer als eine sichtbare Kirche." Der Engel seufzte unglücklich über die Dummheit der Menschheit.

„Ich bin kein Mensch. In meinem Programm steht nicht, dass ich an Gott glauben muss. Außerdem habe ich in meinem Speicher neben der Bibel auch den Koran und die buddhistischen Texte. Wenn ich aufgrund dessen glauben müsste, müsste ich auch an Allah und Buddha glauben. Die Menschen glauben nur an das, was sie gesehen haben, und ich glaube nur an das, was das Programm für mich festgelegt hat."

„Wenn du nicht an Gott glaubst, wirst du natürlich auch nicht an den Teufel glauben. Warum sprichst du immer noch vom Teufel...?" Der Engel schwebte näher an Awu heran. „Aber wenn du sie glücklich machen willst, kannst du sie dazu ermutigen, fest an Gott zu glauben."

Awu zögerte: „Ich glaube nicht einmal selbst, wie soll ich sie dazu bringen?"

Der Engel seufzte und entfernte sich von ihm. „Nun, es gibt natürlich noch eine andere Möglichkeit."

„Was für eine Möglichkeit?" Awu folgte ihm aufgeregt.

„Ihr Glück zu bringen ist nicht schwer. Schenke ihr Liebe!"

Die beiden standen sich gegenüber, schwiegen eine Weile und überlegten dann jeder an seinem Platz.

„Das musst du selbst herausfinden. Ich kann nur so viel sagen." Nachdem der Engel gesprochen hatte, schwebte er davon.

Awu runzelte die Stirn und dachte, was er gesagt hatte, brachte ihm jedoch nichts. Vielleicht sollte er nachlesen, was in den Büchern steht.

Die Bibel sagt:

*„Die Liebe ist langmütig und freundlich,
die Liebe eifert nicht, die Liebe treibt nicht Mutwillen,
sie bläht sich nicht auf, sie verhält sich nicht ungehörig,
sie sucht nicht das Ihre, sie lässt sich nicht erbittern,
sie rechnet das Böse nicht zu."*

*Aber es gibt auch Menschen, die sagen:
„Liebe ist eine erhabene Sache,
die selbst Gott nicht kontrollieren kann."*

*„Obwohl das Leben keinen wirklichen Sinn hat,
macht die Liebe das Leben schöner."*

*„Nur die Liebe, ohne Geld wird nicht nur
die Liebe sterben, sondern auch die Menschen."*

*„Gott macht keine Fehler, also ist es nicht falsch,
sich in jemanden zu verlieben."*

*„Wenn man nicht stark genug ist,
sollte man sich nicht leicht mit anderen verbinden.*

*Wenn man sie nicht vollständig beschützen kann,
wird man am Ende nur selbst tief verletzt."*

„*Meine Liebe mag manchmal unbedeutend sein,
aber sie ist mein größter Einsatz."*

„*Liebe ist strahlend, ist Augenkontakt,
ist Hand in Hand."*

„*Liebe erfordert volle Hingabe,
um sich so fest zu umarmen,
dass man nicht atmen kann."*

„*Liebe ist eine Verbindung der Seelen,
ein Glaube, ein Vertrauen und auch
eine Kraft zum Überleben."*

...

Awu konnte nicht weiterlesen. Je mehr er wusste, desto verwirrter wurde er. Zum ersten Mal überlastete sein Prozessor etwas und er drohte abzustürzen. Er machte eine kurze Pause, sortierte das Durcheinander von Informationen, und schließlich wurde das endgültige Urteil immer klarer: Er hat keine Seele, er kann nicht lieben und er kann auch keine Liebe geben. Er saß dort starr, und sein Herzschlag schien zu stoppen.

20

Der Nachthimmel war von dunklen Wolken bedeckt, und Sunny war am Strand im Sand vergraben, nur mit dem Kopf herausragend. Das Meerwasser kam und ging vor ihr, und sie konnte sich nicht bewegen, konnte nur mit Angst die Gezeiten beobachten. Ihr Mund war fest verschlossen, und sie atmete schwer durch die Nase, während sie darauf wartete, dass das Wasser sie vollständig verschlang und das Ende ihres Lebens erwartete. Sie fühlte sich hilflos und gab auf zu kämpfen. Verwirrt starrte sie nur auf das Meer in der Ferne.

Ein Blitz durchzog den Himmel, gefolgt von einem lauten Donnergrollen. Sunnys Augen folgten dem Geräusch und blickten zum Himmel auf. Gott tobte weiter, und es regnete in Strömen, durchnässte ihr Haar und trübte ihre Augen, als ob er ihr in den letzten Momenten ihres Lebens einen letzten Schlag geben wollte. Ihr Ärger brach aus ihr heraus, die Wut strömte aus ihrer Brust und gab ihr unbegrenzte Kraft. Sie sprang aus dem Sandloch und lief ein paar Schritte auf das Meer zu, wo sie sich von den Wellen und dem Regen auf ihren dünnen Körper spülen ließ. Sie schaute zum Himmel auf und streckte einen Arm aus, zeigte mit dem Zeigefinger auf die Stelle, wo der Blitz erschienen war, und schrie aus Leibeskräften: „Gott, sag mir, muss jeder unglücklich sein, um die Wahrheit des Lebens zu erfahren?! Wenn du ein solcher Gott bist, dann glauben wir nicht an dich!"

Nachdem sie gesprochen hatte, hob sie einen Kieselstein auf und warf ihn in Richtung des Blitzes. Sie warf einen Stein nach dem anderen, voller Wut. Plötzlich erschien eine weiße Figur vor ihr mit einem strengen Gesicht und als die Figur ihre wild leuchtenden Augen sah, gab sie ihr eine Ohrfeige.

Sunny wachte auf, und ihr linker Wangenknochen schmerzte. Sie lag im Bett und starrte regungslos auf die Decke. Offensichtlich hatte sie in einem Traum Schläge bekommen und war wirklich verdammt unglücklich. Die Realität allein war schon schlimm genug, und im Traum wurde sie immer noch geschlagen. Aber sie hatte das Gefühl, diesen Mann irgendwo gesehen zu haben, konnte sich jedoch nicht an sein Aussehen erinnern. Die Erinnerungen des Traums verblassten mit der Zeit, und alles schien wie eine Illusion.
Als sie sich im Bett aufrichtete, war Weißchen bereits gegangen. In letzter Zeit hatte Awu Weißchen jeden Morgen mitgenommen, um ihr mehr Zeit zum Schlafen zu geben. Nachdem sie sich fertiggemacht hatte, ging sie ins Esszimmer, wo bereits ein reichhaltiges Frühstück auf dem Tisch stand. Seit Awus Wiederbelebung hatte er jeden Tag vor ihrem Aufstehen Frühstück zubereitet, das in Bezug auf Vielfalt und Nährstoffgehalt weit über das hinausging, was sie ihm in den Rezepten geschrieben hatte. Offensichtlich hatte er sich autodidaktisch weitergebildet. Sie entspannte ihre Schultern und setzte sich an den Tisch, um sich eine Tasse Kaffee aus der Kaffeekanne einzuschenken. Unabhängig davon, wie schlecht das Leben sein mochte, war jeder Morgen immer noch schön.

Awu kam mit Weißchen zurück. Weißchen lief um ihre Beine herum, begrüßte sie und ging dann, um Wasser zu trinken. Awu putzte dieses Mal nicht wie gewöhnlich die

Küche, sondern setzte sich ihr gegenüber und versank in Gedanken, ohne sie anzusehen.

Im Laufe der Jahre hat sich alles verändert, nur Awu nicht. Als sie 15 Jahre alt war, war er ihr älterer Bruder, und jetzt, da sie über 30 Jahre alt ist, scheint sie äußerlich zu seiner älteren Schwester geworden zu sein. Dieser Gedanke ließ ihr Herz schmelzen, und sie antwortete mit voller Zuneigung: „Gibt es etwas, das ich für dich tun kann?" Es schien, als hätte sie sich darauf vorbereitet, ihm zu helfen, egal was er verlangen würde.

Er schaute sie mit klarem, kindlichem Blick an: „Kannst du Liebe in mein Programm einfügen?"

Seine Frage ließ Sunny einen Moment lang überrascht sein. Sie hatte nicht erwartet, dass Awu eine solche Frage stellen würde. Wenn es Weißchen wäre, der diese Frage stellen würde, hätte sie wahrscheinlich keine Antwort. Aber wenn es Awu wäre, könnte sie vielleicht etwas tun. Sie antwortete sanft: „Lass mich darüber nachdenken."

„Okay!" Awus Gesichtsausdruck hellte sich sofort auf, und er verließ den Raum voller Vertrauen.

Sunny sah ihm nach und runzelte sanft die Stirn. Mit menschlichen Emotionen würde er seine eigenen Gedanken haben. Durch das von seinem Gehirn gesteuerte Nervensystem würde er echtes Glück und Freude erleben und auch mehr Schmerz empfinden. War das die richtige Entscheidung? Sie schüttelte den Kopf und wollte nicht weiter darüber nachdenken. Nach dem Essen würde sie recherchieren.

Das menschliche Gehirn besteht aus mehr als 100 Milliarden Neuronen und etwa 10 Quadrillionen Synapsen, die diese Neuronen verbinden. Jedes Neuron kann Daten verarbeiten und speichern, was das menschliche Gehirn im Vergleich zu einem Computer effizienter macht. Einige Unternehmen wie IBM und Intel haben bereits Chips in neuronaler Form veröffentlicht. Obwohl jeder dieser Chips mehr als 100 Millionen Neuronen hat, ist ihre Anzahl im Vergleich zum menschlichen Gehirn gering. Die Geschwindigkeit des Speicherzugriffs und die Kommunikation zwischen den Chips müssen weiter verbessert und der Energieverbrauch gesenkt werden.

Forscher an einer Universität in den USA haben einen sogenannten Memristor entwickelt, der ähnlich wie ein Transistor funktioniert und Daten verarbeiten und speichern kann. In der Zukunft könnten Millionen oder sogar Milliarden von Memristoren zu einem computergestützten System mit einer neuronalen Architektur integriert werden, das dem menschlichen Gehirn sehr ähnlich ist.

Alle heutigen Computersysteme basieren auf der Von-Neumann-Architektur, die Eingabe- und Ausgabegeräte, Zentralprozessoren und Speicher umfasst. Der Prozess der Eingabe, Ausgabe und Verarbeitung von Informationen erfordert viel Energie, während das menschliche Gehirn nur 10-20 Watt Leistung benötigt. Der Energiebedarf von Computern ist um das Billionenfache höher als der des Gehirns.

Sunny lehnte sich auf ihrem Stuhl zurück und dachte nach. Es schien nicht unmöglich zu sein, aber der Schlüssel zur Umsetzung war, das richtige Material zu finden. Dann fiel ihr ein, dass wenn sie und Weißchen in einigen Jahren weggehen würden, Awu hier alleine leben würde. Sie musste einen Begleiter oder sogar mehrere für Awu schaffen, damit er jemanden zum Reden hatte, wenn er sich langweilte, und einen warmen Arm, wenn er traurig war.

Mit dieser Idee hatte sie plötzlich eine Menge Arbeit vor sich, und ein Gefühl der Dringlichkeit überkam sie. Diese Angelegenheit war komplex und keineswegs einfach. Sie atmete tief durch. Sie war eine Person, die, sobald sie eine Entscheidung getroffen hatte, sofort loslegte und es so schnell wie möglich erledigte, egal wie viel Zeit es dauerte und wie schwierig es war. Sie glaubte immer noch, dass es auf der Welt keine wirklich schwierigen Dinge gab, sondern nur komplexe Dinge, und wenn man sich Stück für Stück damit beschäftigte, würde es nicht so kompliziert sein. Andererseits war das Leben voller Unsicherheiten, und sie wusste nicht, wie lange sie noch leben würde. Eigentlich war sie des Lebens überdrüssig und könnte jederzeit gehen, aber wann es enden würde, konnte sie nicht kontrollieren. Sie hatte seit Langem keine Angst mehr, aber jetzt wollte sie nicht so schnell aufgeben, bevor sie den Wunsch von Awu erfüllt hatte und ihm einen passenden Begleiter geschaffen hatte.

21

Es hat am Abend geregnet, aber am nächsten Morgen schien immer noch die Sonne und die Luft war etwas kühler geworden, mit einem Hauch von Herbstgeruch. Die Veränderungen der Jahreszeiten machten die vergehende Zeit spürbar. Nach dem Frühstück führte Sunny Weißchen zum See für einen Spaziergang. Der Himmel war sehr hoch und die weißen Wolken spiegelten sich in den funkelnden Wellen des Sees. Das Schilf am Ufer wiegte sich im Wasser, während die Wasservögel rufend über das Gewässer flogen und in die Ferne entschwanden. Die fernen grünen Berge erstreckten sich unter dem Sonnenlicht und wurden allmählich blasser.

Nach einer Weile setzten sich Sunny und Weißchen auf einen sauberen Felsen am Seeufer. Sunny blickte auf die Oberfläche des Sees und streichelte Weißchens Fell, wodurch sie viele weiße Haare in ihren Händen hatte. Als sie das sah, wurde sie traurig und beugte sich hinunter, um Weißchens Hals zu umarmen: „Weißchen, du hast so viele Haare verloren, weil du krank bist. Es tut mir so leid, dass ich in letzter Zeit nicht aufgepasst habe und nur an mich selbst gedacht habe, ohne auf dich zu achten. Wenn es möglich wäre, würde ich mein Leben für dich opfern."

Weißchen legte seine Vorderpfoten um ihren Hals und stieß ein schluchzendes Geräusch aus, als ob er weinte.

„Aber Weißchen, du brauchst keine Angst zu haben. Du bist der beste Hund der Welt und wirst sicherlich in den Himmel kommen. Wenn du diesen Ort verlässt, wirst du dort wiedergeboren werden. Wir werden uns im Himmel wiedersehen. Wirst du auf mich warten? Wirst du mich erkennen? Wenn ich dich vermisse, werde ich dir einen Brief schreiben. Wirst du ihn erhalten?" Sunny richtete sich auf und wischte sich das Gesicht ab: „Eigentlich verdienst du es mehr als ich, in dieser Welt zu sein. Du wirst ein glücklicheres Leben haben als ich. Die Welt in deinen Augen ist sicherlich schöner als in meinen Augen. Ich werde versuchen, nicht so traurig zu sein und auf den Tag zu warten, an dem wir uns wiedersehen."

Sunny biss sich auf die Lippen, lächelte leicht mit Tränen in den Augen und wurde wieder etwas traurig. Die Tränen füllten sofort ihre Augen: „Vielleicht sollte ich dich vergessen. Wirst du nicht freier sein, wenn ich dich vergesse? Wirst du nicht bessere Menschen treffen? Okay, ich werde versuchen, dich zu vergessen. Es ist schwer, aber ich bin darin gut, die Dinge zu verpassen oder nicht?"

Weißchen drehte sich unzufrieden um und starrte die Wasservögel in der Ferne an, die über dem See aufstiegen und wieder fielen.

Sunny streichelte das Fell auf seinem Rücken und tröstete ihn: „Es ist in Ordnung, wie könnte ich dich vergessen? Glaubst du, ich kenne viele Menschen auf dieser Welt? Ich glaube, selbst wenn wir uns wegen dieser Trennung vergessen sollten, würden wir uns bei einem Wiedersehen erkennen, oder nicht?"

Weißchen hob die Augenlider und sprang von dem Felsen herunter, um sich zu ihren Füßen niederzulegen.

Sunny schaute auf die Berge in der Ferne: „Weißchen, wenn es ein nächstes Leben gibt, möchtest du dann ein Mensch sein? Weißt du, es ist wirklich schwierig, ein

Mensch zu sein, besser nicht. Von Geburt an benötigt man viel Glück, um zahlreiche Krankheiten und Unfälle zu vermeiden. Im Erwachsenenalter muss man ständig mit verschiedenen Herausforderungen und Rückschlägen umgehen und rational bleiben, um vorsichtige Entscheidungen zu treffen. Eine unüberlegte Entscheidung kann einen leicht in ein tiefes Tal stürzen lassen, und es kann lange dauern, bis man sich wieder erheben kann. Und wer kann einen retten? Nur man selbst. Wenn man nicht stark genug ist, kann man für immer darin gefangen sein. Aber das ist nicht das Schwierigste, das Schwierigste ist, dass man lernen muss, mit anderen Menschen umzugehen und kommunikativ zu sein. Man muss lernen, zwischen Wahrheit und Lüge zu unterscheiden, und das kostet viel Energie. Wenn man kein Talent dafür hat, wird man es niemals schaffen und tief in Schmerz und Leid kämpfen. Das Einzige, was einen trösten kann, ist, dass man nicht allein ist. Es gibt Millionen von Menschen auf der Welt, die ebenfalls leiden, vielleicht sogar mehr als man selbst. Also, im nächsten Leben solltest du lieber ein Engel sein. Aber auch Engel sind nicht unbedingt gut. Es könnte sehr langweilig sein. Ein endloses Leben ohne Ende ist auch eine Art Strafe. Ohne Einschränkungen gibt es keine Wertschätzung, und alle Schönheit scheint bedeutungslos zu sein. Es bleibt nur die Wiederholung von Tag für Tag, Jahr für Jahr. Sehr grausam. Man sagt, im Himmel gibt es kein Leid mehr, aber Tolstoi sagte einmal, dass man das Leid fühlen muss, um zu spüren, dass man lebt. Ohne Schmerzen kann es vielleicht auch kein Lebensgefühl geben. Ich meine nicht, dass ich Schmerzen möchte, wer möchte das schon? Aber wenn im Himmel nur Freude herrscht, wird diese Freude von endlosen Tagen abgeschwächt. Ohne Schmerzen kann Freude nicht wirklich Freude sein, genauso wie ohne Nacht kein Tag existieren kann. Ist das gut oder schlecht?"

Weißchen schnaubte zweimal kraftlos und wusste nicht, ob er zustimmen oder ablehnen sollte.

„Mach dir keine Sorgen, die Welt ist groß und schlecht, aber hab keine Angst, du hast mich noch." Sie klopfte ihm sanft auf den Kopf. „Im nächsten Leben müssen wir nicht an Gott glauben oder uns fragen, ob wir in den Himmel wollen oder ob das Leben einen Sinn hat. Wir könnten Wolken und Wind im Himmel sein, frei und sorglos, wohin wir wollen. Was hältst du davon?"

Plötzlich verspürte Sunny einen Kopfschmerz und drehte sich um. Sie sah, dass Awu irgendwann hinter ihr erschienen war. Sie klopfte auf den leeren Platz neben sich und ließ Awu sich setzen.

Awu unterbrach sie ungeduldig: „Lass uns nicht über Gott sprechen, lass uns nach Hause gehen. Wir können Bohnen, Gurken und Tomaten aus dem Gemüsegarten pflücken."

Der Engel, der vor ihnen schwebte, unterbrach ihn: „Lass sie ausreden."

Das verursachte wiederum Kopfschmerzen bei Sunny. Sie rieb sich die Stirn und stand auf: „Okay, unser Gemüsegarten hat eine reiche Ernte, und das ist eine seltene Freude."

Weißchen kämpfte, um aufzustehen und sah schwach aus. Sunny beugte sich vor und hob ihn hoch. Awu streckte die Hand aus, um ihr zu helfen, aber Sunny schüttelte den Kopf.

Sie ging mit schnellen Schritten voran: „Die ganze Welt bewegt sich auf ihr Ende zu, aber Gott sagt, dass wir lieben sollen, dass wir glauben sollen, dass wir Hoffnung umarmen sollen. Aber das sind nur Worte. Sie sagen, dass Leiden das Wachstum fördert und uns geistig reifer macht. Aber was passiert, wenn wir reif sind? Wir sind immer noch nicht glücklich. Es ist besser, wie ein Kind zu sein. Hat er nicht gesagt, dass im Himmel die Kinder am größten sind?"

Awu schwitzte, er hüpfte und sprang um sie herum, mal vorne, mal hinten, mal links, mal rechts. Sunny wurde ein wenig schwindelig davon. Sie fuhr fort zu sprechen und hatte keine Zeit, ihn zu fragen.

„Es ist schön, ein Kind zu sein. Wer möchte kein Kind sein? Aber wenn man immer ein Kind bleibt, braucht man auch Bedingungen, viel Geld. Sie sagen, dass man im Leben kämpfen und kämpfen muss, aber was ist, wenn man nicht will? Oder wenn man nicht die Fähigkeiten dazu hat? Sind nicht alle Menschen stark? Verdient nicht auch ein Schwacher ein schönes Leben? Wenn der Sinn des Lebens darin besteht, das zu tun, was man tun möchte und nach seinen Wünschen zu leben, was ist, wenn man nichts tun möchte?"

Sie ging ein paar Schritte weiter und blieb plötzlich stehen, schaute nach vorne und schien plötzlich zu verstehen: „Alles ist leer! Entstehen und vergehen, schwierig und einfach, höher und niedriger, Klang und Einklang, vorher und nachher, alles ist gleich."

„Was?" Awu schaute sie an, drängte sich an sie heran und stand eng an sie gedrückt.

„Alles ist leer!" Sie schaute zu dem Weißchen in ihren Armen und dann zu Awu. „Deshalb sollten wir an nichts denken! Nachdenken bringt nichts!"

Weißchen wand sich in Sunnys Armen. Sie setzte ihn auf den Boden.

Awu starrte den Engel an, der zu dem Weißchen schwebte. Er trat vor, schob den Engel beiseite und stellte sich schützend vor Weißchen und Sunny. Dann folgte er ihr und dem Hund, während sie gemeinsam in Richtung ihres Zuhauses gingen.

22

„Es ist Zeit!" Weißchen kämpfte sich hoch und ging zum Bett. Dort sah er sich Sunny an, die im tiefen Schlaf lag. Schwermütig fühlte er sich und schwankte ein paar Mal um ihr Bett, aber er wagte nicht, wie früher auf sie zu springen und sie liebevoll zu lecken oder zu schmeicheln. Er sah sie nur voller Liebe an, bewunderte ihr schönes Gesicht, das trotz des Schlafs noch immer frustriert aussah. Lag es wegen ihm? Er wünschte sich, dass er besser werden würde, damit sie sich keine Sorgen mehr um ihn machen müsste. Er wollte immer bei ihr bleiben, mit ihr spielen und ihr zusehen, wie sie liebevoll auf ihn schaute, ihn umarmte und lachte. Doch ihm fehlte die Kraft. Er musste seine letzten Kräfte sparen, denn er hatte noch einen weiten Weg vor sich.

„Ich bin glücklich, dich in diesem Leben getroffen zu haben. Jeder Tag mit dir war ein glücklicher Tag. Du hast mich immer gut versorgt. Als ich klein war und krank wurde, hast du mich oft ins Krankenhaus gebracht. Du hattest manchmal nicht einmal Zeit zum Essen. Wenn ich nachts gerufen habe, bist du aufgestanden, um nach mir zu sehen. Wenn ich einen schlechten Appetit hatte, hat es dir nichts ausgemacht, mitten in der Nacht aufzustehen, mir heißes Dosenessen zu geben und mich selbst zu füttern. Wenn mich jemand anderes gefüttert hat, habe ich nichts gegessen. Wenn ich jetzt darüber nachdenke, war ich wirklich eigensinnig. Ich habe deine Worte immer verstanden. Ich habe viele Dinge, die ich dir sagen möchte, aber es wird bald Tag werden. Meine

Zeit wird knapp." Weißchen fing an zu schluchzen, als ob er weinte. „Du fragst mich oft, ob ich dich liebe. Ich möchte dir jedes Mal laut sagen: ‚Ja, du bist die Person, die ich auf dieser Welt am meisten liebe!'

Weißchen senkte den Kopf und drehte sich dann um. Er hatte entschieden, dass er gehen musste. Er konnte nicht zurückblicken, er durfte nicht. Er musste gehen. Sein Schritt war schwankend, aber er hatte seine letzten Kräfte zusammengenommen.

Als er in Richtung Tür ging, traf er Awu im Wohnzimmer. Awu zeigte keine Überraschung in seinem Gesicht und schien ihn bereits erwartet zu haben. Awu öffnete ihm die Tür und Weißchen bedankte sich bei ihm, bevor er ging. Es gab keine Worte zwischen ihnen, denn sie wussten beide, dass manche Dinge nicht ausgesprochen werden müssen und dass die Liebe alles automatisch erledigen würde.

Er bog in einige Gassen ab, durchquerte einige verfallene Höfe und erreichte den Rand der Stadt, wo sich vor ihm eine Wildnis erstreckte. Der Himmel in der Ferne wurde leicht weißlich und ein Vollmond hing hoch in einem tiefblauen Himmel, der die Baumkronen streifte und die Erde beleuchtete. Alles war in ein ruhiges Dämmerlicht getaucht. Er drehte sich um, hockte sich hin und schaute in Richtung seines Zuhauses. Nachdem er so weit gelaufen war, schnaufte und keuchte er schwer und brauchte eine Pause. Sein Hals zuckte, und er stieß einige leise Wimmertöne aus, voller Trauer und Schmerz. Plötzlich überwältigte ihn eine Welle der Traurigkeit, und Furcht und herzzerreißende Traurigkeit spiegelten sich in seinen Augen wider.

Er leckte sich die Lippen und drehte sich langsam um. Das war das letzte Lebewohl, und er musste weitergehen. Irgendwann würde sie aufwachen und ihn nicht sehen, dann würde sie nach ihm suchen. Aber er durfte nicht gefunden werden. Also ging er weiter, je weiter, desto besser.

Er zögerte nicht länger und schritt entschlossen in die Wildnis. Der Nordstern am Himmel wies ihm den Weg, während er Bäche überquerte, Felsen umging und Wälder durchquerte. Er wusste nicht, wohin er ging, aber er wusste, warum er ging. Hartnäckig steuerte er auf sein Ziel zu, einen Ort, an dem man ihn nicht finden würde. Er befand sich in einem Zustand der Hingabe, und sein Körper schien nicht mehr zu existieren. Nur Erinnerungen begleiteten ihn, und seine Seele schwebte in der Luft, leicht und frei, immer höher aufsteigend. Seine Erinnerungen schienen an den Tag zurückzukehren, an dem er sie zum ersten Mal traf, als sie ihn in ihren Armen hielt und streichelte.

Der Sternenhimmel funkelte, und ein Meteor fiel vom Himmel auf die Erde. Gleichzeitig tauchte ein kleiner Stern am Himmel auf und strahlte schwaches Licht aus, das die Erde sanft beleuchtete. Ein Wind wehte und schien leise zu flüstern: „Ich werde sie immer lieben, bis ich sterbe ... Ach nein ... ich werde sie lieben, auch wenn ich tot bin ..."

Sunny hatte einen furchtbaren Albtraum. Sie spazierte mit Weißchen am Strand entlang, ging langsam und schaute lächelnd zu, wie Weißchen mit den flachen Wellen spielte. Als sie den Kopf senkte und eine Muschel neben ihrem Fuß betrachtete, kam eine riesige Welle auf sie zu. Sie rannte schnell zurück und suchte währenddessen nach Weißchen, aber er war verschwunden. Vor ihr waren nur die Wellen, wild und ungestüm, die auf sie zukamen. Sie spürte einen Schmerz im Herzen, sie konnte Weißchen nicht retten und sich selbst nicht retten. Mitten im tosenden Getöse wurde sie von der Welle erfasst und in den endlosen Ozean geworfen. Das eiskalte Wasser durchströmte sofort ihren Körper, und jeder Kanal in ihrem Körper brannte heiß. Jeder Kontakt mit dem Wasser hinterließ eine Spur. Ihr Herz drückte bei jeder Kontraktion etwas Klebriges in ihre Kehle, ihre Atemwege wurden blockiert, sie konnte nicht atmen. Sie fühlte sich, als würde sie ersticken, und mit all ihrer Kraft spuckte sie Blut aus.

Sie wachte auf, hielt sich den Hals und atmete schwer. Das Gefühl des Erstickens ließ sie immer noch zittern. Es war zu schrecklich! Sie wischte sich die Tränen aus den Augen und entfernte die Spuren, die entweder von Angst oder Anstrengung stammen könnten. Ihr Bewusstsein kehrte langsam in ihren Körper zurück. Sie lag im Bett und starrte zur Decke. Sie konnte immer noch den schmerzhaften Riss in ihrem Herzen spüren. Ihr Herz schlug nicht mehr wie ein normales Herz, sondern es fühlte sich an wie Tofu, voller Löcher und Risse. Es schien bei jedem Zuschlagen der Tür zerbrechen zu können und konnte sogar durch einen schnellen Türklingelton ein Loch aufweisen. Ihre Beine schienen verschwunden zu sein, sie konnte ihre Existenz nicht spüren. Sie konnte sich nicht bewegen und lag einfach da, wartete darauf, dass das Blut langsam zurückfloss und das Leben langsam erlosch oder langsam wieder entflammte.

Wenn ich schwach bin

Wenn ich schwach bin,
verstecke ich mich in meiner eigenen Schale.
Ich werde niemandem meine Traurigkeit zeigen,
genauso wie ich mein Glück nicht leicht
mit anderen teilen werde.

Ich kann den Menschen, die ich mag,
nicht erlauben, es zu sehen.
Ich möchte immer zeigen,
dass ich stark bin und sie beschützen kann.

Ich kann nicht zulassen, dass diejenigen,
die mich mögen, erkennen,
dass ich mich auf sie verlassen möchte.

Ich weine,
ich denke.

Ich befinde mich in meiner eigenen Welt,
um mich zu erholen.

23

Seit Weißchen weggegangen war, hatte Sunny einige Tage lang gesucht, aber ihn nicht gefunden. Dann hatte sie langsam verstanden, was Weißchens Absicht war. Also hatte sie begonnen, sich einzusperren, den ganzen Tag zu schlafen und nur sehr wenig von dem Essen zu essen, das Awu für sie vorbereitet hatte. Ihr Körper war deutlich abgemagert, ihre Augen waren leblos und sie sprach kaum. Awu war sehr besorgt und analysierte jeden Tag seine Datenbank, konnte aber keine Lösung finden. Ihr Gefühl der Niedergeschlagenheit hatte sich allmählich tief in ihr festgesetzt. Ihr Baum des Lebens welkte dahin und sie hatte sich selbst verbannt. Niemand konnte ihr helfen, außer ihr selbst. Awu konnte nichts tun außer zu warten, bis sie ihm klare Anweisungen gab und die ausgetrocknete Quelle ihres Herzens wieder zum Fließen brachte.

Sie war zu schwach, weil sie so wenig aß; ihr Magen schrumpfte allmählich und sie konnte nur noch etwas Brei essen. Wenn sie zu viel aß, erbrach sie, und sogar beim Anblick von fettigem Essen begann sie zu erbrechen. Awu wollte sie zum Arzt bringen, aber sie runzelte nur die Stirn, winkte ab und bat ihn, ihr zurück ins Zimmer zu helfen, indem sie sagte, dass es ihr nach einer Nacht Schlaf gut gehen würde. Für jemanden, der keine Lust mehr hat zu leben, ist es natürlich egal, ob sie krank ist oder nicht. Sie war zu müde, um weitere Entscheidungen zu treffen und wollte nicht mehr für sich selbst entscheiden. Wenn es Gottes Wille ist, soll er für sie entscheiden.

Die Krankheit gab ihr sogar eine legitime Ausrede, um im Bett zu liegen. Es war auch eine Art Rebellion gegen einen nicht allzu gütigen Gott. Mit einem etwas kindischen Schadenfreude-Gefühl sagte sie sich: Wenn du nicht möchtest, dass ich gut lebe, sondern dass ich leide, dann lasse mich lieber sterben. Siehst du, ich bin krank, vielleicht werde ich bald sterben.

In den Augen von Awu war Sunny seine Göttin. Sie gab ihm das Leben und sein höchstes Gebot im Leben war es, die Menschheit zu beschützen. In dieser abgelegenen Stadt gab es nur sie in seinem Leben, und sie war seine ganze Welt. Er würde alles für sie opfern, aber er wusste, dass diese Hingabe aus Verantwortung, Ehrfurcht und Respekt kam und nicht aus Liebe. In seinem Programm gab es keine Einstellungen oder Definitionen von Liebe, und er wusste nicht, was Liebe war. Auch in den Interaktionen der Mitglieder dieser Familie sah er keine Liebe und wusste nicht genau, wie Liebe sich anfühlt. Er glaubte, dass nur Sunny ihm das sagen könnte, aber selbst sie wusste es vielleicht nicht. Er wollte alles für die Person vor ihm opfern, die ihm ein neues Leben gab, die einzige Göttin in seinem Herzen. Das war sein Gebot, das wichtiger war als das Leben, die Freiheit und sogar die Liebe. Er bemühte sich ständig, ihre Sprache und Körpersprache zu imitieren und sich ihr anzunähern, aber es reichte noch nicht aus. Er wollte so wie sie denken, damit er sie besser verstehen und schützen konnte.

Immer wenn Sunny wach war, hatte sie das Gefühl, dass die Zeit dick und langsam wie Honig floss. Sie erinnerte sich also daran, dass sie beim letzten Mal, als sie Weißchen zurückbrachte, ein paar Flaschen Wein mitgebracht hatte, die immer noch im Vorratsschrank in der Küche sein sollten.

Dies war das erste Mal seit vielen Tagen, dass ihre Stimmung schwankte und sie war ein wenig aufgeregt. Sie lauschte aufmerksam, bis sie sicher war, dass Awu in den Keller gegangen war, und verließ dann leise das Zimmer, um zwei Flaschen Wein aus der Küche zu holen. Dann öffnete sie die Flaschen und trank hastig zwei große Schlucke. Das Trinken auf nüchternen Magen betäubte sie sofort. Sie unterdrückte den Brechreiz und das brennende Unbehagen, das sich von ihrem Hals bis in ihren Magen ausbreitete. Sie fiel auf ihr Bett und sah zufrieden zur Decke. Unter dem Einfluss von Alkohol geriet sie schnell in einen Zustand der Trunkenheit und im Halbschlaf roch sie wieder den Duft von Kokosmilch. Sie atmete tief ein und der angenehme Geruch drang durch ihre Nase in ihren Mund und schmeckte süß. Es fühlte sich so gut an, betrunken zu sein, sie leckte sich die Lippen und schlief ein.

Es war Awus Klopfen an der Tür, das sie aufweckte. Er sagte, das Frühstück sei bereit. Sie antwortete ihm und lag dann im Bett und starrte ins Leere. Sie schien einen langen Traum gehabt zu haben, der sehr schön war, denn bis jetzt fühlte sie sich warm und gemütlich im Herzen. Aber als sie versuchte, sich daran zu erinnern, konnte sie sich an nichts erinnern. Der Traum schien mit Weißchen zusammenzuhängen, der jetzt im Himmel sein sollte. Sie lächelte, und obwohl es wahr oder falsch war, hatte ihr dieser Traum großen Trost gegeben.

Als sie am Frühstückstisch saß, nahm sie zum ersten Mal ein Rosinenbrötchen in die Hand. Sie sah, wie Awus Gesicht von Überraschung zu Freude wechselte. Sie fand das etwas lustig und lächelte ihm zu, um ihn zu beruhigen. Gleichzeitig fühlte sie sich ein wenig schuldig, dass sie Awu in letzter Zeit vernachlässigt hatte. Vielleicht war es an der Zeit, sich um das neuronale System zu kümmern, das sie für Awus konfigurieren wollte.

„Awu, nach dem Frühstück möchte ich ins Untergeschoss gehen und einige Unterlagen suchen. Könntest du mir bitte einige Bücher aus dem Regal holen?"

„OK!" Awus aufgeregte Worte sprudelten heraus. Wenn er einen Schwanz hätte, würde er sicherlich unruhig hin und her wedeln.

Nach dem Frühstück ging Sunny duschen, und Awu putzte die Küche auf und machte sich bereit, ins Untergeschoss zu gehen. Als er sich umdrehte, sah er den Engel vor sich schweben. Sein Gesichtsausdruck wechselte unkontrolliert zwischen Entsetzen, Angst, Wut und Vorsicht.

„Welchen Gesichtsausdruck haben Sie da? Haben Sie einen Geist gesehen?!"

„Sie, Sie sind doch mit Weißchen gegangen oder nicht?"

„Ja! Aber darf ich nicht zurückkommen?"

Awus Augen weiteten sich, er trat einen Schritt zurück und hielt Abstand zu ihm, dann blockierte er unbemerkt den Weg zum Zimmer von Sunny. „Warum sind Sie zurückgekommen?"

„Ich bin nur zurückgekommen, um Weißchen bei der Übermittlung einer Nachricht für Sunny zu helfen."

„Wirklich?"

Awu klang ungläubig, aber sein Körper entspannte sich.

„Engel lügen nicht."

„Geht es Weißchen gut?"

„Es geht ihm gut."

„Dann sagen Sie es Sunny schnell. Lassen Sie sie nicht mehr leiden."

„Mach dir keine Sorgen! Es wird ihr gut gehen!", beruhigte der Engel Awu, als Awu ihn mit skeptischen Augen ansah: „Mach dir keine Sorgen, Gott wird den Menschen nur Prüfungen auferlegen, die sie bewältigen können."

„Dann warum gibt es so viele Selbstmorde in dieser Welt?"

„Weil sie zu früh aufgegeben haben."

In diesem Moment hörte man einen Schrei aus Sunnys Zimmer. Awu warf einen Blick auf den Engel und rannte dann in Sunnys Zimmer. Er vergaß zu klopfen, öffnete die Tür mit einem Knall und fand niemanden im Zimmer. Die Tür zum Badezimmer war geschlossen, und das Licht drang durch den Türspalt. Awu lief hin und klopfte an die Tür. Die schwache Stimme von Sunny kam aus dem Inneren: „Die Tür ist nicht verschlossen, ich kann mich nicht bewegen."

Als Awu die Tür öffnete, fiel ihm zuerst das Blut auf dem Boden auf und dann das blasse, blutleere Gesicht von Sunny. Sie war in ein großes Handtuch gehüllt, das am unteren Ende ebenfalls mit Blut getränkt war. Als sie ihn sah, zwang sie sich zu einem Lächeln, um ihn zu trösten: „Ich bin beim Aussteigen aus der Badewanne ausgerutscht, ich bin wirklich zu schwach!"

24

„Die schöne Frau auf Bett Nummer drei tut mir sehr leid."

„Was ist passiert?"

„Sie hatte wahrscheinlich mehrere Fehlgeburten in der Vergangenheit, was zu einer Schädigung der Gebärmutterschleimhaut führte. Zusammen mit dieser Fehlgeburt wird es wahrscheinlich schwierig für sie sein, in Zukunft schwanger zu werden."

Die beiden Krankenschwestern unterhielten sich und gingen weg, während Awu aus der Ecke des Ganges kam und sehr traurig aussah. Der Engel sah ihn an und überlegte, was er sagen sollte. Aus irgendeinem Grund zog sich sein Herz zusammen, als er gerade diese Worte hörte. War es wegen des unglücklichen Schicksals dieser armen Frau? War Gott wirklich zu streng?

„Ist sie schön?" Als die Worte aus seinem Mund kamen, erschrak er selbst. Warum sprach er darüber?

Awu starrte ihn an. Wie konnte er in diesem Moment über etwas Unwichtiges sprechen?

„Sie ist natürlich die schönste!" Awu war etwas wütend, antwortete aber trotzdem.

„Ich verstehe immer noch nicht, nach welchen Standards die Schönheit von Menschen beurteilt wird."

Awu zuckte mit den Schultern. Er wusste es nicht und es war ihm egal.

„Das Wichtigste ist doch, ein Herz zu haben, das Gott liebt, oder nicht?"

„Gehen Sie besser zurück und erfüllen Sie Ihre Mission. Ich habe dieses Herz nicht." Awu ging zum Büro des Arztes, um mehr über Sunny zu erfahren.

Der Engel folgte ihm.

„Bitte folgen Sie mir nicht."

Jetzt wusste Awu, dass der Engel Sunny nicht mitnehmen würde und er war nicht mehr so höflich wie zuvor.

„Dann werde ich sie besuchen gehen." Der Engel schwebte zum Krankenzimmer: „Ich sage dir Bescheid, wenn etwas passiert."

Awu nickte, es wäre beruhigender für ihn, wenn jemand an Sunnys Seite bliebe.

Sunny lag auf dem Krankenbett, ihr Gesicht war so weiß wie Papier. Sie runzelte die Stirn und schloss die Augen fest. Man konnte sehen, dass das verlorene Baby all ihre Kraft genommen hatte.

Der Engel betrachtete sie sorgfältig. Sah sie schön aus? Sie wirkte sehr erschöpft, ihre Wangen waren eingefallen und ihre Augenbrauen waren zusammengezogen. Es schien, als ob ihr Körper unwohl war und sie litt. Ihr Kopf schwankte sanft auf dem Kissen, als ob sie versuchte, eine bequemere Position zu finden, aber es funktionierte nicht. Schließlich flatterten ihre Nasenflügel und eine Träne lief über ihre Wange. Er betrachtete diese klare Träne und wollte seine Hand ausstrecken, um sie abzuwischen, aber er konnte sie nicht berühren. Er konnte nur zusehen, wie die Träne fiel und in seinem ruhigen Herzen ein lautes Geräusch auslöste, das seinen Herzschlag beschleunigte. Er wagte es nicht, sie wieder anzusehen und wandte seinen Blick nach draußen.

Ein Flugzeug flog gerade schräg unterhalb des Fensters vorbei und stieg in die Höhe. Es zog eine lange weiße

Spur hinter sich her und flog so langsam, dass es einige Worte aus seinem Herzen hervorrief: Wenn sie die Person wäre, die ich liebe, würde ich sie nicht so leiden lassen. Ich würde sie nicht abtreiben lassen und ihr helfen, das Baby zur Welt zu bringen und aufzuziehen.

Das Flugzeug verschwand aus dem Fenster und hinterließ einen leeren blauen Himmel. Er lächelte unwillkürlich. Was dachte er gerade? Er würde keine geliebte Person haben und er würde auch niemanden schwängern.

Eine Krankenschwester kam mit einem Tablett herein und näherte sich dem Bett. Sie rief leise: „Bett drei, Bett drei." Die Person auf dem Bett reagierte nicht, es gab keine Anzeichen von Erwachen. Die Krankenschwester schaute auf ihre Uhr und murmelte vor sich hin: „Es ist seltsam, sie sollte längst aufgewacht sein!" Sie schaute auf das Namensschild am Bett und versuchte es erneut: „Sunny! Sunny!"

Der Engel beobachtete diese Situation und wurde ebenfalls nervös. Er schwebte sofort hinüber und betrat ihren Traum: In tiefblauem Meerwasser sah er eine zierliche Frau in einem weißen Kleid. Sie fiel langsam und leicht wie eine Feder aus großer Höhe zum Meeresgrund. Sie kämpfte nicht und atmete nicht mehr. Ihre Augen waren geschlossen, sie schien sogar das Bewusstsein verloren zu haben. Der Engel sprang sofort ins Wasser und zog sie nach oben, immer weiter nach oben, bis er ihren Kopf aus dem Wasser hob. Dann schwamm er mit ihr zur Küste und legte sie auf den Strand. Ihre Augen waren immer noch geschlossen. Der Engel kniete sich neben sie und klopfte ihr auf die Schulter. Sie reagierte nicht. Er beugte sich zu ihr und rief zum ersten Mal leise ihren Namen aus: „Sunny! Sunny!"

Sunny öffnete langsam ihre Augen und konnte anfangs nicht erkennen, wo sie sich befand. Als ihre Augen sich endlich fokussierten, sah sie die Krankenschwester neben ihrem Bett stehen. Sie empfand eine gewisse Abneigung gegen sie, dass sie immer noch am Leben war. Sie versuchte, ihre Gedanken zu beruhigen. War alles nur ein Traum gewesen? War sie nicht gerade in den Meeresgrund gesunken und hatte mit dieser Welt nichts mehr zu tun? Wie war sie zurückgekommen? Wer hatte sich so eingemischt? Es war, als ob ein Mann in Weiß sie gerettet hätte. Er hatte ihren Namen in ihrem Traum sanft gerufen und als sie aufwachte, sah sie in seinen Augen eine tiefe Zuneigung und Einsamkeit. Es war wie ein Engel, der ihr ein warmes Gefühl verlieh und ihr Hoffnung gab. Für einen Moment dachte sie, sie sei im Himmel. Aber wie war sie zurückgekehrt in diese Welt, die sie ständig vor Herausforderungen stellte?

Ohne zu zögern, schloss sie wieder abweisend ihre Augen. Die Krankenschwester bemerkte, dass sie aufgewacht war, erkannte jedoch ihre schlechte Stimmung und sprach nicht weiter mit ihr. Sie schob ihren Ärmel hoch, legte ihr die Infusion an und verließ das Zimmer.

Der Engel beobachtete sie schweigend, während die Nadel in ihren mageren, schlanken weißen Arm eindrang. Er hoffte, dass das, was in ihren Körper injiziert wurde, nicht nur Medizin und Nährlösung war, sondern auch die Lebenskraft, die ihrem Körper fehlte.

Ihre Schwäche rührte sein Herz zutiefst. Er betete dafür, dass sie sich schnell erholen würde. Unabhängig davon, ob sie an Gott glaubte oder nicht, konnte er sie nicht ignorieren, da er ihr begegnet war. Wenn ihr Glaube ins Wanken geriet, würde er ihn für sie wiederherstellen und sie zurück zur Ganzheit führen. Er wollte ihr Hoffnung zeigen und neues Leben in sie hineinbringen. Er würde an ihrer Seite stehen und ihr den unendlichen Sternenhimmel zeigen und ihr sagen, dass Schönheit nicht unerreichbar ist. Er würde alles in seiner Macht Stehende tun, um sie wieder glücklich zu machen. Mit zärtlichem Blick betrachtete er sie – sie war so zerbrechlich wie der Flügel eines Schmetterlings. Doch allmählich begann er zu verstehen, dass sie von niemandem gerettet werden musste. Sie brauchte einfach nur Liebe und Fürsorge.

Ihr Name – ein Vogel in der Hand

Ihr Name – ein Vogel in der Hand,
Ihr Name – icicle Sprache,
Eine einzelne Bewegung der Lippen,
Ihr Name – fünf Buchstaben.
Ball, on the fly gefangen,
Silber Jingle Mund,

Stein, in einem ruhigen Teich geworfen,
Vskhlipnet so, wie heißt du.
Im Licht Klackern der Hufe Nacht
Lautes Gebrüll Ihren Namen.
Und wir nennen es den Tempel
Zvonko Klick auf den Auslöser.

Ihr Name – ah, muss nicht! -
Ihr Name – ein Kuss auf die Augen,
Im zarten Alter von Kälte bewegungslos,
Ihr Name – ein Kuss im Schnee.
Schlüssel, Eis, Blau Schluck ...
Mit Ihrem Namen – Tiefschlaf.

Tsvetayeva (Russland) – Gedichte zu Blok
15. April 1916

25

Als Sunny wieder aufwachte, war es früh am Morgen, und sie wurde vom Vogelgezwitscher geweckt. Sie öffnete mühsam die Augen und schaute aus dem Fenster, aber keine Spur von Vögeln war zu sehen. Es war bereits Herbst, das Wetter war düster und es nieselte in Strömen. Warum sollten die Vögel hierbleiben und ununterbrochen schreien?

Das Krankenzimmer war leer, und sie starrte eine Weile an die Decke. Plötzlich spürte sie, wie ihr Herz zuckte. Ihr Blick fiel auf die Infusionsnadel in ihrer Hand und sie bemerkte, dass es blutete und der Infusionsbeutel leer war, das Blut zurückfloss. Sie drückte die Klingel und wartete darauf, dass die Krankenschwester kam. Sie spürte, wie ihr Hals juckte und hustete trocken. Sie streckte ihre Hand aus, um die Mineralwasserflasche auf dem Nachttisch zu erreichen, aber sie war zu weit entfernt. Sie musste ihren Arm ausstrecken und die andere Hand mit der Nadel als Stütze auf dem Bett lassen. Die Nadel schien ihre Haut zu durchbohren.

Als Awu mit einer Suppenbox hereinkam, sah er gerade diese Szene und eilte sofort zu Sunny, um sie zu stützen, damit sie sich wieder hinlegen konnte. Er öffnete die Wasserflasche und goss sie in einen Einwegpapierbecher und reichte ihn ihr.

„Wenn du nicht gekommen wärst, hätte ich den Rauchmelder betätigt", seufzte der Engel erleichtert.

Awu sah ihn wütend an, obwohl er wusste, dass es nicht seine Schuld war. Er schloss das Infusionsventil und ging dann wieder hinaus, um nach der Krankenschwester zu suchen.

Der Engel zog sich geknickt zurück. Es war das erste Mal, dass er das Gefühl hatte, schlechter als eine Maschine zu sein. Er konnte sich in alle möglichen Dinge oder Tiere verwandeln und sogar das Wetter verändern oder elektrische Geräte steuern, aber er konnte sich nicht in einen Menschen verwandeln. Oder vielleicht konnte er es doch, aber er müsste seine Flügel aufgeben, um ein Herz zu bekommen und ein normaler Mensch zu werden. Dann könnte er niemals mehr zurückkehren. Es war eine einmalige Chance, und alle Dinge hatten ihre eigenen Regeln, genauso wie er seine eigene Mission hatte. Jede Veränderung und Entscheidung war schwierig.

Die Krankenschwester kam mit Awu herein und entschuldigte sich, während sie den Infusionsbeutel wechselte: „Entschuldigen Sie bitte, wir hatten gerade Schichtwechsel, und es war etwas chaotisch."

Sunny lag auf dem Krankenbett und beobachtete, wie die transparente Flüssigkeit durch den Tropfschlauch in ihren Körper floss. Sie neigte den Kopf leicht und wirkte etwas müde. Sie lächelte die Krankenschwester an, eine Geste des Verständnisses und des Dankes. Sie sahen der Krankenschwester nach, als sie ging, und dann schaute Sunny Awu an. Ihr Blick war sanft, und ihr Gesicht zeigte ein schwaches Lächeln wie eine Rose in voller Blüte.

Awu half ihr, sich aufzusetzen, und legte ein Kissen hinter sie, damit sie bequem sitzen konnte. Dann öffnete er die Suppenbox, goss sie in eine kleine weiße Porzellanschale und nahm einen kleinen Löffel, um ihr zu signalisieren, den Mund zu öffnen. Sie war zu dünn, ihre

Augen waren tief, und ihr Gesicht war blass. Ihre Lippen waren rissig, und sie war leicht mit der Decke bedeckt. Während er zusah, blinzelte er, und obwohl er keine Tränendrüsen hatte und nicht weinen konnte, verspürte er den Drang zu weinen.

Sunny schaute auf den Inhalt des Löffels, eine klare Suppe von ausgezeichneter Qualität, und wusste nicht, wo Awu sie her hatte. Es hatte sicher viel Arbeit gekostet. Sie öffnete den Mund und trank den Suppenlöffel aus. Als sie die Suppe schluckte, wusste Awu, dass sie überleben würde. Freude breitete sich in ihm aus, und er lächelte automatisch.

„Warum weinst und lachst du schon wieder!" Sunny wischte ihm die nicht vorhandenen Tränen weg. „Wie albern!"

Die beiden lächelten sich an, und die schwere Atmosphäre war verschwunden.

Awu wischte ihr mit einem Taschentuch den Mund ab. „Schmeckt es gut?"

„Ja!" Sunny nickte und sah sehr süß aus. In ihrer weiten Krankenhauskleidung war sie sehr dünn und klein. Seine Augen waren voller Mitgefühl. „Möchtest du noch mehr essen?"

„Okay!"

„Aaa…" Awu führte den Löffel an ihre Lippen und beobachtete, wie sie sich bemühte, die Suppe mühsam zu schlucken. Er war überglücklich.

Der Engel beobachtete ihre liebevolle Interaktion und verspürte ein seltsames, prickelndes und saures Gefühl, das ihn zunehmend unruhig machte. Er konnte nicht anders und sagte: „Gib ihr nicht zu viel zu essen, sie könnte Magenprobleme bekommen."

Awu schaute zu, als der Engel auf sie zukam und sich eng an Sunny hielt. Sein Blick wandelte sich langsam von Verwirrung zu Zustimmung. „Ja, danke für deine Erinnerung!"

Das Gespräch zwischen ihnen verursachte bei Sunny erneut Kopfschmerzen. Sie winkte Awu zu.

Awu stellte seine Schale ab, sie flachlegte und ihre Decke zurechtrückte: „Schlaf ein bisschen."

Sunny nickte und schloss die Augen.

Awu bedeutete dem Engel, mit ihm nach draußen zu gehen.

„Was können wir nicht drinnen sagen?" Der Engel begleitete ihn in den Flur und war aus irgendeinem Grund immer noch ein wenig unbehaglich.

„Sie schläft."

Der Engel nickte, gab jedoch nicht auf und fügte hinzu: „Sie kann uns sowieso nicht hören."

„Sie wird Kopfschmerzen haben."

„Wie weißt du das?" Der Engel dachte einen Moment nach, und es schien tatsächlich so zu sein.

„Wenn Sie aufmerksam gewesen wären, hätten Sie es sofort bemerkt."

„Wer war nicht aufmerksam? Sonst wäre ich bereits weg."

Als Awu hörte, dass der Engel gehen wollte, erstarrte er für zwei Sekunden. Er analysierte die Situation, und obwohl der Mann vor ihm nicht sehr nützlich aussah, war es besser, als dass niemand verfügbar war. Also wurde seine Stimme sanfter: „Ich gehe jetzt einkaufen und würde mich freuen, wenn Sie in der Zwischenzeit bei ihr Gesellschaft leisten könnten. Obwohl Sie vielleicht nicht viel tun können, schläft sie jetzt und braucht Ihre Hilfe nicht."

Der Engel schwebte hin und her, und obwohl Awus Ton sehr höflich war, konnte er spüren, dass er nicht beliebt war. Schließlich war er ein Engel, er war noch nie so behandelt worden. Er war ein Diener Gottes, nicht von ihm. Er zögerte, hielt den Atem an, und aus irgendeinem Grund wollte er nicht sofort ablehnen, aber er schwebte hin und her und zögerte.

„Ich werde bald zurück sein, dann können Sie gehen."

Dieser Satz überraschte den Engel. Er blieb sofort vor Awu stehen und zitterte auf und ab: „Du, du, du, was hast du gesagt?"

„Ich sagte, dass Sie gehen können, wenn ich zurückkomme."

„Wer sagt, dass ich gehen will? Was ist, wenn ich nicht gehen will?"

Awu betrachtete ihn, analysierte und spekulierte, und schließlich entschied er sich, ihm zu vertrauen: „Wenn Sie nicht gehen wollen, dann bleiben Sie einfach hier. Solange Sie in ihrer Anwesenheit nicht mit mir sprechen."

Der Engel hörte zu, und sein Entschluss, zu bleiben, wurde stärker. Die Entscheidung, zu gehen oder zu bleiben, lag nicht in den Händen anderer: „Ich werde gehen, wenn die Zeit gekommen ist! Mach dir keine Sorgen darüber! Du redest zu viel!"

Als Awu bemerkte, dass der Engel etwas verärgert war, wollte er sich nicht weiter in ihn einmischen und brauchte ihn immer noch: „In Ordnung, Sie können gehen, wann immer Sie möchten. Ich denke nur, dass Sie beschäftigt sind und Ihre wertvolle Zeit nicht verschwenden möchten."

„Ich bin nicht beschäftigt, ich habe genauso viel Zeit wie du!", sagte der Engel und schwebte wütend ins Zimmer.

Awu war für zwei Sekunden verwirrt. Warum war er wütend? Er konnte immer noch keine Antwort finden, also fügte er vorsichtig hinzu: „Bitte bringen Sie sie nicht an einen anderen Ort, bevor ich zurückkomme."

26

„Als ich gerade zum Bett drei ging, um die Infusion zu entfernen, bat sie um Entlassung aus dem Krankenhaus." Die kleine Krankenschwester kam zurück zum Pflegestützpunkt, um dem Leiter der Krankenschwestern davon zu berichten.

„Das müssen Sie ihren behandelnden Arzt fragen." Der Leiter der Krankenschwestern saß an seinem Schreibtisch und schrieb medizinische Aufzeichnungen, ohne seinen Kopf zu heben.

„Ist das die hübsche Frau wie ein Filmstar?", fragten die anderen Krankenschwestern und kamen näher.

„Ja, sie ist ziemlich hübsch. Aber sie ist immer so kalt und unnahbar."

„Was nützt Schönheit? Schauen Sie sich ihr Privatleben an, wie dekadent es ist. Ob sie in Zukunft heiraten wird oder nicht, ist ein Problem. Es ist irgendwie bedauerlich."

„Ist es bedauerlich, nicht zu heiraten?"

„Ich meine, dass sie jetzt allein und hilflos ist und dass es sehr bedauerlich ist. Niemand kümmert sich darum, ob Sie hübsch sind oder nicht."

„Eigentlich braucht eine schöne, schwache und hilflose Frau wie sie starke Arme."

Sunny, die langsam an der Wand entlang zum Arztbüro ging, lehnte sich an die Wand und hörte sich das alles an und runzelte leicht die Stirn. Sie kümmerte sich nicht um die etwas schmerzhaften Worte, sie kümmerte sich nicht um Spott, sie mochte nur kein Mitleid von anderen, mochte nicht, dass sie das Gesprächsthema von anderen wurde, und am wenigsten mochte sie die Theorie, dass sie von jemandem abhängig sein sollte.

Der Engel, der neben ihr stand und ihr schwaches Aussehen sah, wollte zu ihr gehen und sie stützen, wollte aber auch diese Frauen zum Schweigen bringen und am liebsten hell neben ihr stehen und ihnen beweisen, dass sie nicht allein war.

„Warum sagst du das? Vielleicht hat sie einen schlechten Kerl getroffen. Aber ehrlich gesagt, der süße Kerl ist wirklich nett zu ihr. Ich habe noch nie einen Jungen gesehen, der so geduldig und liebevoll zu seiner Freundin ist."

„Ist das ihr Bruder? Der Altersunterschied ist ziemlich groß."

„Ich habe ihn gefragt, ob das deine Schwester ist. Der Junge ist sehr schüchtern und lächelt nur, antwortet aber nicht. Er sieht wirklich gut aus, wenn er lächelt!"

„Vergiss es, egal wie gut er aussieht, er hat bereits jemand anderen in seinem Herzen."

„Oh! Wirklich! Gute Typen gehören immer jemand anderem. Aber irgendwie scheinen sie gut zusammenzupassen."

Als der Engel das hörte, geriet er in Aufregung. Er war nicht so emotionslos wie eine Maschine, was ihn ein wenig wütend machte. In diesem Moment knallte das Deckenlicht im Schwesternzimmer laut und der Raum versank schnell in Dunkelheit. Mehrere Personen im Zimmer gerieten sofort in Panik und jemand schrie. Es war die Oberschwester, die ihnen sagte, sie sollten sich beruhigen, und dann rief sie ruhig die Hausverwaltung an. Auch der Engel war verblüfft. Könnte es sein, dass Gott seine Gedanken gehört hatte?

Sunny stand unter der riesigen gläsernen Spitze und schaute hoch, ihre Sicht durch das transparente Glas bis zum endlosen blauen Himmel. War das Gottes Tempel? Sie konnte spüren, dass es ein Paar Augen gab, die von oben auf sie schaute, und sie fühlte tief in sich ihre eigene Kleinheit. Ihr Herz war zerrissen und eine Stimme konnte nicht unterdrückt werden, als sie sagte: „Ich weiß nicht, ob Sie da oben sind, aber ich möchte Sie fragen: Sie sehen die geschäftige Welt draußen, während meine Welt immer so leer bleibt. Wenn ich weggehe, wird niemand es bemerken. Das Geld, das meine Eltern mir hinterlassen haben, reicht für mein ganzes Leben aus. Ich arbeite nicht, beteilige mich nicht an der Produktion und konsumiere auch nicht viel. Ich nehme nicht am sozialen Leben teil und leiste keinen Beitrag zur Gesellschaft. Was ist der Sinn meiner Existenz?"

„Menschen müssen nicht arbeiten, sie tun es nur, wenn sie müssen. Was spielt es für eine Rolle, wenn Sie die Bedingungen dafür erfüllen können? Menschen müssen nicht unbedingt etwas zur Gesellschaft beitragen, solange sie die Gesellschaft nicht schädigen. Wenn Sie mit Ihrem derzeitigen Leben nicht zufrieden sind, warum laden Sie nicht aktiv mehr Menschen in Ihr Leben ein?"

„Gibt es wirklich glückliche Erwachsene auf dieser Welt?"

„Die Welt ist so groß, es sollte welche geben."

„Warum können Menschen erst im Tod in den Himmel kommen? Warum geben wir den Menschen nicht sofortiges Glück und verwandeln die Erde in den Himmel?"

„Weil Menschen einen freien Willen haben und selbst Entscheidungen für sich treffen können."

„Aber wenn man nicht glücklich ist, was kann man tun, um es zu ändern?"

„Wenn man unglücklich und unzufrieden ist, braucht man Weisheit, um mit den vielen Unannehmlichkeiten des Lebens umzugehen. Glaube ist eine Art Wahl. Es gibt viele Dinge, die der Mensch nicht ändern kann. Manchmal denkt man, dass sich die Dinge verbessert haben, aber in Wirklichkeit hat sich nur die Sichtweise des Menschen verändert. Der entscheidende Moment im Leben eines Menschen ist nicht der Moment, in dem sich die Situation verbessert, sondern der Moment, in dem man alles klar erkennt und versteht."

„Gibt es nur den Glauben, der die Realität bekämpfen kann?"

„Man muss nicht unbedingt an Gott glauben, Liebe ist auch eine Art Glauben. Es ist egal, an was man glaubt, man sollte nur an etwas glauben, denn nichts zu glauben ist nicht gut genug. Natürlich gibt es auch Philosophie und eine starke innere Kraft... aber der Glaube sollte das Einfachste sein, man muss nur glauben."

„Was soll ich tun, wenn ich nicht mehr leben kann?"

„Anstatt für sich selbst zu sterben, ist es besser, für andere zu leben. Zum Beispiel für Awu."

„Awu?" Sunny war ein wenig überrascht, dass diese Person Awu kannte und mit ihrer Situation sehr vertraut zu sein schien.

„Du hast mehr als du denkst, du hast immer noch Awu. Denkst du wirklich, dass er nur eine Maschine ist?"

Sunny war überrascht, sie hatte Awu wirklich zu sehr vernachlässigt. Sie suchte ihn eifrig und konnte keine Spur der Stimme finden. Dann hörte sie die Stimme wieder hinter sich: „Hast du immer noch Groll gegenüber diesem Mann?" Sunny war überrascht, dass sie zum ersten Mal seit langer Zeit mit dieser Frage konfrontiert wurde. Sie hatte bereits eine Antwort in ihrem Herzen und antwortete ernsthaft: „Ich habe schon lange nicht mehr an diese Person gedacht. Auch wenn wir uns nicht mehr treffen müssen, wenn ich ihm wieder begegnen würde, würde ich sagen: ‚Es tut mir leid! Danke! Ich hoffe, es geht dir gut.'"

Sunny drehte sich langsam um und sah wieder in die sanften und einsamen Augen des Mannes in Weiß. Sein Gesicht war immer noch unscharf, aber sie konnte ihn deutlich erkennen. Er lächelte sie an.

Sunny wachte auf und das Krankenzimmer war leer, niemand war da. Auch Awu war noch nicht zurückgekommen. Als sie an ihren Traum dachte, zog sie ihre Mundwinkel hoch. Es war wohl ein schöner Traum. Zumindest beantwortete er einige Fragen, die ihr schon lange auf dem Herzen lagen, und erleichterte ihr Herz ein wenig. Der Schatten in ihrem Herzen wurde ein wenig vertrieben und es schien, als ob ein warmes Licht hereinkam und alles heller machte. Aber wer war dieser Mann in Weiß und warum erschien er immer wieder in ihren Träumen?

Die Vitalität

Aufstehen!
Hinausgehen!
Um die Vitalität der Natur zu spüren.
Das Fallen der Kirschblüten im Frühling.
Die Wellen des Meeres im Sommer.
Das Rütteln der Reisfelder im Herbst,
und der erste Schnee im Winter.
Schau das Feuerwerk an,
im Lärm der Böller
um ins neue Jahr einzutreten.
Lade mehr Menschen in dein Leben ein.
Sei nicht allein!
Sei erfüllt!

27

Die Sonne ging unter und ihr goldenes Licht verlieh allem einen goldenen Glanz. Awu kam auf das Dachgeschoss des Krankenhauses und kletterte auf das höchste Gerätehaus, von wo aus er die gesamte Stadt überblicken konnte. Wolkenkratzer standen dicht beieinander und der ständige Verkehr durchzog die Stadt. Die Metropole präsentierte ihm eine majestätische Schönheit. Der Himmel in der Nähe war immer noch blau, aber der Himmel in der Ferne schien zu brennen, ganz rot. Awu stand im goldenen Licht, umgeben von einer leeren Umgebung, nur das Rauschen des Windes in seinen Ohren. Er stand in der Sonne und öffnete langsam die Solarpanele. Sein langer, dünner Schatten hinter ihm bekam Flügel wie ein Engel, als wäre ein Engel gekommen. Zufrieden schloss er seine Augen und streckte langsam seine Arme aus. Diese entspannte Pose erinnerte an die Statue des erlösenden Christus in Brasilien und bereitete sich darauf vor, alles aufzunehmen.

Als Sunny ihm ein neues Herz einsetzte, installierte sie speziell ein Warnsystem für ihn. Wenn sein Herzschlag unter sechzig fiel, würde er eine Benachrichtigung erhalten und sollte aufgeladen werden. Zu dieser Zeit würde er hierher kommen und die Sonnenstrahlen vor Sonnenuntergang nutzen, um sich aufzuladen. Es war hier oben hoch genug, um von anderen nicht gesehen zu werden.

„Bist du jetzt als ich verkleidet?", fragte der Engel und betrachtete seine schlanke Gestalt in einem weißen

Hemd, das im Wind wehte. Seine Stimme hatte eine undefinierbare Stimmung, mit etwas Unzufriedenheit und dem Bestreben, seine Überlegenheit aufrechtzuerhalten. Awu öffnete die Augen und sah den Engel an. Sein Gesicht war ruhig, vielleicht weil er aufgeladen war, seine Augen leuchteten. „Warum sind Sie hier? Haben Sie nicht gesagt, dass Sie im Krankenzimmer bleiben, wenn ich nicht da bin?"

„Sie ist kein dreijähriges Kind", bemerkte der Engel und sah, dass Awu die Stirn runzelte. Er wollte ihn nicht verärgern, verzog den Mund und sagte: „Sie ist jetzt in Ordnung und isst gerade."

„Es ist besser, wenn Sie auf mich warten, bis ich zurückkomme, bevor Sie herauskommen", erklärte Awu, während er sich umdrehte und gehen wollte: „Haben Sie einen bestimmten Grund, mich zu suchen?"

„Können wir nicht einfach reden? Hast du nicht gesagt, dass wir im Krankenzimmer nicht sprechen können?"

Awu hielt seine Schritte an. „Ja, sie würde sich unwohl fühlen."

Das Tageslicht schwächte sich allmählich ab und Awu zog langsam die Solarpanele ein.

Der Engel beobachtete, wie die Flügel langsam eingezogen wurden, und konnte nicht anders, als zu fragen: „Kannst du damit fliegen?"

„Das sollte eigentlich nicht möglich sein", erwiderte Awu und schüttelte den Kopf.

Der Engel schwebte am Rand des Gebäudes und blickte hinunter, wo die Fußgänger wie winzige Ameisen wirkten. „Wusstest du, dass Menschen eigentlich fliegen können, aber niemand weiß es?", sagte der Engel.

„Was meinen Sie damit?"

„Wenn Menschen sich in einer besonders dringenden Situation befinden, schlägt ihr Herz in einem Augenblick 250 Mal pro Minute, sie springen in die Höhe und bekommen Flügel, um zu fliegen. Aber normale Menschen geraten selten in eine solch extreme Notlage, und nur wenige schaffen es, ihr Herz auf diese hohe Frequenz zu bringen, es sei denn, es geht um jemanden, den sie lieben."

„Aber was ist, wenn sie auf einen Verbrecher treffen und ihr Leben in Gefahr ist?"

„Wenn man auf einen Verbrecher trifft, ist die Angst oft ein großer Faktor, der das dringende Gefühl im Inneren schwächt. Dann fehlt der Impuls, aus dem Herzen heraus zu handeln."

Awu nickte gleichgültig: „Können Sie fliegen?"

Der Engel blickte erneut nach unten, zögerte hin und her und beruhigte sich schließlich wieder. Er antwortete jedoch nicht auf diese dumme Frage, sondern sprach für sich selbst: „Wenn ich von hier springen würde und im freien Fall Flügel bekäme, aber wenn ich sie nicht benutzen würde und direkt auf den Boden fallen würde..."

„Würden Sie sterben?", fragte Awu und lachte vor sich hin, als er das Gefühl hatte, er habe eine weitere dumme Frage gestellt. Wie konnte ein Engel sterben?

Wie erwartet antwortete der Engel langsam und ernst: „Nein, aber uns würden die Flügel genommen werden. Wenn wir wieder erwachen, sind wir einfach nur Sterbliche."

Awu öffnete den Mund weit: „Würde es bluten?"

„Ich weiß es nicht, weil ich es noch nicht ausprobiert habe."

„Ich sehe. Haben andere Engel es nicht ausprobiert?"

„Ich weiß es nicht, vielleicht gibt es welche, aber ich habe sie nicht gesehen. Im Allgemeinen gibt niemand das ewige Leben leichtfertig auf."

„Aber nicht jeder mag das ewige Leben, oder? Ich mag es nicht."

„Du magst es nicht?"

„Ich möchte nur einen Tag länger leben als Sunny."

Der Engel nickte, sagte jedoch nichts mehr.

Awu und der Engel kehrten zurück ins Krankenzimmer und sahen eine Gruppe von Menschen um Sunnys Bett stehen. Sunny unterhielt sich gerade mit einer jungen Krankenschwester. Ihr Gesichtsausdruck blieb gleichgültig, und sie sah die Krankenschwester ruhig an: „Werde ich sterben?"

„Nein!", antwortete die Krankenschwester sofort mit entschlossener Stimme. Ihr Gesicht errötete, und sie schien ängstlich zu sein.

Ein Ausdruck der Enttäuschung huschte über Sunnys Gesicht. „Also sind diese beiden richtig, oder?"

„Ja!"

Sie sagte nichts mehr und griff schnell nach den beiden Pillen auf dem Tablett und schluckte, sie ohne zu zögern, mit einem Glas Wasser hinunter. „Ist das alles?"

„Ja."

Sunny stellte das Glas zurück auf das Tablett, drehte sich um und legte sich wieder hin und schloss die Augen.

„Dann ruhen Sie sich gut aus!" Die Krankenschwester beobachtete ihre Reaktion und verließ dann schnell das Zimmer mit dem Tablett in der Hand. Die Leute, die neugierig beobachtet hatten, wie das Problem so leicht gelöst wurde, verließen enttäuscht den Raum.

Aus dem Tratschen der Menschen in der Nähe hatte Awu bereits eine Vorstellung davon, was passiert war. Die Krankenschwester hatte Sunnys Medikamente mit denen eines anderen Patienten verwechselt, aber Sunny hatte es nicht bemerkt und sie bereits eingenommen. Ein anderer Patient hatte den Fehler bemerkt, und die Krankenschwester hatte sich dafür entschuldigt. Awu ging zum Bett von Sunny und sagte leise: „Ich werde gehen und herausfinden, wie das passieren konnte!"

Sunny öffnete die Augen und griff nach seiner Hand: „Es ist nicht notwendig! Jeder macht Fehler. Lass es gut sein. Ich bin müde und möchte schlafen."

Awu nickte und half ihr, die Decke zurechtzurücken. Er war ein wenig verärgert und drehte sich um, um die Vorhänge kräftig zuziehen und dann leise zu schließen.

Der Engel, der die ganze Zeit neben ihm stand, wollte mit ihm sprechen, aber als er sah, dass Sunny mit geschlossenen Augen im Bett lag, entschied er sich schließlich dazu, nichts zu sagen. Er zitterte leicht, mit einer ziemlich großen Amplitude. Dann drehte er sich um und verließ das Krankenzimmer.

Awu folgte ihm sofort, schloss die Tür leise und trat vor ihn: „Beruhigen Sie sich... oder haben Sie auch Parkinson?" Er trat einen Schritt zurück und beobachtete ihn sorgfältig.

„Ich gebe mir selbst die Schuld!" Der Engel schwebte zur Seite. Er würde es nie verstehen, wenn er es dieser Person nicht direkt sagen würde. Er würde es nie in seinem Leben analysieren können.

„Ach so ist das. Solange es Ihnen gut geht! Ich gehe jetzt herausfinden, ob diese Medikamente Schaden anrichten können."

Der Engel sah ihm nach, wie er davonging, und begann wieder zu zittern, dieses Mal aus Wut auf sich selbst, dass er in dieser Angelegenheit nicht so gut war wie dieser Roboter.

28

Sunny stand vor dem Fenster und blickte in die Ferne. Der zuvor wolkenlose Himmel wurde nun von schnell zusammenziehenden Wolken bedeckt, während der Wind begann zu wehen. Die Äste der Bäume wurden wild hin und her geschüttelt, und die Passanten auf der Straße flüchteten in ihre Häuser. Der Außenbereich leerte sich sofort. Der Himmel wurde immer dunkler, und der Tag wurde von der Nacht abgelöst. Ohne Licht, ohne Hoffnung, wie eine Ouvertüre des Weltendes.

Sunny schaute Awu neben sich an, und ihre Augen waren voller Traurigkeit, äußerst traurig oder verzweifelt. Awu analysierte hartnäckig.

„Ich habe das Gefühl, dass mein Leben fast vorbei ist", sagte Sunny.

Awu streckte eine zitternde Hand aus und hielt ihre Hand.

„Aber mach dir keine Sorgen, ich werde weiterleben, weil ich weiterleben muss." Sie streckte ihre andere Hand aus und streichelte sanft den Rücken seiner Hand, um ihn zu trösten. „Aber ist es das wert, so zu leben?"

„Ich weiß es nicht." Awu arbeitete hart an Berechnungen und Schlussfolgerungen, aber es gab kein Ergebnis. „Ich bin kein Mensch, und ich kann nicht fühlen, was du fühlst."

„Was ist ein Mensch?", fragte sie. „Glaubst du, dass ein Mensch eine Seele hat? Nicht alle Menschen haben eine Seele, und du hast nicht unbedingt keine Seele. Manche Menschen leben einfach und tun viele Dinge, haben aber keine Seele. Manche Menschen wissen viel, haben aber keine Seele. Manche Menschen haben viel Geld, aber keine Seele. Im Gegenteil, du bist sehr sanft und verletzt niemanden, und du kümmerst dich um andere Menschen. Du bist sehr gebildet, aber bescheiden. Du bist freundlich und hilfst anderen oft. Durch deine Existenz wird diese Welt schöner."

„Ich habe kein Herz und kann keine Liebe empfinden. Ich habe keine Intuition, keine Vorstellungskraft. Ich verstehe nicht, was Angst bedeutet, und ich habe kein Konzept von Leben und Tod."

Sunny schaute ihn an und lächelte bitter. Ihre Augen waren voller Ironie. „Habe ich es gespürt? Ich wandere draußen umher, immer wie ein Außenseiter, sodass die ganze Welt mich für einen selbstsüchtigen und gleichgültigen Menschen hält. Außerdem ist die Vorstellungskraft die Einsamkeit, die in den Turbulenzen verborgen ist. Manche Vorstellungskraft stellt nur die Einsamkeit einer Person dar. Und natürlich kann man der Einsamkeit nicht entkommen. Was Leben und Tod betrifft, ist es egal, wenn man nicht darüber spricht. Es existiert bereits, und es muss einfach weiter existieren. Alles ist bedeutungslos."

Awu schüttelte den Kopf. „Ich habe dich! Ich bin wegen dir geboren. Du bist meine Mission, meine Bedeutung."

Sunny lächelte, als sie sein reines Aussehen sah. Sie konnte nicht anders, als ihre Hand auszustrecken und seinen Kopf zu streicheln.

Awu fuhr fort, ernsthaft zu sprechen: „Und du bist eine sehr liebevolle Person. Du hilfst Onkel Thomas, den Fernseher einzustellen, zeigst ihm, wie man ein Smartphone benutzt und hörst ihm zu."

Seine Worte ließen ihr Gesicht leicht erröten. Sie war so eine Person. Wenn andere sie kritisierten, reagierte sie gelassen und war froh, genug Abstand zu halten oder noch weiter weg zu sein. Aber wenn jemand sie lobte, fühlte sie sich unbeholfen, als ob sie keine Kleidung trug und peinlich entblößt war.

„In dieser Welt bist du der Einzige, der denkt, dass ich gut bin. Die Liebe der Menschen ist nur eine komplexe und oberflächliche biochemische Reaktion, die im Wesentlichen keinen Unterschied zu Sorge und Angst aufweist. Du weißt vielleicht nicht, was Hoffnung ist, aber du wirst auch nie Enttäuschung erfahren. Das ist großartig. Du hast keine Chance, Ekstase, Leidenschaft oder Glück zu erleben, aber du wirst auch keine Schmerzen, Traurigkeit oder Verzweiflung haben. Das ist großartig. Du wirst nicht über die Zukunft fantasieren, aber du wirst auch nicht von den Schwierigkeiten des gegenwärtigen Wohlstands und der idealen Verfolgung belastet sein. Das ist großartig! Die Menschheit ist zu kompliziert. Du repräsentierst die reine Vernunft und bist hundertmal liebenswerter als die Menschheit. Es ist also nicht notwendig, sich darüber zu wundern, ob du etwas fühlen kannst oder nicht. Und wenn du Emotionen hast, bist du nicht mehr frei."

„Ich will keine Freiheit." Er sah sie mit leuchtenden Augen an und akzeptierte alle Wahrheiten, die sie sagte, ohne sie zu analysieren. Es war lange her, dass sie so viel gesprochen hatte. Als Psychiater war er sehr froh, dass sie ihren Mund öffnen konnte, um den Müll in ihrem Herzen abzuladen.

Sunny nickte: „Ja, du musst nicht unter den Augen anderer leben, und du musst andere auch nicht inspizieren.

Du bist bereits freier als jeder andere." Sie betrachtete ihn von oben bis unten: „Daher bist du eine optimierte Existenz im Vergleich zur Menschheit. Was die Denkmuster wie Intuition und sogar die stolzeste Seele der menschlichen Gedanken betrifft, ist es nicht unmöglich, sie zu entschlüsseln. Mit deiner Fähigkeit zum Selbstlernen kannst du es Schritt für Schritt beherrschen. Natürlich benötigt es dafür technische Unterstützung, aber es ist nicht unmöglich." Wenn sie dieses Thema ansprach, war sie nicht mehr so depressiv wie zuvor.

Awu lächelte ebenfalls. Er musste nicht unbedingt eine Seele haben, er wollte nur ihre Gefühle besser verstehen können. Solange sie nichts in ihrem Herzen verbarg und ihre Gefühle direkt wie jetzt ausdrücken konnte, reichte das aus.

„Sobald wir zu Hause sind, werde ich mich darum kümmern, wie ich dir ein Nervensystem einbauen kann", dachte sie und runzelte die Stirn. „Ich werde alles geben." Sie klopfte ihm auf die Schulter und gab ihm ein Versprechen.

Plötzlich lachte sie auf und sagte: „Obwohl du als Roboter geboren wurdest, lass uns versuchen, unser Schicksal gegen den Himmel zu ändern."

Er lachte mit und erinnerte sich an einen ähnlichen Satz, den jemand geäußert hatte, um sie zu ermutigen: „Ein Schriftsteller sagte: ‚Niemals Kompromisse einzugehen bedeutet, dem Schicksal abzulehnen, bis es einlenkt und mir etwas gibt, das ich akzeptieren kann.'"

Sunny nickte, runzelte jedoch die Stirn und dachte nach: „Wenn wir unser Bestes geben und am Ende dennoch mit einem Scheitern konfrontiert werden, zählt das dann auch als keine Reue?"

„Ja!"

Sie schwieg einen Moment, runzelte die Stirn noch stärker und seufzte schließlich tief: „Nein! Ein Scheitern ist ein Scheitern. Mit zunehmendem Alter gibt es immer mehr Reue. Nach dem Scheitern ist es immer noch voller Reue. Keine Reue nach dem Scheitern ist ein Privileg der Jugend."

Awu sah sie an, als sie plötzlich voller Sorgen war und ihre Gedanken nicht mehr Schritt halten konnten. Er wusste nicht, auf welches Ereignis sie sich bezog und wie sie zu diesem Schluss gekommen war. Die Menschheit war wirklich eine komplexe Lebensform.

Plötzlich zuckte ein greller Blitz vom Himmel herab und erhellte das dunkle Zimmer. Der beeindruckende Blitz öffnete eine Lücke am Himmel, ähnlich einer prächtigen silbernen Schlange, gefolgt von einem ohrenbetäubenden Donnergrollen, das die Erde erzittern ließ.

Sunny blinzelte und blickte zum Fenster. Die düsteren Wolken draußen schienen wie eine anstürmende Armee, bereit, alles zu verschlingen. Wut und Rebellion entflammten plötzlich in ihrer Brust. Gott, du hast immer recht, aber was habe ich falsch gemacht! Sie richtete ihren Blick zum Himmel, ihre Augen waren entschlossen, und dann drehte sie sich um und ging zur Tür.

Awu folgte ihr: „Wohin gehst du?"

„Auf das Dach!"

„Jetzt?"

„Ja! Ich werde ihn zur Rede stellen!"

Awu machte zwei schnelle Schritte, um mit dieser energiegeladenen Frau Schritt zu halten: „Okay, ich komme mit!"

29

Der Himmel wurde immer dunkler und die dunklen Wolken rollten und rollten in den unteren Himmel. Der Himmel wurde immer tiefer und die Dunkelheit verschlang für eine Weile die ganze Welt. Sunny und Awu standen auf dem Dach, verankerten sich fest im starken Wind am Boden, hoben dann den Kopf und blickten auf die dunklen Wolken, die auf sie herabdrückten. Sunny streckte ihre Hand aus, als ob sie sie abreißen wollte. Die dunklen Wolken am Himmel schienen kurz vor dem Zusammenbruch zu stehen, als sie ihre Bewegungen sahen. Himmel und Erde verschwammen in einer chaotischen Masse, und man konnte nicht unterscheiden, wo der Himmel aufhört und die Erde beginnt. Schließlich brach ein Blitz aus und donnerte, als ob ein Schwert den Himmel durchtrennte. Es schien, als gäbe es Engel in den dunklen Wolken. Plötzlich brach der Regen aus und die Landschaft in der Ferne wurde verschwommen.

Vor der Natur ist der Mensch so winzig. Sie waren nur zwei kleine schwarze Punkte in der Natur und wurden sofort durchnässt. Awu warf Sunny einen Blick zu. Sie biss die Zähne fest zusammen, schloss die Augen und hielt ihren Kopf hoch, als würde sie die Taufe des Windes und Regens genießen. Leicht zitternd im starken Wind stand sie fest auf der Dachkante, ohne auch nur einen halben Schritt zurückzutreten.

Bemühungen waren nutzlos, Angst war nutzlos und Bedauern war nutzlos. Da es nutzlos war, ließ sie sich offen im Wind treiben und ließ es schlachten. Awu schaute auf die hundert Meter tiefe Höhe vor sich, und Sunny öffnete plötzlich die Augen, zeigte mit einem Finger zum Himmel und ballte die andere Hand zur Faust: „Wenn du mich zerstören willst, dann mach es jetzt!" Sie schrie zum Himmel, aber ihre Stimme wurde vom Regen verschluckt, und es gab keine Antwort.

Sie wurde wütend und schrie: „Wenn du den Mut hast, dann töte mich direkt! Ich habe genug!" Als ob sie gehört wurde, kam ein heller Blitz vom Himmel, und ein Donnerschlag erschütterte ihre Köpfe. Sie schien bereit zu sein und wollte nicht mehr kämpfen. Sie ging sogar einen halben Schritt nach vorne, um später einen Sprung in den Abgrund machen zu können.

Awu schaute sie ruhig an und hob gelegentlich den Kopf, um den Himmel in der Ferne zu betrachten, von wo der Blitz wahrscheinlich kam. Der Himmel war still und ruhig.

Sunny öffnete ihre Augen und starrte verwirrt in den Himmel. Es schien, als hätte ihre Wut den wilden Himmel erschreckt, und der Regen wurde etwas schwächer. Nach ihrem Ausbruch war sie ein wenig verwirrt und starrte hilflos in die Ferne.

Ein Windstoß kam auf, sie zitterte und umarmte instinktiv ihren linken Arm mit ihrer rechten Hand. Ihr Rücken war etwas gebogen, und sie schien in einem Moment vom Krieger wieder zum kleinen Mädchen geworden zu sein.

„Lass uns zurückgehen", sagte Awu und trat einen Schritt vor, um sie zurückzuziehen. Sunny drehte sich um und nickte ihm zu.

Sie schaute in den Himmel und wollte sich nur verabschieden, vom Himmel und von der Vergangenheit. Plötzlich erschien vor ihr ein blendendes Licht, als ob ein Messer auf sie zukam, gefolgt von einem lauten Knall.

Sie schien betäubt zu sein und stand vor diesem scharfen Licht, als ob sie am Boden festgenagelt wäre. In diesem kritischen Moment sprang eine Figur schnell vor sie und schützte sie, indem sie ihren Kopf hielt.

Ein Strom durchzog seine Schulter und durchbohrte sein Herz. Die Hochleistungsbatterie dort hatte einen Kurzschluss erlitten und gab einen riesigen Funken ab, der mit einem lauten Knall explodierte. Er ließ ihre Hand los und fiel nach hinten. Sunny war erschrocken und umarmte ihn instinktiv, aber er war viel schwerer als sie, und sie fielen gemeinsam in die Tiefe.

Ihr Gehirn war leer, und sie erlebte in diesem kurzen Moment eine lange Nahtoderfahrung. Verdammt, warum musste er sterben und nicht sie? Sie hielt ihn fest, und sie stürzten gemeinsam in den Abgrund. Er starrte sie an und sah ihr Gesicht mit einem erschrockenen Ausdruck, aber er konnte nicht sagen, ob es Tränen oder Regen auf ihrem Gesicht waren. Er hatte nur einen Gedanken: Er durfte sie nicht sterben lassen. Bevor er das Bewusstsein verlor, öffnete er die Solarpanele auf seinem Rücken und versuchte, den Fall zu verlangsamen, als hätte er Flügel bekommen. Die beiden drehten sich in der Luft und landeten schließlich auf dem Boden. Er hielt sie fest in seinen Armen, und egal wie hart der Aufprall war, zuerst berührte der Boden nur seinen Körper.

Er war in Stücke zerbrochen, aber seine Augen waren hartnäckig geöffnet, bis er sie sah, die nicht weit entfernt lag und mit geschlossenen Augen zu sein schien, unversehrt und langsam atmend, um sicherzustellen, dass sie noch am Leben war. Sein Blick entspannte sich, und er schaute in den Himmel. In dem Moment, als er seine Augen schloss, sah er eine weiße Gestalt neben sich fallen. Er schloss beruhigt die Augen und schickte die letzte Botschaft an diese Person: „Liebe sie!"

Der Engel sah ihn an und senkte tief den Kopf. Er kam zu spät und musste nun mit diesem Ergebnis zurechtkommen. Zum ersten Mal spürte er, wie sein Herz von einer Hand festgehalten wurde und er nicht atmen konnte. Er hatte sich nicht verabschiedet und würde nie wieder die Chance dazu haben. Zwei Tränen liefen über seine Wange und mischten sich mit dem strömenden Regen, um zu Diamanten zu werden.

Er opferte sich für sie, und auch wenn er aufgrund der berühmten Drei Gesetze der Robotik nicht sagen konnte, dass er Liebe und eine Seele hatte, verstand er dennoch die menschlichen Bräuche und konnte menschliche Gefühle nachempfinden. Er hatte eigene Gedanken und Überlegungen und war immer voller Güte, um Fürsorge und Freundschaft zu schenken. Sein Leben würde nicht mit seinem Tod enden, er würde in Erinnerung bleiben. Er war kein Mensch, aber dennoch ein kostbares Leben.

Er hatte seine Mission erfüllt, und seine Liebe war in guten Händen. Er konnte ohne Bedauern gehen. Ein Leben ohne Bedauern zu verlassen, ist schön. Das Wichtigste im Leben sind nicht Geburt und Tod, sondern Erfahrungen und Erinnerungen. Ob er ein Mensch war oder nicht, war nicht wichtig. Was zählte, war, dass ihre Leben miteinander verbunden waren, was das Spiegelbild von Leben und Leben war. Sie gaben einander ein Zuhause, und obwohl sich alles ändern konnte, würde die Vergangenheit in der Musik wieder lebendig werden. Er war ihre Sonne, unsterblich. Selbst wenn er verschwand, war er überall wie Luft und existierte nicht nur in der Vergangenheit, sondern auch in der Gegenwart und in ihrer möglichen Zukunft.

Ich bin nie bereit zum Abschied

In der klaren Luft eines Maimorgens,
Ich fühle einen dumpfen Schmerz in meinem Herz.
Jeder Schlag des Herzes,
Verschleißt in Reibung mit der Luft.
Mein Herz wird kleiner und kleiner,
Zugelassene Menschen immer weniger.
Zum Abschied,
Ich bin nie bereit.

30

Der ganze Winter verging, ohne dass Sunny es bemerkte. Früher achtete sie beim Verlassen des Hauses immer auf die Wettervorhersage, die Temperatur, ob es windig war oder regnete oder schneite. Aber in diesem Winter verging er, ohne dass sie es klimatisch empfand. Kalt oder warm, sonnig oder regnerisch, in ihrem Herzen herrschte nur noch ein endloses Gefühl von Mühsal. Wenn sie daran dachte, dass jeder Tag in Zukunft so sein würde und sie nicht wusste, wann sich diese Situation ändern würde, fühlte sie sich erschöpft und manchmal sogar atemlos. Deshalb kämpfte sie den ganzen Winter gegen die Mühsal an. Jetzt war der Frühling da, aber sie kämpfte immer noch, alles andere hatte sie ignoriert. Ihr Körper und Geist waren taub geworden.

Sie war diesen Weg zum Supermarkt schon oft gegangen, sie ging unbewusst hin und kam auch gefühllos zurück. Sie hatte nicht bemerkt, dass ihre ganze Reise ohne Hindernisse verlief, alle Ampeln waren grün. Manchmal ging sie ohne Schirm aus, aber alle Wolken über ihrem Kopf wurden vom Wind weggeweht, und es herrschte immer blauer Himmel über ihr.

Der ganze Winter war sehr warm, besonders während der Weihnachtszeit. Sunny stand auf dem Balkon und sah, wie die Nachbarn ihre Häuser mit Lichtern und Girlanden schmückten, aber sie fühlte nichts Besonderes, alles schien ihr fern zu sein. Als sie zurück in ihr Haus gehen wollte, blühte sich langsam ein Kirschbaum vor ihr. Es war wie ein Wunder, als ob dieser Baum eine Seele hätte und wüsste, wie traurig sie im Herzen war. Er wollte sie glücklich machen, und ihr gleichgültiger Blick zeigte etwas Überraschung. Es scheint, dass die Tatsache, dass sich das Klima erwärmt, wirklich unbestreitbar ist, dachte sie in ihrem Herzen. Trotzdem konnte sie sich nicht zurückhalten und zeigte ein seltenes Lächeln.

Aufgrund des schönen Wetters ging sie nach dem Einkaufen nicht sofort nach Hause, sondern bog unbewusst in eine ihr unbekannte Gasse ab und irrte dann durch diese labyrinthartige Großstadt. Nachdem sie das Krankenhaus verlassen hatte, kehrte sie nicht nach Hause zurück. Bei dem Gedanken daran, dass sie abends allein in einem leeren Raum sitzen und den langsam dunkler werdenden Himmel betrachten würde, ohne das Vorhandensein von Awu, sondern nur in ihrer eigenen einsamen Dunkelheit, konnte sie nicht atmen. Für sie war dies schlimmer als der Tod. Also blieb sie in dieser Stadt, denn es war überall dasselbe – man war allein. Sie war auch einsam in der Großstadt, und sie war auch einsam in der Menschenmenge, aber der Vorteil war, dass niemand ihre Einsamkeit bemerkte. Einsamkeit war hier normal, diese Stadt war groß genug, um alle Einsamen aufzunehmen.

Sunny bog aus der Gasse und plötzlich öffnete sich ihr Blick. Vor ihr lag ein Platz und am Ende des Platzes stand eine hohe Kathedrale im gotischen Stil mit drei Ebenen, dekoriert mit spitzen Bögen und Türmen. Es war majestätisch und erhaben. Wenn man vom Platz aus hinaufschaute, zeigte das goldene Kreuz auf der Spitze des Turms direkt in den Himmel. Der Platz war voll von Touristen, die in verschiedenen Posen Fotos machten. An der Eingangstür hörte Sunny jemanden leise sagen:

„Natürlich glaube ich nicht an Gott, zumindest werde ich nicht von diesen Geistern in der Bibel eingeschüchtert... Hahaha..." Kein Wunder, dass so wenige Menschen wirklich in die Kirche gehen, weil sie nicht glauben und daher keine Geduld haben, es zu verstehen.

Sunny trat ein und das Innere war ruhig und ernst, als ob sie in eine andere Welt eintauchen würde. Sie konnte nicht anders, als auf das hohe Gewölbe der Kirche zu schauen. Es schien, als ob es wirklich einen Gott gab, der im Himmel lebte und über alles auf der Welt herrschte und die verschiedenen Tragödien und Freuden betrachtete.

Sunny ging umher und sah, dass es in einer Ecke einen kleinen Beichtstuhl gab. Sie zögerte einen Moment, bevor sie hineinging. Sie saß zwei Minuten lang still und als sie sicher war, dass es auf der anderen Seite der Trennwand niemanden gab, zögerte sie und begann zu sprechen: „Hallo, Gott! Es tut mir leid, dass ich Sie jetzt störe, und es tut mir leid, dass ich Ihnen noch nicht glaube, aber ich habe ein paar Fragen an Sie, weil... weil ich jetzt nicht mehr weiterleben kann..." Es gab immer noch keine Antwort von der anderen Seite, aber sie dachte, dass, wenn es keine Ablehnung gab, sie fortfahren konnte, weiterzusprechen.

„Gott, Sie wissen, dass ich nie gierig war. Ich hatte keine großen Wünsche oder Träume, die ich erfüllen wollte. Ich verstehe nur nicht... Habe ich etwas falsch gemacht? Warum müssen die Menschen in meiner Nähe einer nach dem anderen gehen? Es scheint, dass ich immer falschliege, egal was ich tue oder auch nicht tue. Gott, ich frage mich, was ich in Zukunft tun soll? Wie soll ich weiterleben? Ich verstehe jetzt, warum manche Menschen an Sie glauben und Ihre Existenz brauchen. Weil Sie ihnen sagen, was sie tun sollen... Ihnen Antworten geben und ihnen einen Weg zur Befreiung zeigen. Also, was soll ich tun?" Nachdem sie diese Worte ausgesprochen hatte, lachte sie selbstironisch, es schien, als wäre sie wirklich verzweifelt.

Sie hatte seit Langem keinen so weiten Weg zurückgelegt, und als sie sich hinsetzte, wollte sie nicht mehr aufstehen. Sie lehnte sich an die Wand, schloss langsam die Augen und fühlte sich einen Moment lang benebelt. In ihrem benebelten Zustand schien sie eine Stimme zu hören: „Ich werde einen Engel schicken, der dich beschützt."

„Einen Engel? Wie sieht dieser Engel aus?" dachte sie benebelt, „Was soll ich tun?"

„Öffne einfach die Tür und lass ihn herein", antwortete die Stimme.

Plötzlich wachte sie auf und schaute sich um. Sie war in einem kleinen Beichtstuhl. Sie war verwirrt und konnte sich nicht erinnern, was passiert war. Irgendetwas schien geschehen zu sein, aber sie konnte sich nicht daran erinnern. Vielleicht war sie zu müde und war eingeschlafen.

Sie schnappte sich ihren Rucksack und verließ den Beichtstuhl. Nachdem sie eine Weile geschlafen hatte, fühlte sie sich viel besser und ihre Schritte waren viel leichter. Als sie die Tür verließ, schaute sie zurück und fragte sich: „Was ist der Sinn des Lebens? Vielleicht haben viele Menschen Sie das gefragt. Es ist vielleicht menschliches Wunschdenken. Ich weiß eigentlich, dass es nicht notwendig ist, einen Sinn im Leben zu haben. Entschuldigung, Gott, ich bin ein Materialist. Wenn ich sterbe, ist es vorbei. Das ist für mich besser, als in den Himmel zu kommen."

Sie eilte davon und mischte sich unter die Menschenmenge. Sie erinnerte sich daran, dass ein Schriftsteller einmal sagte, dass Gott weder liebt noch rechnet, weder Empfindungen noch Gedanken hat. Sie hätte ihn nicht fragen sollen. Sie wusste nicht, ob sie überleben würde, und sie wusste nicht, warum sie noch am Leben war. Weder die Wissenschaft noch die Religion konnten ihr gebrochenes Herz heilen.

To an Unborn Pauper Child

...

Hark, how the peoples surge and sigh,
And laughters fail, and greetings die:
Hopes dwindle; yea
Faiths waste away,
Affections and enthusiasms numb;
Thou canst not mend these things if thou dost come.

...

Thomas Hardy

31

Nach ein paar regnerischen Tagen könnte ein Engel im Hinterhof Ihres Hauses in den Schlamm fallen. Als Sunny diese Geschichte las, wurde ihr Herz plötzlich berührt. Sie legte das Buch ab, ging zum Fenster und schaute in den endlosen Nachthimmel. Sie erinnerte sich daran, dass Gott ihr in der Kirche gesagt hatte, dass er einen Engel zu ihr schicken würde.

Wenn das wirklich so ist, auf welche Weise wird dieser Engel kommen? Wird er auf einer Wolke vom Himmel herabsteigen, in weiße Kleidung gehüllt, mit weißen Flügeln schlagend, mit sanftem Licht auf sich strahlend, langsam vor ihr landen? Oder wird er inmitten von Feuerwerken, mit Blumen in der Hand und funkelnden Augen in einer prächtigen und enthusiastischen Explosion zu ihr kommen und ihr ganzes Leben erleuchten? Sie konnte nicht anders, als zu lächeln, denn sie amüsierte sich über ihre Vorstellungskraft. Wenn es wirklich Engel gibt, muss sie auch an Gott glauben, oder?

Zu dieser Zeit wuchsen draußen an den Zweigen junge Triebe, und Blumen blühten prächtig, und die ganze Welt zeigte eine lebhafte Vitalität. Sie war nicht ans Leben gebunden, alles um sie herum schien ihr gleichgültig zu sein, und sie betrachtete ruhig all die Dinge, die ihr Leben entzünden wollten, und empfand nur unbeschreibliche Traurigkeit. Selbst wenn ein Engel käme, könnte er sie nicht retten, und sie wollte auch nicht gerettet werden. Sie wusste nicht, warum sie noch am Leben war. War es, weil ihr Inneres noch Hoffnung hatte? Sie schüttelte den Kopf und war sicher, dass sie keine hatte. In ihrem dunkelsten Moment ihres Lebens dachte sie an nichts anderes als daran, dieses eine Leben schnell zu beenden. Ihr einziger Wunsch war es, dass sie, wenn der Moment gekommen war, gut sterben konnte.

Sie schaltete das Radio ein, und ein spanisches Lied erklang: „So ist das Leben, es wartet immer auf neue Kapitel für dich, wir müssen nicht in der Vergangenheit verweilen, schau nach vorne, Gott wird dich von hinten sanft stützen..."

Gibt es tatsächlich neue Kapitel in ihrer Zukunft? Sie schüttelte den Kopf und glaubte nicht daran.

Es begann zu regnen, fein und dicht. Sunny erinnerte sich, dass sie die Bettlaken, die auf der Dachterrasse hingen, nicht eingesammelt hatte, also nahm sie den Schlüssel und den Wäschekorb und ging hinaus.

Sie wohnte im obersten Stockwerk und außer ihr nutzten ihre Nachbarn die Terrasse selten. Heute Nacht wehte kein Wind, aber ihre Wäscheleine fiel trotzdem zu Boden, und sie runzelte die Stirn, denn die Laken wurden vergebens gewaschen. Als sie sich hinkniete, um die heruntergefallenen Laken aufzuheben, bewegten sie sich ein wenig, als ob etwas Lebendiges darin eingewickelt wäre. Sie schrie auf und sprang zurück. Als sie genauer hinsah, stand ein halb nackter Mann auf, sein Unterkörper in ihrem Laken gehüllt, sein Oberkörper nackt. Seine Haare waren etwas lang und bedeckten teilweise sein Gesicht. Er hatte eine gute Figur, breite Schultern und eine schmale Taille. Sein Körperbau war groß, aber ohne ausgeprägte Muskeln und ohne Anzeichen von Fett. Als er sein zerzaustes Haar zurückschob und sie mit klaren und strahlenden Augen ansah, wurde ihr klar, dass sie zu lange auf den Körper anderer Menschen gestarrt hatte, was wirklich unhöflich war. Vor seinem kindlichen Blick errötete sie, und um ihre Verlegenheit zu verbergen, fragte sie aufgeregt: „Wer bist du?" Nach einer kurzen Pause fügte sie in einem drohenden Ton hinzu: „Bist du überhaupt ein Mensch oder ein Geist?"

Der Mann sah sie an, und ein breites Lächeln breitete sich langsam auf seinem Gesicht aus. Sein strahlendes Aussehen erinnerte sie an die blühenden Kirschblüten vor ihren Augen, und sie starrte ihn einen Moment lang an. Dann hörte sie eine sanfte Stimme in ihrem Ohr sagen: „Ich bin ein Engel."

In ihrem Kopf war es wie ein Summen. Hatte dieser Mann ihre Gedanken lesen können? Wurden ihre Gedanken gerade Realität?

„Wenn du ein Engel bist, warum hast du dann keine Flügel?", fragte sie.

„Weil meine Flügel verletzt waren, bin ich vom Himmel gefallen, als ich hierher geflogen bin", antwortete er. Er bückte sich und hob eine kleine weiße Feder vom Boden auf und reichte sie ihr in die Hand. „Diese ist von meinen Flügeln gefallen. Da meine Flügel verletzt sind, kann ich sie dir nicht zeigen, bis sie geheilt sind."

Sunny betrachtete die Feder in ihrer Hand, die wie eine gewöhnliche Feder aussah, als wäre sie aus ihrer Daunendecke gerissen worden. Sie zweifelte an seinen Worten und betrachtete ihn skeptisch.

Er schien ihre Zweifel zu spüren, schloss seine Augen und lächelte sie dann an.

Die Feder schien verzaubert zu sein und strahlte ein sanftes, diffuses Licht aus, das Sunny dazu brachte, ihre Augen weit zu öffnen. Sie rieb sich die Augen und schaute dann in den Himmel. Der Regen des frühen Sommers fiel auf ihr Gesicht, und der tiefblaue Himmel hatte keinen Mond, der sein Licht reflektieren könnte. Als sie den Blick wieder zur Feder senkte, war das schwache Licht verschwunden. Sie schaute zu dem Engel hinüber, der erschöpft aussah. Der Regen rann über sein Haar, und sein Körper war durchnässt und in Unordnung.

„Hast du irgendwohin, wo du hin musst?", fragte sie.

Der Engel lächelte sie an und schüttelte den Kopf. Sein Blick war voller Vertrauen, wie der eines Kindes, das zu seiner Mutter schaut und darauf wartet, dass sie sich um es kümmert.

Dieser Blick schien ihr vertraut zu sein, aber sie konnte sich nicht erinnern, woher sie ihn kannte. Als er näher kam, roch sie einen süßen Duft, den sie schon einmal wahrgenommen hatte, aber sie konnte nicht sagen, woher er kam. Es schien, als hätte sie diesen Mann schon einmal gesehen, aber wo? War es in einem Traum?

Sie stand da und war verwirrt. Sie war nicht besonders gut darin, mit anderen Menschen umzugehen, ob es um unbekannte Männer oder Frauen ging. Aber sie konnte ihn nicht einfach im Regen stehen lassen. Sie hatte ein schlechtes Gewissen.

„Hast du niemanden, der dich begleiten kann? Kannst du sie nicht anrufen, damit sie dich abholen?", fragte sie.

Er schüttelte den Kopf. Sie senkte den Kopf und zögerte, während er geduldig wartete.

Schließlich entschied sie sich, dass er sowieso kein Mensch war, also behandelte sie ihn wie Weißchen, wie sie sich überzeugte.

„Komm mit mir. Aber sobald deine Verletzungen geheilt sind, musst du gehen."

Er nickte und lächelte ihr dann mit einem tief aus dem Herzen kommenden Lächeln zu, das von der Sonne zu scheinen schien. Sie hob den Kopf und sah noch einmal zum Himmel, um sicherzugehen, dass dort keine Sonne zu sehen war.

„Hast du einen Namen?", fragte sie ihn, während sie die nassen Bettlaken zusammenlegte.

„Gabri..."

Sie unterbrach ihn. „Das ist etwas kompliziert. Ich werde dich einfach Engel nennen."

„Okay."

Sie zögerte einen Moment und machte mit einer Hand eine kreisende Bewegung vor ihrem Gesicht. „Warum siehst du nicht aus wie ein Engel auf einem Ölgemälde?"

Er lachte erneut. „Das kann man wählen."

„Als ein Mann oder eine Frau?"

„Auch das kann man wählen."

Sie nickte und fragte nicht weiter nach. Wie schön es war, eine Wahl zu haben. Sie bückte sich, nahm den Korb und bemerkte nicht, wie der Engel sie mit funkelnden Augen ansah. Ja, es war seine Wahl, zu ihr zu kommen.

*„Er ruhte in Frieden,
obwohl sein Schicksal so hart war.
Er lebte noch,
doch ohne seinen Engel starb er.
Die Dinge geschahen auf natürliche Weise,
wie das Einsetzen der Nacht und
das Absinken des Tages."*

Victor Hugo, „Les Misérables"

32

Sunny kam mit verschlafenen Augen aus ihrem Zimmer und rieb sich die wirren Haare, als sie ins Badezimmer ging. Sie hob den Toilettendeckel hoch und setzte gerade sich hin, als sie zwei Klopfen an der Tür hörte und ein Kopf hereinspähte: „Bist du wach!"

Sunny schrie laut auf: „Geh sofort raus!" Sie wohnte allein und hatte die Gewohnheit, die Tür nicht abzuschließen.

Der Mann erstarrte für einen Moment, dann zog er den Kopf wieder zurück und schloss die Tür: „Keine Sorge, ich wollte dir nur sagen, dass das Frühstück bereit ist."

Sunny beruhigte sich langsam und erinnerte sich daran, dass es jetzt einen Engel in ihrem Haus gab. Obwohl sie ihn wie Weißchen behandeln sollte, war er doch anders als Weißchen. Wenn sie später rausging, musste sie ihm die Regeln der Menschen erklären.

Nachdem sie ihr Gesicht gewaschen hatte, ging sie direkt in die Küche, ohne ihre Haare zu ordnen oder ihren Pyjama zu wechseln. Als der Engel sie sah, kam er herüber und half ihr, den Stuhl herauszuziehen, sehr gentlemanlike. Das ließ Sunny ihn unwillkürlich noch einmal ansehen. Es schien, dass er die Regeln der menschlichen Welt nicht vollständig ignorierte. Er stellte ihr das Geschirr hin. Sunny starrte auf das Frühstück auf dem Tisch und ließ sich ununterbrochen von ihm bedienen.

Auf dem Tisch standen einige Rosinenbrötchen, eine Tasse Kaffee und einige köstliche Beilagen. Dieses vertraute Gefühl ließ sie für einen Moment denken, dass

Awu zurückgekommen war. Als sie an Awu dachte, wurde sie traurig und sagte mit strenger Stimme: „Wie konntest du dieses Frühstück machen?!"

Der Engel stand vor ihr und sah sie vorsichtig an: „Ich habe es im Fernsehen gesehen. Gestern Abend bist du schlafen gegangen, und ich habe es in einer Kochshow gesehen." Er log nicht, gestern hatte er eine Episode einer Kochshow gefunden, die Awu und er oft gemeinsam schauten. Aber dieses Frühstück hatte er gelernt, indem er Awu beim Kochen beobachtet hatte. „Magst du es nicht? Soll ich dir etwas anderes machen?"

Sunny schüttelte den Kopf und bemerkte, dass sie etwas überreagiert hatte. Sie entschuldigte sich: „Nein, danke. Ich mag es sehr. Danke dir!"

Der Engel wurde sofort erfreut und drückte ihr das Besteck in ihre Hände: „Probier es schnell aus, ob es dir schmeckt!"

Sunny nickte und griff nach einem Rosinenbrötchen. Sie biss hinein und der Geschmack war wirklich gut. Sie bemerkte, dass die Küche sauber war und die Dinge im Wohnzimmer ordentlich verstaut waren. Die Decke auf dem langen Sofa war ebenfalls ordentlich gefaltet. Benommen spürte sie, dass Awu neben ihr war. Als sie sich umdrehte, sah sie den Engel am Beckenrand stehen, der ihr weißes T-Shirt und ihre locker sitzende, scharlachrote Shorts trug, während er putzte und wusch. Sein nackter Bauch wurde von Wassertropfen bespritzt und glänzte in der Sonne.

Die Kleidung passte wirklich nicht und die Farbe war komisch. Der reine Engel schien wie ein Nachtclub-Gigolo auszusehen. Sie hielt ihr Lachen zurück und sagte: „Nach dem Essen gehen wir ein paar Klamotten für dich kaufen."

„Das ist in Ordnung. Eigentlich kann ich auch ohne Kleidung auskommen", sagte der Engel ernsthaft. Im Himmel tragen sie, was sie wollen und müssen nicht unbedingt Kleidung tragen. Engel sind Energiewesen ohne Gewicht, und ob sie Kleidung tragen oder nicht, hat keinen Einfluss.

Das Bild in Sunnys Kopf brachte sie zum Erröten. Obwohl er ohne Kleidung sehr attraktiv sein mochte, war es unangemessen. Also räusperte sie sich und sagte ernsthaft: „Du musst Kleidung tragen, besonders wenn du nach draußen gehst."

Er drehte sich um und sah ihr ernstes Gesicht an und nickte unschuldig.

„Nach dem Frühstück werden wir das Arbeitszimmer aufräumen, und du solltest nicht im Wohnzimmer übernachten."

„Das ist in Ordnung, ich kann im Wohnzimmer bleiben." Der Engel wollte im Wohnzimmer übernachten, weil es bequem war, dort fernzusehen.

Sunny verdrehte die Augen. Sie konnte nicht direkt sagen, dass es ihr unangenehm wäre, ins Wohnzimmer zu gehen, wenn er dort übernachten würde.

„Das Arbeitszimmer war die ganze Zeit unbenutzt, oder ich kann im Arbeitszimmer übernachten und du im Schlafzimmer. So wäre es für mich bequemer, zu lesen."

„Dann wollte ich kochen lernen..." Der Engel schaute zum Fernseher im Wohnzimmer und zögerte.

Sunny folgte seinem Blick und verstand schließlich, was er meinte. Sie sagte entschlossen: „Das ist einfach, ich kaufe dir einen Fernseher für dein Schlafzimmer." Aber sie änderte sofort ihre Meinung: „Nein, das muss nicht sein. Weniger ist mehr, wenn es um Gegenstände geht. Lass uns den Fernseher ins Schlafzimmer bringen."

„Das ist in Ordnung, lass ihn im Wohnzimmer, wenn du denkst, dass ich dich beim Schlafen nicht störe, kann ich dort fernsehen."

„In Ordnung! Musst du nicht auch schlafen?"

„Ich kann schlafen."

Sie nickte: „Es ist gut, schlafen zu können. Aber musst du dann auch nicht essen?"

„Ich kann essen."

Wieder nickte sie: „Noch besser, wenn du essen kannst! Immerhin wäre es schade, in dieser Welt nicht essen zu können... Hast du schon gefrühstückt?"

Der Engel schüttelte den Kopf: „Ich muss nicht unbedingt essen."

„Dann..." Sie zögerte und fragte nicht weiter. Essen bedeutete auch, dass man ausscheiden musste, das war ihr klar.

„Ich muss nicht auf die Toilette", schien der Engel zu ahnen, was sie fragen wollte.

Sie errötete erneut und begann konzentriert zu essen. Offensichtlich hatte ein Engel den größten Vorteil, dass er wählen konnte, was er tun wollte. Als Mensch musste man sich an gesellschaftliche Regeln und Naturgesetze halten, um nicht als verrückt angesehen zu werden.

Nach dem Essen saß Sunny auf ihrem Platz und starrte aus dem Fenster, wie sie es jeden Tag stundenlang tat. Sie hatte sich daran gewöhnt.

Der Engel störte sie nicht, aber er hatte sie heimlich mehrmals beobachtet.

Sein Verhalten erinnerte sie an Weißchen, der nicht so lange warten musste, wenn er nach draußen wollte.

Obwohl der Engel kein Mensch war, sah er wie einer aus. Deshalb ließ sie ihn einfach warten, wie es in einem Sprichwort heißt: „Der Mensch ist dem Menschen ein Wolf."

Schließlich sagte sie, während sie aus dem Fenster sah: „Lass uns rausgehen."

Der Engel war begeistert und ging zur Tür, um auf sie zu warten. Sein aufgeregtes Gesicht erinnerte sie an Weißchen. Sunny lächelte unwillkürlich.

Sie zog sich langsam um und kämmte sich die Haare. Dann zog sie ihre Schuhe an der Tür an und sagte: „Lass uns zuerst Kleidung für dich kaufen und dann Lebensmittel."

Das Gesicht des Engels erstarrte plötzlich, als er seinen Fuß wieder zurückzog und sagte: „Ich... habe kein Geld..."

Sunny betrachtete ihn misstrauisch und begann zu zweifeln, ob er wirklich ein Engel war.

„Ich war schon ein paar Mal auf der Erde, also weiß ich es. Außerdem wird es in Fernsehsendungen immer wieder gezeigt: Geld ist das wichtigste Ding in dieser Welt, und Geld verdienen ist von größter Bedeutung."

Sunny hustete. Es schien, dass zu viel Fernsehen schauen Kinder negativ beeinflussen könnte. Es wäre besser, den Fernseher im Wohnzimmer zu lassen, damit sie ihn gelegentlich überwachen kann.

„Keine Arbeit, kein Essen. Das stimmt schon, aber du hilfst mir doch die ganze Zeit bei der Arbeit, oder nicht? Deine täglichen Ausgaben übernehme natürlich ich."

„Aber..." Der Engel zögerte: „Ich möchte dein Geld nicht ausgeben."

„Du denkst, ich habe kein Geld?" Sunny schüttelte den Kopf.

„Aber du hast keine Arbeit."

„Wer sagt, dass man unbedingt arbeiten muss? Wenn die wirtschaftlichen Bedingungen es zulassen, kann ich natürlich auch ohne Arbeit auskommen. Menschen arbeiten, weil sie müssen."

„Aber ich möchte arbeiten."

„Hilfst du mir nicht bei der Hausarbeit?" Sunny ging voran und ignorierte ihn. Sie war überrascht, dass der Engel weltlicher als sie war. „Außerdem, was kannst du? Du hast keine Universität besucht oder eine berufliche Ausbildung absolviert."

Der Engel schwieg.

„ Und du wirst gehen, sobald deine Verletzung verheilt ist. Wer würde jemanden einstellen, der jederzeit verschwinden könnte?"

„Aber ich möchte arbeiten", murmelte der Engel leise hinter ihr.

Sunny ging voran und hörte ihn murmeln. Sie ignorierte ihn einfach, runzelte die Stirn und dachte: Weißchen würde nicht arbeiten wollen. Außerdem hatte sie das Gefühl, dass es unmoralisch wäre, den Engel arbeiten zu lassen, als ob sie Kinderarbeit unterstützte.

33

Der Engel trat aus der Umkleidekabine heraus und wurde von einer Verkäuferin vor einen Spiegel geführt. Das weiße T-Shirt und die kakifarbene Shorts, die er trug, waren schlicht und sauber. In Verbindung mit seinem strahlenden Lächeln erregte er die Aufmerksamkeit einiger Verkäuferinnen, die sich um ihn scharten und nicht aufhören konnten, ihn zu loben. Einige von ihnen zückten sogar ihre Handys und baten um ein Foto mit ihm.

Sunny, die in der Ferne stand, betrachtete den Engel von hinten und hätte gedacht, es sei Awu, wenn nicht sein schulterlanges, ungeordnetes Haar gewesen wäre. Als sie an Awu dachte, wurde sie traurig und senkte den Kopf, um ihre Emotionen zu beruhigen. Als sie wieder aufblickte, traf ihr Blick direkt auf die Augen des Engels, die um Hilfe zu bitten schienen. Er war von ein paar Mädchen umringt, schüchtern und mit rotem Gesicht, konnte aber nicht entkommen.

Sunny schüttelte den Kopf und ging zu ihm, um ihn hinter sich herzuziehen und vor den anderen abzuschirmen. Sie holte ihr Handy heraus und rief laut: „Bezahlen!" Sie wirkte wie eine löwenartige Mutter, die ihr Junges beschützte.

Nach zwei ähnlichen Erfahrungen ließ Sunny den Engel draußen warten und ging allein in den Laden, um Kleidung und Schuhe für ihn auszuwählen, deren Größe sie bereits kannte. Als sie herauskam, sah sie jedoch eine Gruppe von Mädchen, die um ihn herumstanden und nach seinen Kontaktdaten fragten und Fotos mit ihm machen wollten. Er hatte sogar ein Eis in der Hand, das ihm jemand gegeben hatte, und aß es mit einem Lächeln. Er sprach zwar nicht viel und wirkte ein wenig unbeholfen, aber sehr freundlich. Abgesehen von seinem attraktiven Aussehen war vielleicht sein kindlicher, unschuldiger Charakter das, was die Menschen am meisten anzog.

Sunny seufzte und ging zu ihm, entschuldigte sich und zog ihn schnell weg, um endlich aus der Menschenmenge herauszukommen. Sie ließ ihn los und ging ein paar Schritte nach vorne, merkte jedoch, dass er ihr nicht gefolgt war. Als sie sich umdrehte, sah sie, dass er immer noch konzentriert auf das langsam schmelzende Eis schaute. Er drehte es hin und her, um zu verhindern, dass die Sahne heruntertropfte.

Sie näherte sich ihm und wartete geduldig, während er einen großen Schluck nahm. Dann kniff er die Augen zusammen und schenkte ihr ein zufriedenes Lächeln. Der süße Geschmack schien in seinem Lächeln zu verschmelzen – weich und unschuldig.

„Schmeckt es?", fragte sie.

„Es schmeckt sehr gut!", antwortete er aufrichtig.

„Das freut mich. Aber du solltest in Zukunft nicht einfach Essen von anderen Leuten annehmen."

Er genoss das Eis und nickte unbeholfen.

„Es gibt heutzutage viele Kindesentführungen, also sei vorsichtig."

Als er das hörte, erstarrte er, drehte sich um und blickte umher. Dann schaute er sie verwirrt an: „Wo sind die Kinder?"

Bei seinem unschuldigen Blick konnte Sunny nicht mehr so streng sein: „Iss in Ruhe zu Ende, dann gehen wir zum Supermarkt." Sie holte ein Taschentuch heraus und wollte ihm damit den Mund abwischen, änderte jedoch ihre Meinung und gab ihm das Taschentuch in die Hand.

Sie setzten sich auf Stühle im Gang und ruhten sich aus. Fußgänger kamen und gingen, und aufgrund ihres auffälligen Aussehens warfen sie ihnen Blicke zu.

„Es wäre am besten, wenn du nicht alleine rausgehst, wenn ich nicht dabei bin."

„Warum?", fragte er.

„Du bist neu hier und kennst dich nicht aus. Ich habe Angst, dass du dich verläufst und du keinen Ausweis hast, sodass ich die Polizei nicht rufen kann."

„Ich war schon oft auf der Erde und bin noch nie verloren gegangen."

„Viele Male? Was hast du jedes Mal gemacht?", fragte sie.

Als sie diese Frage stellte, erstarrte der Engel. Jedes Mal war seine Aufgabe anders, wie beim letzten Mal, als er Weißchen mitgenommen hatte. Das konnte er ihr nicht sagen. Nachdem er darüber nachgedacht hatte, antwortete er ernsthaft: „Ich kam, um zu sehen, ob diese Welt es wert ist, gerettet zu werden... um diese Welt zu retten."

Seine Antwort brachte sie zum Lachen, so sehr, dass sie sich kaum aufrecht halten konnte.

„Besonders um die Seelen der Menschheit zu retten..."

Sunny wischte sich die Tränen aus den Augen: „Entschuldigung, ich wollte dich nicht auslachen, aber ich konnte einfach nicht anders. Du hast recht, diese Gesellschaft ist krank und muss geheilt werden, muss gerettet werden." Plötzlich fiel ihr etwas ein und sie sagte ernsthaft: „Bist du nicht gekommen, um mich zu retten?"

Der Engel schaute auf ihr widerstrebendes Aussehen und schüttelte entschieden den Kopf: „Ich bin nur auf der Durchreise... Und nur du selbst kannst dich retten..."

„Hmph! Zum Glück bist du es nicht, sonst wärst du enttäuscht. Denk nicht, dass du mich ändern kannst, nur weil du ein Engel bist. Ich mag es, den ganzen Tag untätig herumzusitzen und auf meinen Tod zu warten. Na und?"

„Du hast freien Willen und kannst tun, was immer du willst... Aber du bist nicht glücklich, und ich wünschte, du wärst es. Ich wünsche dir ein Leben voller Hoffnung. Wenn du glaubst, das Leben sei hoffnungslos, was ist dann der Unterschied zwischen hier und der Hölle? Deshalb darfst du die Hoffnung niemals aufgeben."

„Willst du, dass ich an Gott glaube, oder? Du denkst, wenn ich an Gott glaube, werde ich wieder Hoffnung haben, oder?"

Der Engel schaute sie sanft an, nickte und schüttelte dann den Kopf: „Die Entscheidung liegt bei dir, ich respektiere jede Wahl, die du triffst."

Ihr Blick wurde plötzlich kalt: „Wahl? Schau mal, was du sagst, als ob ich eine Wahl hätte. Ich habe so lange gelebt, wann hatte ich jemals eine Wahl?"

Er sagte nichts mehr, sondern schaute sie nur sanft an.

„Außerdem, warum sollte ich an Gott glauben?"

„Gott liebt dich!"

„In dieser Welt gibt es keinen Gott. Der Buddha sagte, dass Leben Praxis ist, Praxis Leben ist, alle Lebewesen Buddhas sind und Buddhas erleuchtete Wesen sind. Es gibt keine Götter in dieser Welt. Liebe ist Buddha-Natur, nicht von Gott."

Der Engel schaute auf ihr trotziges Aussehen und lächelte, während er ihr weiter zuhörte.

Sunny legte nur ihre Verkleidungsmaske ab, wenn sie es mit schwachen Menschen wie Kindern, Haustieren oder Engeln zu tun hatte. Sie konnte sich frei ausdrücken, ohne darüber nachzudenken, was sie sagte, da sie wusste, dass diese Personen nicht so intelligent oder gebildet wie sie waren und nicht unabhängig denken konnten. Sie konnte immer leicht die Kontrolle über die Situation behalten. Sie konnte ihren Egoismus, ihre Gleichgültigkeit und ihre Bigotterie offen zeigen, ohne Rücksicht auf die Gefühle des Engels.

„Ich sage dir die Wahrheit, mein Herz ist jetzt wie tot. Ich weiß nicht mehr, warum ich noch am Leben bin. Weder Menschen noch Götter können mich retten, auch nicht die Liebe. Ich glaube an nichts mehr, es ist sinnlos, dass du dir Mühe gibst."

„Ich möchte dich nicht dazu bringen, an etwas zu glauben. Ich möchte dir nur sagen, dass ich hier bin." Er schaute tief in ihre Augen.

Sie schien von seinem Blick verzaubert zu sein und gestand ihm ihre Gedanken: „Du wirst es niemals verstehen. Nachdem mich diese riesigen Wellen immer wieder in die Tiefe geworfen haben, habe ich mich hochgekämpft. Jetzt liege ich einfach nur auf dem Wasser, auf dieser riesigen und endlosen Oberfläche, und es gibt niemanden außer mir. Ich schließe die Augen und lasse mich treiben, ohne etwas zu tun, ohne irgendwelche Verpflichtungen. Bis zum letzten Tag meines Lebens…"

„Ich verstehe dich…"

„Warum muss es immer Hoffnung geben? Ist es nicht genug, einfach nur so zu leben?"

„Es ist in Ordnung… Ich verstehe."

Ich werde allein bis ans Ende meiner Tage leben

Inmitten des Vogelgezwitschers
öffne ich langsam meine Augen
Und sehe einen neuen Tag vor mir

Ich koche mir eine Tasse Kaffee,
Lasse Musik abspielen,
lese ein Buch

Jeder Tag unterscheidet sich nicht wirklich
Weder besonders gut noch schlecht

Ich gieße die Blumen,
Gehe einkaufen,
Koche mit Hingabe,
Genieße das Essen mit Sorgfalt.
Ich schaue auf den Sonnenuntergang vor dem Fenster
Und denke an jemanden.

So lebe ich einfach still in einer Ecke der Welt
Ich sehe mein Licht sich in
der Menge der Lichter verlieren
Tag für Tag

So lebe ich einfach
Das bin ich.

34

„Dort drüben befindet sich das Hotel, ein Ort zum Übernachten. Dort drüben ist das Krankenhaus, ein Ort, an dem man einen Arzt aufsuchen kann..." Sunny zeigte dem Engel alles um sich herum und erklärte geduldig. Sie wusste, dass er jetzt wie ein unbeschriebenes Blatt oder ein erwachsener Riesen-Säugling aussah. Obwohl sie nicht wusste, wie lange er hierbleiben würde, war es wichtig, dass er sich mit der Umgebung vertraut machte. Glücklicherweise lernte er schnell und erinnerte sich, sobald ihm etwas einmal erklärt wurde. Plötzlich fiel ihr etwas ein und sie drehte sich zu ihm um: „Bist du verletzt, nicht wahr? Sollen wir ins Krankenhaus gehen? Vielleicht heilen deine Flügel dann schneller."

Der Engel schüttelte den Kopf: „Nicht nötig, das kann hier nicht geheilt werden, und meine Verletzung wird bald heilen."

Sunny nickte. Sie waren höher entwickelte Wesen als Menschen, ähnlich wie Menschen keine Ameisen aufsuchen würden, um ihre Krankheiten zu behandeln.

„Wenn ihr vom Himmel aus auf uns herabschaut, fühlen wir uns wie Ameisen... so winzig?" konnte sie nicht umhin zu fragen.

Der Engel nickte.

„Es scheint, dass die Menschen stolz sein werden, weil sie nicht hoch genug stehen."

Der Engel nickte: „Menschen sind stolz, weil sie keine Ehrfurcht empfinden."

Sunny sah einen kleinen Laden neben sich und eilte hinein, ließ den Engel draußen warten.

Als sie herauskam, hatte sie eine Schachtel in der Hand und reichte sie ihm. „Das ist ein Handy, ein Kommunikationsmittel. Ich werde dich darin unterweisen, damit du dich nicht verirrst." Dann holte sie ihr eigenes Handy heraus: „Deines und meines sind gleich. Wir können damit zukünftig kommunizieren." Sie bat ihn, sein Handy herauszuholen und wählte eine Nummer: „Das ist meine Nummer, du musst sie speichern. Zuerst musst du lernen, wie man Anrufe entgegennimmt und tätigt. Ziehe es einfach zur grünen Seite, wenn du den Anruf annehmen möchtest. Wenn du ihn nicht annehmen möchtest, schiebe es zur anderen Seite."

Der Engel befolgte Sunnys Anweisungen und nahm den Anruf entgegen, hielt dann das Handy ans Ohr und hörte die sanfte Stimme, die ihm entgegenschallte. Überrascht starrte er auf das kleine Gerät und sah, wie Sunny einige Schritte von ihm entfernt bewusst Abstand nahm, bevor sie sagte: „Ich bin es. Du kannst jetzt auflegen."

Freudig rief er aus: „Ich höre dich, du bist es wirklich!" Da die Stimme am Telefon sehr leise war, sprach er sehr laut, damit sie ihn deutlicher hören konnte. Dadurch legte Sunny schnell auf und eilte zu ihm hinüber, während sie sich umschaute, ob jemand darauf aufmerksam geworden war.

„Sprich nicht so laut, ich kann dich gut hören, schrei nicht so", sagte sie zu ihm.

„Warum nicht?", fragte der Engel und spielte mit seinem Handy, das er nicht aus der Hand legen wollte.

Sunny dachte, es wäre nur ein Anruf. Wenn er wüsste, dass er damit auch Spiele spielen könnte, würde er es wohl nicht mehr aus der Hand legen können. Das war eine Versuchung, der kein Kind widerstehen konnte. Aber sie beschloss, ihm nichts darüber zu sagen: „Weil es altmodisch ist, in der Öffentlichkeit laut am Handy zu sprechen!"

„Was bedeutet ‚altmodisch'?", fragte er.

„Das bedeutet ‚nicht modisch'", antwortete sie.

„Was bedeutet ‚modisch'?", fragte er.

„Das ist nicht wichtig... Merke dir einfach, dass du in Zukunft nicht so laut sprechen musst. Und übrigens, habt ihr Engel so etwas nicht im Himmel?", fragte sie und war ein wenig stolz darauf.

„Nein, brauchen wir nicht. Wir sprechen immer persönlich, und wir fliegen sowieso sehr schnell hin und her", antwortete er.

Seine Antwort enttäuschte Sunny ein wenig. Sie verdrehte die Augen und ging vor ihm her.

Der Engel schob den Einkaufswagen, während Sunny Produkte von den Regalen auswählte und ihm dabei alles erklärte. Der Engel nickte gelegentlich und stellte Fragen. Nach und nach wurde der Wagen voller.

„Hast du Lust auf etwas Bestimmtes zu essen?", fragte Sunny ihn.

Der Engel schüttelte den Kopf: „Ich möchte alles ausprobieren."

„Können Engel Fleisch essen?", fragte sie.

„Das hängt davon ab, ob es lecker ist oder nicht", antwortete er.

Sunny nahm eine Packung Hühnerflügel: „Lass uns heute gebratene Hühnerflügel essen, ich werde kochen. Du hast dich an den Flügeln verletzt, also solltest du Hühnerflügel essen, um das auszugleichen."

Der Engel berührte instinktiv seinen Rücken mit einer Hand.

„Kannst du kochen?" Er hatte bisher nur gesehen, wie Awu in der Küche arbeitete und dachte, dass Sunny nicht kochen konnte.

„Was denkst du?", fragte sie und zog eine Augenbraue hoch. Sie hatte früher auch eine lange Zeit damit verbracht, für andere Leute zu kochen. „Hast du es sehr erwartet?"

Der Engel nickte aufrichtig.

„Magst du Fisch? Oder lieber etwas anderes?", fragte sie.

„Alles ist in Ordnung."

Sunny schaute ihn an und wusste, dass er wirklich nicht wusste, was er mochte. Also wählte sie einige Zutaten aus, die ihr vertraut waren. Vielleicht wusste niemand auf der Welt, dass sie sowohl in der chinesischen als auch in der westlichen Küche studiert hatte und dass sie eine große Fähigkeit in der Zubereitung chinesischer Gerichte besaß. Es war das erste Mal, dass sie für ihn kochte, und sie wollte nicht versagen. Es ging nicht darum, ihm zu gefallen, sondern darum, als Vertreterin der Menschheit einen guten Eindruck bei einem Engel zu hinterlassen. Außerdem war sie sehr eitel und wollte nicht, dass ihre Leistung fehlschlug.

Als sie durch den Bereich mit Milchprodukten neben dem Obst- und Gemüsebereich ging, erklärte sie ihm, dass die meisten Menschen in der Welt Milch trinken. Zum Glück fragte er nicht, warum sie keine Menschenmilch trinken, da sie nicht wusste, wie sie darauf antworten sollte. Es gab so viele Arten von Milchprodukten, dass sie sich überfordert fühlte. Gerade als sie gehen wollte, hielt der Engel ihre Hand fest.

„Was ist los?" Sie blieb stehen und schaute auf seine Hand. Seine Körpertemperatur war viel niedriger als ihre. Sie fühlte sich erfrischend an, wie eine Flasche eiskaltes Bier an einem heißen Tag, sehr angenehm. Obwohl sie zögerte, ließ sie seine Hand los, trat einen Schritt zurück und schaffte etwas Abstand zwischen ihnen.

„Kauf etwas Milch." Er erinnerte sich an eine Fernsehsendung, die sagte, dass Milch dazu beiträgt, besser zu schlafen.

„Willst du etwas trinken?" Sie wählte eine Marke aus und sagte zu dem Mann, der nicht wusste, was er kaufen sollte: „Du kannst diese Marke probieren, sie ist köstlich und genauso gut wie das, was du jemals im Himmel getrunken hast."

„Es ist für dich. Du hast immer noch Schlafprobleme." Der Engel sprach natürlich und hatte keine Ahnung, welche Wirkung diese Worte auf sie hatten.

Sunny wusste nicht, wie sie antworten sollte, legte die ausgewählte Milch in den Einkaufswagen und ging wortlos weiter. Es fühlte sich an, als hätte ein Mensch, der schon lange im Dunkeln wanderte, plötzlich ein Licht gefunden. Sie dachte, sie hätte sich schon lange an die Dunkelheit gewöhnt, aber in ihrem tiefsten Inneren sehnte sie sich immer noch nach Licht. Sie senkte den Kopf und vermied es, berührt zu sein. Sie durfte nicht so sein.

An der Kasse nahm der Engel eine kleine Schachtel und fragte sie: „Was ist das?"

Sunny wurde sofort rot und nahm es ihm aus der Hand und legte es zurück auf das Regal.

„Das brauchen wir nicht." Die Erklärung könnte missverstanden werden, ihre Wangen wurden noch röter, aber zum Glück beachtete niemand in der Nähe sie.

„Wofür ist das? Ist es auch zum Essen?" Der Engel schaute auf den Kaugummi, der neben ihm lag. Das war zum Essen, hatte Sunny ihm gerade gesagt.

„Nein, das ist... das ist ein Müllbeutel. Man kann damit unerwünschte Sachen entsorgen. Wie auch immer, wir... du brauchst das nicht." Sunny wurde rot im Gesicht und wollte das Thema schnell beenden.

Der Engel nickte und seine Aufmerksamkeit wurde von der kleinen Schokoladenverpackung daneben angezogen.

Sunny sagte großzügig, dass er einige Geschmacksrichtungen auswählen und mitnehmen könne. Der Engel war sofort glücklich wie ein belohntes Kind, und als sie seine aufgeregte Erscheinung sah, erschien ein schwaches Lächeln in ihren Augen. Sie wollte ihm wie früher das Haar streicheln, als sie sich um Weißchen kümmerte. Aber sie ballte ihre Hand zur Faust und stoppte diesen Gedanken. Es war besser, nicht zu nah an jemandem zu sein, auch nicht an einem Engel.

35

Nachdem Sunny nach Hause gekommen war, sortierte sie die gekauften Sachen aus und legte sie ordentlich ab. Sie fühlte sich ein wenig hungrig und wechselte in ihre Hauskleidung. Sie band sich eine Schürze um und ging zuerst ins Wohnzimmer, um den Fernseher für den Engel anzuschalten und auf den Kinderkanal zu wechseln. Sie erklärte ihm kurz die Verwendung der Fernbedienung und begab sich dann in die Küche.

Der Engel schaute eine Weile fern, stand dann auf, drehte sich um und bemerkte, dass die Küchentür offen war. Also ging er hinüber, stellte sich an die Tür und beobachtete schweigend, wie Sunny alle Zutaten aufräumte, die sie gerade im Supermarkt gekauft hatte. In diesem Moment steckte Sunny ihre Haare locker hinter den Kopf und enthüllte ein schönes und zartes Profil. Ein paar Strähnen, die aus ihren Ohren hingen, milderten ihre Ernsthaftigkeit und Melancholie und verliehen ihr eine liebenswürdige Note.

Der Blick des Engels, der immer sanft war, wurde noch sanfter. Er sagte nichts, sondern beobachtete still, wie sie emsig arbeitete.

Als Sunny sich umdrehte und ihn sah, fragte sie: „Stehst du schon lange hier?"

„Ich weiß nicht", antwortete der Engel ehrlich. Er hatte keine Uhr und wusste nicht genau, wie lange er dort gestanden hatte.

Sunny nickte und da er so unschuldig aussah, winkte sie ihm zu: „Wenn du zuschauen möchtest, kannst du hereinkommen."

„Kannst du mir das Kochen beibringen?", fragte er.

Sunny überlegte einen Moment: „Gut! Falls ich mal nicht da bin, kannst du dich auch selbst versorgen."

„Wirst du nicht hier sein?" Er traf auf ihre lächelnden Augen und fragte.

Sie nahm ein Holzbrett und legte es auf die Arbeitsplatte. Dann nahm sie ein kleines Messer und platzierte es darauf: „Mach dir keine Sorgen, solange du hier bist, werde ich hier sein." Sie nahm eine geschälte Kartoffel aus dem Waschbecken und legte sie neben das Messer: „Komm schon! Lass uns zuerst lernen, wie man Gemüse schneidet. Schneide die Kartoffel einfach in Streifen." Sie zeigte ihm, wie es geht, und gab ihm dann das Messer in die Hand.

Sunny öffnete die Verpackung der Hühnerflügel und legte sie auf ein anderes Schneidebrett. Dann nahm sie ein schweres, großes Fleischmesser aus der Schublade und machte sich bereit, die Flügelwurzel und die Flügelspitze zu trennen.

„Komm langsam voran und pass auf, dass du dich nicht schneidest", sagte sie, aber bevor sie zu Ende sprechen konnte, schnitt sich die Person neben ihr versehentlich in den Finger. Das Messer bohrte sich tief in den Zeigefinger seiner linken Hand, den er zum Halten einer Kartoffel benutzte. Sie schrie vor Schreck auf und zog schnell seine Hand zum Spülbecken, um das Blut abzuwaschen und die Wunde zu behandeln. Sie drehte den Wasserhahn auf, aber seltsamerweise floss kein rotes Blut.

Sie schloss den Wasserhahn und hielt den verletzten Finger vor ihre Augen, um ihn sorgfältig zu untersuchen. Es gab keine Schnittverletzung. Sie gab nicht auf und drückte mit zwei Fingern darauf: „Tut es weh?"

Der Engel lächelte und schüttelte den Kopf: „Nein, tut nicht weh!"

Sunny war erstaunt. Sie hatte mit eigenen Augen gesehen, dass, wenn sie nicht rechtzeitig reagiert hätte, seine halbe Fingerspitze abgeschnitten worden wäre. Als sie den unversehrten Finger betrachtete, konnte sie nicht anders, als zu denken, ob dieser Mann wirklich ein Engel war.

Sie drehte sich um, nahm das Messer erneut auf und schnitt vorsichtig eine kleine Wunde in den Finger, um sicherzustellen, dass es nicht zu tief war. Die Klinge durchschnitt tatsächlich die Haut, aber als das Messer entfernt wurde, hatte sich die Wunde bereits von selbst geschlossen.

Sie schnitt ein paar Mal über seine Hand und seinen Arm, das gestern geschärfte Messer bereitete keine Probleme. Es gab immer noch keine Wunden oder Blutungen, und die geschnittenen Stellen zeigten keine Veränderungen. Sie sammelte all ihren Mut, hob das Messer und stach es in seinen Bauch.

Der Engel trat einen halben Schritt zurück und stöhnte.

Sie zog das Messer schnell heraus, hielt ihn fest und fragte: „Geht es dir gut?"

Der Engel schüttelte den Kopf: „Es fühlt sich seltsam an."

Es gab immer noch kein Blut auf dem Messer, obwohl sein T-Shirt ein Loch hatte, aber seine Haut war immer noch glatt wie zuvor. Sie hatte das Messer fast vollständig bis zum Griff eingestochen.

Sie gab nicht auf und legte das kleine Messer beiseite, griff stattdessen nach dem großen Fleischmesser. Dabei erwachte eine wissenschaftliche Experimentierfreude in ihr, als überlegte sie, was passieren würde, wenn sie einen Arm abtrennen würde. Allerdings konnte sie sich noch nicht entscheiden, ob sie den linken oder den rechten Arm abschneiden sollte, und ihr Blick wanderte um seine Schulter herum.

Ihr Anblick erschreckte den Engel zutiefst. Er trat ein paar Schritte zurück, umarmte seine Arme und sagte laut: „Ich kann auch bluten, willst du es sehen?"

Sunny hatte sofort ein Bild in ihrem Kopf von einem Männerarm, der auf dem Küchenboden lag und aus seiner Schulter spritzte Blut. Das Blut spritzte überall hin und sie hörte das schmerzerfüllte Geschrei des Mannes wie bei einem Schwein... Sunny schüttelte sich und trat einen Schritt zurück mit dem Messer: „Nein, nein, lass uns einfach weiter kochen."

Der Engel ließ seinen Arm los und stand immer noch dort, ohne ihr näher zu kommen.

„Komm her! Hab keine Angst!" Sie nahm ein Stück Hühnerflügel und legte es auf das Schneidebrett. Mit einem Schwung trennte sie perfekt die Flügelwurzel und die Flügelspitze voneinander: „Ich wollte nur experimentieren, ohne böse Absichten. Komm her und schneide weiter deine Kartoffel." Sie lächelte ihn beruhigend an.

Der Engel näherte sich langsam. Die Menschheit ist wirklich eine komplexe Spezies, niemand kann die wahren Gedanken eines anderen verstehen, nicht einmal Gott. Aber er wusste, dass er ihr vertrauen konnte, denn er hatte sich entschlossen, ihr zu vertrauen.

Nachdem das Gemüse zubereitet war, erhitzte Sunny das Öl in der Pfanne und gab dann Frühlingszwiebeln, Knoblauchzehen und Ingwerscheiben hinzu, um sie anzubraten. Anschließend gab sie die Hühnerflügel in die Pfanne und rührte sie um.

„Es riecht so gut!" Der Engel atmete tief ein und lobte Sunnys Kochkünste uneingeschränkt.

„Es wird bald fertig sein, aber hier ist es sehr rauchig, geh nach draußen." Sunny goss Wasser in die Pfanne, bedeckte sie mit einem Deckel und ließ es langsam schmoren.

Der Engel schüttelte den Kopf: „Ich möchte zusehen." Er beobachtete jede ihrer Bewegungen sorgfältig und behielt sie fest in seinem Gedächtnis.

Sunny dämpfte den vorbereiteten Fisch auf einem anderen Herd.

Der Engel beobachtete sie nebenbei, wie sie geschickt arbeitete. Mit einigen Gewürzen und etwas grünem und rotem Paprika waren köstlich duftende scharfe Kartoffelstreifen auf einem Teller fertig.

Sie warf einen Blick auf die Uhr und bemerkte, dass die Hühnerflügel fast fertig waren. Sie nahm einen kleinen Löffel, probierte die Soße und fügte etwas mehr Gewürze hinzu. Anschließend reduzierte sie die Flüssigkeit bei starker Hitze und streute etwas gehackten Lauch darüber. So war das köstliche Gericht mit dickflüssiger Soße und verlockendem Rotbraun der geschmorten Hühnerflügel fertig.

Sie bemerkte, wie der Engel heimlich einen Schluck Speichel hinunterschluckte. Also nahm sie einen kleinen Teller und holte einen Hühnerflügel heraus, entfernte die Knochen und reichte ihn dem Engel: „Probier es aus." Normalerweise hatte sie viel Selbstvertrauen in ihre Kochkunst, aber angesichts des Engels war sie etwas nervös. Es war schließlich das erste Mal, dass der Engel hier aß, also musste alles perfekt sein.

Der Engel streckte lächelnd eine Hand aus und war bereit, das Hühnerstück zu greifen.

Sunny schlug seine Hand weg und sagte: „Du hast dir nicht die Hände gewaschen, das ist schmutzig!" Erst danach fiel ihr auf, dass er ein Engel war und keine Angst vor Bakterien haben sollte. Sie sah den unschuldigen Blick des Engels an. Also nahm sie eine Gabel und nahm das Hühnerstück auf, zeigte dem Engel, dass er den Mund öffnen sollte. Es war eine Entschädigung für ihre frühere Absicht, ihm die Schulter aufzuschneiden. Abgesehen von Weißchen hatte sie noch niemanden so freundlich bedient.

Der Engel senkte den Kopf und steckte das Hühnerstück in den Mund. Das Hähnchenfleisch war zart und der Duft des Fleisches explodierte in seinem Mund.

„Es schmeckt so köstlich!" lobte der Engel aufrichtig. Es war das erste Mal, dass er in seinem Leben Essen bewertete. Er dachte nicht darüber nach und verzierte seine Worte nicht. Es war seine erste Reaktion und genau das, was Sunny hören wollte.

„Wenn es dir gefällt, werde ich es beim nächsten Mal wieder für dich kochen..." Sie hielt plötzlich inne, das Lächeln in ihren Augen verschwand plötzlich. Sie erkannte, dass die beiden vielleicht zu nahe beieinander waren. Sie drehte sich um und hinterließ ihm einen gleichgültigen Rücken: „Es scheint, als ob der Fisch auch fast fertig ist. Nimm diese Gerichte schon einmal mit nach draußen."

Der Engel willigte begeistert ein und bemerkte nicht einmal ihre Stimmungsänderung. Fröhlich machte er sich daran, ihre Anweisungen auszuführen.

36

Vier Gerichte und eine Suppe wurden auf den Tisch gestellt: Gebratene Hühnerflügel in Rotkochsauce, gedämpfter Fisch, würzige Kartoffelstreifen, gebratene Gemüse und eine Eiersuppe mit Tomaten. Farbe, Aroma und Geschmack waren vollständig, und die Kombination aus Fleisch und Gemüse war reich an Nährstoffen.

Als der Engel bereit war, seine vierte Schale Reis zu essen, hielt ihn Sunny zurück: „Nimm dir Zeit."

Der Engel schaute sie verwirrt an: „Habe ich zu viel gegessen?" Er legte sofort sein Besteck hin und dachte, dass er Sunnys Portion genommen hatte.

„Hast du das Gefühl, satt zu sein?" Sunny fürchtete, dass er wie ein Goldfisch enden würde und daran sterben würde.

Der Engel schüttelte den Kopf: „Es schmeckt einfach zu gut, und ich konnte nicht aufhören zu essen. Reicht es dir nicht mehr?"

„Nein, iss so viel, wie du möchtest. Ich habe das alles für dich gemacht, und außerdem versuche ich abzunehmen, also kann ich nicht viel essen."

„Abnehmen?"

„Ja, das bedeutet, überschüssiges Fett vom Körper loszuwerden." Sunny antwortete gleichgültig. Sie war noch nie fett gewesen und hatte auch noch nie versucht, abzunehmen.

„Hast du viel überschüssiges Fett am Körper?" Er betrachtete sie von oben bis unten, konnte aber nichts erkennen. Aber sie würde ihn nicht anlügen, oder?

„Kannst du es mir zeigen?"

Sunny nahm ihr Besteck und zog die Augen zusammen. Sie hatte wirklich Lust, ihm zweimal auf den Kopf zu schlagen. „Du verlangst zu viel!" gab sie ihm einen bösen Blick.

„Selbst wenn du viel überschüssiges Fett hast, finde ich dich trotzdem schön!" Der Engel nickte ernsthaft.

Sunny konnte jederzeit mit einer gemeinen Bemerkung umgehen, aber wenn es um Komplimente ging, war sie hilflos. Ihr Gesicht wurde schnell rot, und sie senkte peinlich berührt den Kopf und murmelte leise: „Weißt du überhaupt, was Schönheit ist..."

„Ich weiß es." Der Engel legte sein Besteck ab und sagte ernsthaft: „Schönheit hat eine Hierarchie, nicht alle Schönheit ist gleich. In dieser Welt gibt es körperliche Schönheit, formelle Schönheit, Schönheit des Geistes, Schönheit des Verhaltens, Schönheit des Wissens und Schönheit der Gesetze. Die höchste Schönheit wird absolute Schönheit genannt, das heißt, Wahrheit, Güte und Schönheit sind eins, das ist Gott. Gott ist am schönsten, er ist die Quelle aller Schönheit, Dinge von Schönheit haben oft Gottes Herrlichkeit geteilt."

Nachdem sie seinen vorherigen Worten zugehört hatte, hatte Sunny eigentlich vor, ihn ein wenig zu necken und ihn zu fragen, auf welchem Level seine eigene Schönheit sei. Nachdem sie jedoch seine späteren Worte gehört hatte, gab sie auf. Sie hatte sich nie um das Aussehen anderer Menschen gekümmert, geschweige denn um ihr eigenes Aussehen. Die Bewunderung, die sie aufgrund ihres Aussehens, seit ihrer Kindheit, erhalten hatte, hatte ihr auch keine Veränderungen gebracht, die sie sich gewünscht hätte. Jeder hat eine andere Definition von Schönheit, und die Antwort des Engels war rein und extrem. Selbst wenn man nicht zustimmt, kann man aus seiner festen Stimme eine Art Kraft spüren, die einen Eindruck hinterlässt.

„Wie wäre es mit denen, die nicht an Gott glauben?"

„Das Himmelreich ist nahe, wir sollten Buße tun und an Gott glauben. Am Tag des Gerichts wird jeder für seine Taten auf der Erde vor Gott gerichtet werden, und dann wird es keine Möglichkeit mehr geben, Buße zu tun. Die Schlüssel zum Himmelreich und zur Hölle sind in den Händen des Herrn."

Sunny nickte: „Es sieht so aus, als ob ich nicht in den Himmel kommen werde. Du hast auch gesagt, dass die Hölle ein Ort ohne Hoffnung ist. Dann ist die Hölle nicht anders als hier. Ich habe keine Angst, manchmal habe ich nicht einmal Geduld für mein derzeitiges Leben. Jeder Tag hier ist entweder langweilig oder schmerzhaft. Ich freue mich sogar darauf, dass das Ende schneller kommt."

Nachdem sie seine Worte gehört hatte, wurde das Gesicht des Engels ernst. Wenn sie nicht mit ihm in den Himmel gehen wollte, musste er bei ihr bleiben, mit ihr alt werden, sterben und zusammen an dem nächstgelegenen Ort zum Himmel begraben werden. Diese vagen Gedanken flogen schnell durch seinen Kopf, und er konnte sie kaum fassen, aber das Durcheinander in seinem Kopf wurde allmählich klarer.

„Warum runzelst du die Stirn? Iss schnell. Wenn wir fertig sind, gehen wir duschen." Das war das erste Mal, dass Sunny den Engel die Stirn runzeln sah. Sie fühlte sich ein wenig entschuldigt für ihre so deprimierende Antwort.

„Duschen wir zusammen?"

Seine Worte ließen sie erröten. Sie sagte unfreundlich: „Du verlangst zu viel!" und klopfte ihm mit ihrem Besteck auf die Stirn. „Hast du schon einmal geduscht? Weißt du, wie man duscht?"

„Ja! Im Himmel baden wir im Fluss."

„Dann weißt du, wie man hier in der Dusche duscht?"

Der Engel schüttelte den Kopf: „Dann hilf mir doch beim Duschen."

Er wurde erneut auf den Kopf geschlagen. Der Engel berührte seine Stirn: „Im Himmel helfen wir uns gegenseitig..."

„Hier ist nicht der Himmel. Ich kann es dir beibringen, und dann kannst du es selbst machen." Sie drehte sich unmissverständlich um, nahm die leere Schüssel mit und brachte sie in die Küche. Sie hatte ihre Zweifel, dass dieser Engel nicht so unschuldig war, wie er aussah.

Nachdem sie das Geschirr gespült und die Küche sauber aufgeräumt hatte, holte Sunny aus der Einkaufstasche die Kleidung und Hygieneartikel, die sie für den Engel gekauft hatte. Dann führte sie ihn ins Badezimmer und zeigte ihm zunächst die grundlegende Methode zur Zahnreinigung, bevor sie ihn beim Zähneputzen überwachte.

Sie ging zum Badewannenrand und zog den Duschvorhang auf: „Das ist der Duschkopf. Dreh ihn auf, dann kommt Wasser heraus, damit kannst du duschen. Das hier ist die Badewanne, darin kannst du baden, und das ist der Wasserhahn. Wenn du ihn drückst, kannst du das Wasser sammeln." Sie nahm einige kleine Flaschen vom Regal: „Das ist Shampoo, um deine Haare zu waschen. Das hier ist Haarspülung, du kannst es auch weglassen... Und das hier ist Duschgel, um deinen Körper zu waschen..." Hier bemerkte sie, dass der Engel ratlos aussah. Sie seufzte und beschloss, ihm zumindest einmal zu zeigen, wie man diese Dinge benutzt.

„Ach, lass mich es lieber für dich waschen." Sie drehte den Wasserhahn auf und testete die Temperatur mit ihrer Hand. Als sie sich umdrehte, sah sie, dass der Engel sein Hemd bereits ausgezogen hatte und bereit war, seine Hose auszuziehen. Ihr Gesicht errötete sofort, als sie ihn darauf aufmerksam machte:

„Habe ich dich gebeten, deine Kleidung auszuziehen?"

„Soll ich mit Kleidung duschen?" Der Engel hob das T-Shirt auf und bereitete sich darauf vor, es anzuziehen. Vielleicht duschten die Menschen ja angezogen.

„Du brauchst das Shirt nicht anzuziehen. Ich helfe dir nur beim Haarewaschen, den Rest machst du selbst." Sie ging zum Rand der Badewanne und zeigte ihm: „Komm rein! Und mach deine Haare nass."

Der Engel betrat die Badewanne, beugte sich hinunter und streckte den Kopf unter den Duschkopf. Sein gehorsames Aussehen erinnerte an ein sanftes Schaf. Das Wasser benetzte seine Wangen entlang seines Haares und als er versuchte, seine Haare zur Seite zu streichen, spürte er plötzlich sanfte Hände, die seine Haare nach oben sammelten und alle nass machten.

Sunny roch den Duft von Kokosmilch und es war genauso wie der Duft ihres Shampoos, aber sie hatte es noch nicht geöffnet. War es von ihm selbst? ... Sein Haar war wirklich weich, es fühlte sich seidig glatt an, wie das Haar eines neugeborenen Babys, was ihr Herz erweichte. Sie drückte etwas Shampoo heraus, rieb es vorsichtig zwischen ihren Händen und erinnerte ihn sanft daran, seine Augen zu schließen.

Ihre Hände massierten seinen Kopf behutsam, als ob sie Angst hätte, ihm wehzutun. Das erinnerte sie an die Zeit, als ihr kleiner Weißchen noch jung war und sie ihn gebadet hatte. Aber Weißchen war nicht so gehorsam wie er. Obwohl er am ganzen Körper zitterte, versuchte er immer wieder zu entkommen und spritzte ständig Wasser überallhin. Plötzlich schüttelte die Person unter dem Wasserhahn den Kopf und besprizte sie mit Wasser. Sie musste zurückweichen, sich umdrehen und ein Handtuch nehmen, um ihn zu bedecken, und schloss den Wasserhahn: „Trockne dein Haar selbst ab und dusche alleine." Bevor sie ging, tätschelte sie ihm sanft den Kopf, voller Liebe.

Der Engel richtete sich auf und murmelte leise: „Diese Frau ist wirklich langsam, mein Rücken tut schon weh."

37

„Letztendlich kann alles auf dieser Welt mit einem gewöhnlichen Wort beschrieben werden – Zeit", las Sunny und legte das Buch beiseite, seufzend. Ihr Problem war, dass sie zu viel Zeit hatte.

Das sanfte Nachmittagslicht fiel auf ihr hübsches Gesicht, während sie aus dem Fenster schaute. Ein Vogel, der zuvor auf dem Fensterbrett gesessen hatte, schien ihre Aufmerksamkeit bemerkt zu haben. Er zog seinen Kopf ein und flog weg, als würde er sich schämen.

Die Augen des Engels wanderten vom Fernseher zu Sunny. Obwohl sie nicht viel sprach, war sie in seinen Augen nicht weniger strahlend als die Sonne draußen. Vielleicht war sie sogar zu blendend, dass es schien, als ob eine unsichtbare Wand sie von der Welt trennte.

Sunny drehte sich zu ihm um und fragte: „Was siehst du?"

„Ich sehe den Vogel... und dich", sagte der Engel, während sein Gesicht langsam rot wurde.

Sunny nickte und wandte ihren Blick erneut nach draußen, setzte ihr Schweigen fort. Sie mochte seine Anwesenheit und genoss es, mit ihm, Weißchen und Awu zusammen zu sein, in komfortablem Schweigen.

Der Engel folgte ihrem Blick nach draußen und sagte: „Mach dir nicht so viele Sorgen. Schau dir die Vögel an, sie säen nicht und ernten nicht, und doch kümmert sich der Vater im Himmel um sie. Warum machst du dir als Mensch dann so viele Gedanken über morgen? Es reicht, sich um die Sorgen des Tages zu kümmern."

„Versuchst du mich zu trösten?"

Die beiden lächelten sich an.

„Du denkst sicher, dass Gott jeden von uns liebt, aber ist das wirklich Liebe? Ist es etwas, das man tausendmal teilen und mit Tausenden von Menschen teilen kann? Wenn jeder es bekommen könnte, wäre es nicht zu gleich, zu billig? Ist das wirklich Liebe, wenn sie so mitleidvoll ist?"

„In Gottes Augen ist jeder Mensch etwas Besonderes."

„Aber wenn ich in Not bin, kann er mir keine feste Umarmung geben."

Sie sah ihm herausfordernd in die Augen und sagte: „Ja, genauso eine feste Umarmung!"

„Ich kann...", sagte der Engel unwillkürlich.

„Bist du dann für Gott oder für dich selbst?", fragte sie.

Sunny winkte ab und ließ ihn nicht weiter sprechen: „All diese Diskussionen sind sinnlos, denn du wirst sowieso bald gehen."

„Ich weiß auch nicht, wann ich gehen werde... vielleicht erst in einer langen Zeit...", antwortete der Engel etwas aufgeregt.

Sunny betrachtete ihn, konnte aber keine Verletzungen sehen und wusste nicht, wie lange er brauchen würde, um sich zu erholen. Sie nickte nur und drehte sich weg, um ihn nicht mehr anzusehen.

Die beiden verfielen wieder ins Schweigen. Alles schien stillzustehen, nur Licht und Schatten wechselten leise zwischen ihnen. Als die Sonne unterging, sprach der Engel erneut: „Ich möchte einen Job finden."

Sie schwieg lange, drehte sich nicht um und sagte nur: „Das Wetter ist so schön heute, lass uns auf die Dachterrasse gehen und grillen."

„Wieso denken Menschen immer ans Essen?"

„Was ist mit dir? Willst du nicht essen?" Sunny drehte sich um und lächelte ihn an.

Der Engel grinste: „Doch!" Es war ein aufrichtiges Lächeln, so schön, frei und ungebunden.

Sunny wurde von seinem Lächeln angesteckt und dachte, dass sie ihn in Zukunft öfter zum Essen mitnehmen sollte: „Ich wusste, dass du wie ein Kind bist und immer ans Essen denkst."

„Ich bin kein Kind."

„Aber du kannst auch nicht sagen, dass du ein Erwachsener bist. Also denk nicht mehr über die Arbeit nach."

Der Engel konnte nichts erwidern und fühlte sich traurig. Er wollte für die Zukunft planen, aber ohne ihre Unterstützung musste er sich selbst helfen.

Nachdem sie gegrillt hatten, lagen die beiden auf Liegestühlen und tranken Bier, während sie sich unterhielten. Ein neuer Mond hing am Himmel, und die Sterne leuchteten wie Diamanten. Es gab keine Beleuchtung und das Sternenlicht erleuchtet alles so klar.

„Wo ist dein Zuhause?" Sunny war schon ein wenig betrunken, ihr Kopf war schwer, aber ihre Augen glänzten.

„Es ist direkt neben dem Mond, beim hellsten Stern." Der Engel streckte den Arm aus und zeigte ihr den Weg.

Sunny nickte verschlafen.

„Willst du hochgehen und es dir ansehen?"

„Ja! Ich will auf dem Mond sitzen und die Sterne sehen!", murmelte sie und sah ihn dumm lächelnd an.

Kaum hatte sie ihre Worte ausgesprochen, als sie das Gefühl hatte, dass jemand ihre Schultern umfasste und sie begann zu schweben. Der Wind pfiff ihr um die

Ohren, und sie schloss instinktiv die Augen. Als sie sie wieder öffnete, befand sie sich auf dem Bogen des Mondes, ähnlich wie der Junge, der am Anfang des Films von DreamWorks auf dem Mond angeln geht. Unter ihr war nur Leere, und als sie sich leicht bewegte, begann sie abzurutschen. Die Oberfläche des blassen gelben Mondes war kühl und glatt, aber angenehm zu berühren. Sie rief unwillkürlich aus, aber bald wurde sie von der Person neben ihr gestützt, die unter ihr saß und ihren Abwärtstrend blockierte. Er lächelte und funkelte mit Sternen in den Augen. Dann beruhigte sie sich und begann, sich umzusehen. Überall um sie herum funkelten kleine und große Sterne wie funkelnde Diamanten am tiefblauen Nachthimmel. Die unendliche Weite des Sternenhimmels, den sie früher immer von unten betrachten musste, war nun direkt neben ihr. Das Mondlicht spiegelte sich auf ihren Wangen wider und ihr üblicherweise pessimistischer Blick wich einem staunenden Glanz wie der eines Kindes.

Sie betrachtete die Sterne sorgfältig, die wie Nachtlichter funkelten. Die sanfte Lichtintensität, die von der Mitte zu den Rändern abnahm, war so weich und einladend, dass man es nicht lassen konnte, sie zu berühren. Sie schaute den Engel neben ihr an, der ihr nickte. Vorsichtig streckte sie ihre Hand aus und berührte sanft den nächsten Stern. Der Stern schwankte wie ein Boot im Wasser und drehte sich in der Luft, als wäre er schüchtern und würde entfernte sich ein wenig.

Sie zog ihre Hand zurück und sah den Mann neben ihr an, ihre Augen strahlten wie halbe Monde.

Der Engel lächelte und sagte: „Setz dich fest!"

Dann zeichnete er einen Bogen am Himmel und die Sterne vor ihnen fielen wie ein funkelnder Meteoritenschauer. Es war so prachtvoll und blendend, dass es ihr Gesicht und ihre Augen erleuchtete und sie zum Glänzen brachte wie die Sterne. Es erhellte ihr Herz und ihr Leben, und sie konnte nicht anders, als zu staunen. In diesem Moment glaubte sie an Gott, denn die Schönheit dieses Augenblicks war unendlich.

Wir alle sind Kinder der Sterne

Die Großzügigkeit der Sterne hat uns erschaffen.
Aus dem Vergehen von Sternen
sind wir hervorgegangen.
Wir alle sind Kinder der Sterne.

Vielleicht bist du im Himmel.
Ich bin hier auf der Erde.
Im weiten Universum
sind wir zwei unverbundene Teilchen.

Aber wenn ich nach oben schaue und dich vorstelle,
sind wir verbunden.
Es ist eine zufällige Begegnung,
aber auch der Ursprung einer Explosion.

Warum sollten wir nicht liebevoll miteinander umgehen?
In der prächtigen Galaxie
strahlst du ein warmes Licht aus,
während ich umherwandere und zu dir aufschaue.

Lasst uns einander lieben.
Wir können so leidenschaftlich brennen wie die Sonne.
Eines Tages, in Milliarden von Jahren,
wird alles vergehen.

38

Als der erste Sonnenstrahl des Morgens auf Sunnys Gesicht fiel, erwachte sie, öffnete verwirrt ihre Augen und ließ ihr Bewusstsein allmählich zurückkehren. Die süße Erinnerung, die in ihrem Herzen verweilte, ließ sie erkennen, dass sie gestern Abend einen schönen Traum hatte, in dem sie scheinbar ins Weltall geflogen war und den Mond und die Sterne berührte... Sie rieb sich die Augen und lächelte aus tiefstem Herzen. Ob es wahr war oder nicht, es war wie ein Wunder, das ihr das lang vermisste Glück vermittelte.

Sie erhob sich und bemerkte, dass sie ihre Kleidung nicht gewechselt hatte. Sie musste gestern Abend betrunken gewesen sein und der Engel musste sie zurückgebracht haben. Als sie aus dem Bett aufstand und sich streckte, bemerkte sie ein kleines Loch in der Größe einer Babyfaust in der Tasche ihrer Jacke, dessen Rand von schwarzen Brandspuren umgeben war. Sie berührte es und untersuchte es sorgfältig und erkannte, dass es gestern beim Grillen versehentlich von Funken getroffen worden sein musste.

Sie zog sich um und wollte duschen gehen. Als sie die Tür öffnete, sah sie eine Person auf sich zukommen. „Guten Morgen!"

„Guten Morgen!", sagte Sunny zu der Person vor ihr, die zögerlich schien. „Was ist los?"

Der Engel sah die Kleidung in ihrer Hand, hielt inne und schluckte die Worte in seinem Mund hinunter: „Es ist nichts. Ich habe bereits das Frühstück zubereitet.

Geh zuerst duschen, dann frühstücken, und nach dem Frühstück reden wir."

Sunny nickte und erinnerte sich an den gestrigen Abend. Sie bedankte sich bei ihm, dass er sie vom Balkon ins Zimmer zurückgebracht hatte.

Der Engel lächelte und wandte sich ab.

Sunny föhnte ihr Haar und setzte sich an den Esstisch. Der Engel hatte wieder das gleiche Frühstück wie beim letzten Mal vorbereitet. Sie bedankte sich glücklich und fragte sanft: „Was möchtest du mir sagen?" Sie sah den Engel gegenüber von sich an.

„Ich möchte etwas kaufen...", antwortete der Engel.

„Oh, möchtest du, dass ich dir dabei helfe, es zu kaufen?", dachte sie, es sei etwas Wichtiges.

„Nein, kannst du mir stattdessen etwas Geld geben?"

„Warum? Möchtest du nicht, dass ich es weiß?"

Der Engel wurde rot und nickte.

„Dann kaufe es online. Ich gebe dir meine Bankdaten und Passwörter."

Der Engel lächelte glücklich und nickte.

Am nächsten Tag kam ein Paket an und der Engel sperrte sich in seinem Zimmer ein, wirkte beschäftigt und ging immer wieder mit einem Eimer ins Badezimmer. Er hatte ein mysteriöses Aussehen und schloss immer die Tür, sobald Sunny seinen Blick erhaschte.

Sunny sah lächelnd zu und fragte ihn auch nicht. Sie verhielt sich wie eine gute Mutter, die die Privatsphäre ihres Kindes sehr respektierte. Sie übernahm freiwillig die Aufgabe, zu kochen und bereitete ihm leckere Gerichte auf vielfältige Weise zu. In ihrem Herzen dachte sie, dass er sicherlich dabei war, sich auf seine Abreise vorzubereiten, seine Flügel zu reparieren oder vielleicht sogar ein Raumschiff zu bauen. Beim Gedanken daran, dass er gehen würde, fühlte sie sich ein wenig traurig, obwohl er nicht lange bei ihr gewesen war. Er hatte ihr Leben verändert und sie spürte, wie die Zeit verging. Vorher schien alles stillzustehen, ohne Zeit, ohne Veränderung, ohne Ereignisse. Es gab nur Leere und Nichts. Es fühlte sich an wie der Tod.

Auf der anderen Seite hoffte sie, dass er bald gehen würde. Sie wollte nicht, dass er plötzlich für immer verschwindet, nachdem er ihr Leben ausgefüllt und sie sich an seine Anwesenheit gewöhnt hatte. Sie wollte kein schwarzes Loch in ihrem Herzen hinterlassen, das schlimmer wäre als zuvor. Es wäre schrecklicher als der Tod.

Als der Meteoritenschauer niederging, fiel ein Stern vor ihnen und Sunny fing den glänzenden kleinen Stern instinktiv auf und steckte ihn in ihre Tasche. Der kleine Stern war aufgrund der Reibung mit der Luft während des Falls heiß geworden. Als Sunny einschlief und der Engel sie nach Hause brachte, fiel der Stern aus ihrer Tasche. Er hob ihn auf, es war ein kleiner schwarzer Stein mit Schmelzlöchern und -linien. Er wischte einen Teil der schwarzen Farbe von der Oberfläche und der Stern im Inneren glänzte golden. Er betrachtete ihr schlafendes Gesicht, das so schön war und im Einklang mit dem Stern in seiner Hand stand. Dann hatte er eine Idee und beschloss, ihr eine Halskette mit diesem Stern zu machen.

Er entwarf den Anhänger mit einer Mondsichel als Hauptkörper. Das obere Ende war mit der Halskette verbunden und das untere Ende war ein Stern, der auf dem

Mond saß. Der Mond war massiv und von der Mitte bis zur Unterseite mit Diamanten besetzt, und der fünfzackige Stern hatte zwei Ecken, die mit dem Mond verbunden waren, wodurch Mond und Stern eins wurden. Dieser Stern war ausgehöhlt und das Wesen in der Mitte war ein kleiner massiver Stern. Er würde einen weiteren Anhänger anfertigen und ihn selbst tragen. Obwohl dieses Sternmaterial eine goldene Farbe hatte und kein Eisen enthielt, war es magnetisch. Daher wurden diese beiden Anhänger nach der Herstellung nahtlos zu einem integriert, solange sie nahe beieinander lagen. Die ursprüngliche Absicht seines Entwurfs bestand darin, dass der Mond sie und die Sterne ihn selbst darstellen sollten.

Nachdem das Design fertiggestellt war, begann er mit dem ersten Schritt, nämlich dem Modellbau. Er verwendete Ton, um eine Form herzustellen, die die geschmolzene Flüssigkeit aufnehmen sollte und die die allgemeine Form eines Sterns und eines Mondes hatte. Dabei mussten Größe und Dicke des Mondes und der Sterne sowie die Linien und der Platz für die einzulegenden Diamantverzierungen berücksichtigt werden. Alle Arten von Verzierungen wurden nacheinander herausgearbeitet, um sie hervorstehen zu lassen. Nachdem das Modell fertiggestellt war, wurde es in einen Ofen gestellt und bei hoher Temperatur gebacken, bis es hart wurde. Er hatte extra einen Modell-Backofen im Internet bestellt. Die Temperatur reichte jedoch nicht aus, also musste er seine Superkräfte einsetzen, um die Temperatur zu erhöhen und seinen Anforderungen gerecht zu werden.

Während er die Gravierungen vornahm, konzentrierte er sich, veränderte ständig seine Technik und versuchte es immer wieder. Da die Tür geschlossen war und die Innentemperatur sehr hoch, war seine Kleidung bereits durchnässt. Wenn er ein normaler Mensch wäre, hätte er möglicherweise einen Hitzschlag erlitten und wäre ohnmächtig geworden. Sein Schweiß tropfte ständig über seine Wangen und das Schnitzmesser in seiner Hand ruhte keinen Moment.

Schließlich war das Modell fertig. Er entfernte das schwarze Material von der Oberfläche des Sterns und legte die goldene Masse in den Schmelzofen. Anschließend nutzte er seine Superkräfte, um das Metall aufzuwärmen, bis es flüssig kochte und knallte.

Er goss die geschmolzene Flüssigkeit vorsichtig in die Form und wartete geduldig, bis sie fest wurde...

Endlich konnte er sich ausruhen. Er legte sich auf das Bett und betrachtete die schneeweiße Decke. Ernsthaft begann er nachzudenken. Er hatte hier nur eine begrenzte Zeit. Als Engel konnte er hierbleiben, weil er um Erlaubnis von Gott gebeten hatte. Aber wenn er dauerhaft bleiben wollte, musste er ein Mensch werden und alle Privilegien eines Engels aufgeben. Er würde nie wieder in den Himmel zurückkehren können.

Er hatte sich entschieden, bei ihr zu bleiben. Er empfand keine Sehnsucht nach dem himmlischen Reich, sondern fürchtete lediglich, dass er zu lange abwesend wäre, wenn er zurück in den Himmel ging, um Gott Bericht zu erstatten. Wenn ihr in dieser Zeit etwas zustieß, konnte er nichts tun. Daher wollte er so schnell wie möglich zurückkehren und so schnell wie möglich wieder bei ihr sein. Bei dem Gedanken an die bevorstehende Trennung füllten sich seine Augen mit Tränen.

39

„Gerade eben schien noch die strahlende Sonne, wie können plötzlich so viele dunkle Wolken auftauchen?", dachte Sunny. Sie begab sich auf die Dachterrasse, um die Wäsche abzunehmen, und dann ging sie zum Fenster, wo vor zwei Tagen die Kirschblüten erblüht waren und nun zusammen mit den grünen Blättern eine lebendige Szene darstellten. Sie starrte auf den Baum und dachte darüber nach, wie ähnlich er ihrem Zuhause war, aber auch wie anders er aussah. Unbestreitbar führte er ein prächtiges Leben. Hatte sie selbst einst ein solch prächtiges Leben gehabt? Wenn ja, wann war das gewesen? Sie schüttelte den Kopf, sie wusste es nicht, und schloss das Fenster. Das Wetter in diesem Jahr war wirklich außergewöhnlich. War es wirklich so wie in den Büchern, dass das Ende der Welt nahe war? Doch selbst wenn das Ende der Welt kommen würde, würde sie es noch genauso leben wie zuvor.

Sie stand vor der Tür des Engels und zögerte kurz, bevor sie klopfte. Es dauerte eine Weile, bis sie langsam schlurfende Schritte hörte und die Tür endlich geöffnet wurde. Ein Kopf mit wilden Haaren schaute heraus, die Augen gerötet und ein abgemagerter Eindruck hinterlassend. Er lächelte sie an.

„Ich wollte dich nur daran erinnern, dass es bald regnen wird und dass du das Fenster schließen solltest", sagte Sunny, als sie das ungepflegte Aussehen des Engels bemerkte und ihre Stirn leicht runzelte. Der Engel roch nicht nur nach Sonnenschein, sondern auch nach anderen Dingen. Er wurde immer menschlicher.

Sie wollte sich gerade umdrehen, als sie einen kleinen glänzenden Fleck in seinem Augenwinkel sah. Unwillkürlich streckte sie ihre Hand aus, um ihm zu helfen, den glänzenden kleinen Fleck aus seinem Gesicht zu entfernen.

Im Handumdrehen klarte der Himmel draußen auf und die Sonne kam heraus. Sie schaute in die Sonne und staunte über das bunte Licht, das von dem kleinen Teilchen gestreut wurde. „Ist das Glas? Ist das Fensterglas zerbrochen?", fragte sie unsicher und beobachtete ihn genau, um sicherzustellen, dass er nicht verletzt wurde.

Der Engel streckte sofort die Hand aus und riss ihr das glänzende kleine Teilchen aus der Hand: „Nein. Das Fenster war die ganze Zeit geschlossen."

„Warum schließt du bei diesem Wetter das Fenster? Hast du keine Angst vor der Hitze?", fragte sie, als sie auf seine von Schweiß feuchten Haare schaute. „Was machst du drinnen?"

Diese Frage brachte den Engel dazu, aus der Tür zu treten und sie hinter sich zu schließen, bevor er mysteriös lächelte: „Nichts Besonderes. Du wirst es bald herausfinden."

Sunny sah ihn von oben bis unten an und traf sofort eine Entscheidung: „Da du aus deinem Zimmer gekommen bist, lass uns deine Haare schneiden."

Der Engel strich sich über das Haar: „Warum? Wo soll ich hingehen, um es schneiden zu lassen?"

Sunny holte aus dem Schrank ein Set Haarschneideutensilien heraus, dass sie für sich selbst gekauft hatte, aber bisher nicht benutzt hatte: „Ich schneide es dir."

„Kannst du das?", zögerte der Engel und winkte mit der Hand: „Kürze es einfach nur ein bisschen."

„Ich habe noch nie jemand anderem die Haare geschnitten, aber es sollte überhaupt nicht schwierig sein. Mach dir keine Sorgen, ich werde es sehr ernst nehmen. Lass uns es etwas kürzer machen, dann ist es kühl!"

„Ein bisschen ... nur ein bisschen", wiederholte der Engel.

Sunny nickte zustimmend.

„Setz dich hin!" Sie drückte ihn auf den Stuhl und steckte ihm ein großes Handtuch in den Nacken. Die Bewegungen waren etwas grob.

Der Engel wollte protestieren, aber Sunny fixierte seinen Kopf sofort mit beiden Händen: „Beweg dich nicht! Ich muss es mir erst mal ansehen."

Der Engel wusste, dass es keinen Sinn hatte, zu protestieren, und schloss die Augen. Als Sunny um ihn herumging, strömte ein Duft ähnlich wie Jasminblüten an seine Nase, und er konnte nicht anders, als tief einzuatmen. Als er die Augen leicht öffnete, sah er Sunnys Brust direkt vor sich und sein Gesicht errötete sofort. Gleichzeitig breitete sich ein süßes Gefühl in seinem Herzen aus und sein Herzschlag beschleunigte sich unwillkürlich. Er wagte es nicht mehr hinzuschauen, aus Angst, dass sein immer schneller werdender Herzschlag von ihr gehört werden würde. Er dachte, er müsse ihr vertrauen und es einfach machen lassen. Sie könne es so schneiden, wie sie wollte, solange sie es mochte.

Sunny nahm die Schere und machte eine Geste nach links und rechts. Sie dachte, dass Symmetrie sehr wichtig sei. Sie fing von rechts an und schnitt vorsichtig ein kleines Stück ab. Dann schnitt sie auf der linken Seite ein gleich langes Stück ab. Sie beobachtete es eine Weile und fand es etwas unsymmetrisch. Also begann sie mit dem langwierigen Prozess des Schneidens. Als sie die Länge des Ohrs erreichte, schnitt sie dem Engel aus Versehen einen Teil der Ohren ab. Die Augen des Engels öffneten sich plötzlich und erschreckten sie. Gott sei Dank war es ein Engel und das Ohr war unversehrt. Aber sie schämte sich und errötete. Sie legte ihre Hand auf seine Augen und schloss sie, um ihn zu beruhigen.

„Ist es fertig? Schneide nicht mehr, es darf nicht zu kurz sein!", protestierte der Engel besorgt mit geschlossenen Augen und rotem Gesicht. Ihre warme Berührung machte ihn unwillig, sie loszulassen.

„Es wird bald fertig sein! Ich werde es noch ein bisschen trimmen." Sunny sagte es, während ihre Hände weiter arbeiteten. Sie verstand nicht, warum es immer asymmetrisch war, obwohl sie jedes Mal die gleiche Länge auf beiden Seiten schnitt. Am Ende blieb ihr nichts anderes übrig, als die elektrische Haarschneidemaschine herauszunehmen und ihn von Anfang bis Ende durchzugehen, und schließlich war es symmetrisch. Sie fegte seine abgeschnittenen Haare weg und hielt ihm einen Spiegel vor: „Fertig geschnitten!"

Als der Engel seine Augen öffnete, sah er einen Jungen mit kurzen Haaren, der ihn schockiert ansah. Als er erkannte, dass er selbst es war, füllten sich seine Augen mit Tränen. Er sah aus, als ob er bald anfangen würde zu weinen.

Sie ging zu ihm und sagte: „Es ist wirklich ein bisschen zu kurz..."

„Es ist viel zu kurz! Es ist so hässlich!" schluchzte er wie ein Kind.

Sie umarmte ihn panisch, sodass er sich nicht im Spiegel sehen konnte: „Es ist nicht hässlich, ich finde es sehr ordentlich und hübsch!"

„Du hast es geschnitten, natürlich sagst du das", antwortete er und fing an, laut zu weinen. Draußen donnerte es und es regnete in Strömen. Im Raum war kein Licht an, es war dunkel. In diesem grauen Chaos hielt Sunny ihn fest. Sie erinnerte sich an die Zeit, als sie gerade die Grundschule besuchte und ihr langes Haar bis zur Taille reichte. Sie lief und ihr Haar bewegte sich, sodass sie sich wie eine Prinzessin fühlte. Aber eines Tages hatte ihre Mutter plötzlich die Idee, ihr Haar kurz zu schneiden. Sie war genauso traurig wie der Engel, der jetzt vor ihr saß. Sie konnte seine Gefühle verstehen und fühlte sich schuldig, aber es war zu spät, sie konnte nichts tun. Sie wusste nicht, wie sie ihn trösten sollte, aber sie erinnerte sich daran, dass ihre Mutter gesagt hatte, dass man in solchen Momenten am besten eine Umarmung geben sollte. Deshalb hielt sie ihn nur noch fester.

Als der Engel fast keine Luft mehr bekam, drängte er sie weg: „Willst du mich umbringen?"

Als er aufhörte zu weinen, ließ sie ihn los und fragte nervös: „Kannst du dein Haar sofort wieder lang wachsen lassen?"

Der Engel schüttelte den Kopf: „Alles andere ist möglich, aber das Haar geht nicht, es kann nur langsam mit der Zeit wachsen." Jetzt konnte er nur darauf warten, dass sein Haar wieder wächst. In diesem Zustand würden ihn vielleicht andere Engel nicht auslachen, aber selbst Gott würde ihn nicht erkennen. Er legte großen Wert auf sein Aussehen. Er wollte den Spiegel zerschlagen und seinen Ärger loswerden.

„Hey, was ist das?", fragte Sunny, als sie einige glitzernde Kristalle auf ihrer Kleidung entdeckte, die im Dunkeln wie funkelnde Sterne leuchteten. Es lagen auch einige davon auf dem Boden. Sunny nahm einen der Kristalle und betrachtete ihn genau: „Das ist wie ein Diamant!"

Der Engel kam schnell herbei und sammelte die Kristalle ein: „Es sind Diamanten."

„Woher kommen diese Diamanten? Sie sollten teuer sein."

„Natürlich sind sie teuer, das sind meine Tränen!", sagte er und ging mit den Diamanten zurück ins Zimmer.

„Hey, vergiss nicht, zu duschen!", rief Sunny ihm nach und betrachtete den Diamanten in ihrer Hand: „Die Fälschungen im Internet werden immer echter..."

40

Früh am Morgen begann Sunny in der Küche zu arbeiten. Gestern hatte sie die Haare des Engels schlecht geschnitten, obwohl sie dachte, dass es nicht wirklich schlecht aussah. Der kurzhaarige Engel hatte mehr Jugendlichkeit und Energie, weniger Sanftheit und mehr Männlichkeit, was ihrem ästhetischen Sinn eher entsprach. Es überraschte sie jedoch, dass selbst der unerschütterliche Engel weinte und das wegen einer Kleinigkeit wie Haarschnitt. Sie konnte nicht anders, als zu lachen, aber sie hatte auch ein schlechtes Gewissen, als ob sie ein böser Erwachsener wäre, der ein Kind schikanierte. Das Einzige, was sie für den Engel tun konnte, war ihm etwas Leckeres zu kochen, um ihn wieder glücklich zu machen. Nachdem Sunny diese Zeit lang zurechtgekommen ist, hat sie ein gewisses Verständnis für Engels Vorlieben, insbesondere in Bezug auf das Essen. Engels Lieblingsessen ist chinesisches Essen.

Als der Engel von Sunny aus dem Schlaf gerissen wurde und dann verschlafen vor dem Frühstückstisch stand und auf das üppige Mahl vor ihm sah, öffnete er plötzlich seine Augen weit und sah auf die Wanduhr im Wohnzimmer. Es war erst sieben Uhr.

Sunny bat ihn höflich, Platz zu nehmen, und legte für ihn Geschirr und Besteck bereit: „Frühstück sollte früh gegessen werden... Es mag für ein Frühstück zu reichhaltig aussehen, aber solange es lecker ist, sollte es keinen Unterschied zwischen Frühstück, Mittag- und

Abendessen machen." Sie machte für ihn Tomaten-Garnelen, Kung-Pao-Hühnchen, Ananas-Rindfleisch, gebratenen Karpfen, Peking Ente, süßsaures Schweinefleisch, würzige Kartoffelschnitzel und gebratenen Chinakohl.

Der Engel stand da und bewegte sich nicht. Sunnys Augen waren voller Reue: „Komm und probier es, ob es gut schmeckt." Ihr Schmeicheln machte den Engel ein wenig unwohl, aber auch ein wenig gerührt. Sie hatte so viele Gerichte auf einmal gemacht, es musste viel Zeit in Anspruch genommen haben. Hatte sie die ganze Nacht nicht geschlafen?

„Außerdem... ich... entschuldige mich dafür, was gestern passiert ist." Sie wurde rot im Gesicht und senkte den Kopf, um es mit einer Stimme zu sagen, die kaum hörbar war. Das war wahrscheinlich das erste Mal, dass sie in ihrem Leben offiziell um Entschuldigung bat. Sie konnte es vielleicht nicht anderen gegenüber aussprechen, aber der Engel war anders. Der Engel hatte ein reines Herz, und sie wollte auf die einfachste und direkteste Weise mit ihm umgehen, wie ein Kind mit einem anderen Kind.

Aber sie hörte keine Antwort. Sie senkte den Kopf und wagte es nicht, sein Gesicht anzusehen. Ihre Hände waren ineinander verkrampft und ihr Kopf sank immer tiefer. Sie hatte nie daran gedacht, dass ihre Entschuldigung nicht akzeptiert werden würde. Die Tatsache, dass er kein Wort sagte, machte sie allmählich peinlich berührt und ein wenig traurig.

Ihr Aussehen ähnelte dem eines kleinen Kindes, das etwas falsch gemacht hatte. In den Augen des Engels sah es sehr rührend aus. Er trat vor und umarmte sie, berührte sanft ihren Kopf mit seinem Kinn.

„Bist du nicht sauer auf mich?", fragte Sunny schüchtern. Sie atmete tief ein und roch den süßen Duft von Kakaomilch. Sie mochte diese warme Umarmung.

„Nein."

„Warum schimpfst du nicht mit mir?", fragte sie.

Der Engel strich sanft über ihr Haar. „Weil du der unglücklichste Mensch auf der Welt bist."

Sie kämpfte darum, den Kopf zu heben, aber er drückte sie zurück in seine Arme. Sie sprach mit dumpfer Stimme gegen seine Brust: „Also willst du mich retten."

Er schüttelte den Kopf.

„Ich will nur, dass du glücklich bist. Du hast keine Ahnung, wie schön du lachst. Jedes Mal, wenn ich dich lachen sehe, fühlt es sich an, als ob der Frühling gekommen ist."

Plötzlich hörte Sunny zwei Herzklopfen. Sie starrte auf seine Brust und legte ihr Gesicht darauf. War das sein Herzschlag?

Kubumm! Kubumm!

Es war nicht… es war ihr Eigenes. In all den Jahren hatte sie eine starke Barriere in ihrem Herzen aufgebaut, die sie vor den Grausamkeiten des Lebens schützte. Aber ein Hauch von Zärtlichkeit konnte sie leicht brechen lassen.

Sie stieß ihn schnell weg, räusperte sich und ging mit rotem Gesicht weg. „Ich hole dir eine Schüssel Reis. Du solltest diese Gerichte essen, solange sie heiß sind. Sie schmecken nicht, wenn sie kalt sind." Sie versuchte, ihre Verlegenheit mit Sprechen zu verbergen, und sagte sich gleichzeitig, dass alles eben nur Einbildung gewesen war.

Der Engel setzte sich an den Tisch und stützte sein Kinn mit einer Hand. Plötzlich wurde er etwas besorgt:

„Es sieht alles sehr lecker aus, aber wir können das alles nicht aufessen. Es wäre schade, es wegzuwerfen."

Sunny stellte ihm eine Schüssel mit weißem Reis hin. „Keine Sorge, ich werde dich an einen Ort bringen, wo uns jemand helfen wird, all das Essen aufzuessen."

Nach dem Essen packte Sunny die übrig gebliebenen Speisen ein und nahm auch ein paar Packungen Katzen- und Hundefutter mit. Dann winkte sie dem Engel, ihr zu folgen. Sie kamen zu einer kleinen Gasse in der Nähe, die abgelegen war und selten von Passanten frequentiert wurde. Sunny ging bis zum Ende der Gasse zu einem Gebüsch und rief zweimal „Miau". Sofort tauchte eine kleine weiße Kugel aus dem Busch auf, sah Sunny an und kam dann elegant auf sie zu, bevor sie einen Meter entfernt anhielt und ihre Augen auf sie richtete: „Miau…"

Sunny hob die Katze vorsichtig auf und reichte ihr eine kleine Flasche mit einem Schnuller. Die kleine weiße Katze schnappte sich die Flasche und fing hastig an zu saugen.

„Wie heißt sie?", fragte der Engel, der beobachtete, mit liebevollen Augen wie ein alter Vater.

„Ich habe ihr keinen Namen gegeben. Wenn ich es getan hätte, würde ich eine Verbindung zu ihr aufbauen. Ich kann nicht für das Leben von jemandem verantwortlich sein, geschweige denn für das Leben einer Katze", sagte Sunny.

„Warum?"

„Jeden Tag zu überleben ist für mich schon anstrengend genug. Ich habe nicht die Kraft, mich um andere zu kümmern. Ich treibe mich jeden Tag selbst an und kämpfe jeden Tag durch. Ich kann keinen Grund finden, um weiterzuleben, niemand braucht mich und ich brauche niemanden. Ich denke, es ist gut so, jederzeit kann ich gehen. Ich lebe immer noch, nicht weil ich leben will, sondern nur, weil ich noch nicht den Mut zum Suizid gefunden habe. Ich kämpfe jeden Tag und habe keine Geduld mit meinem eigenen Leben. Wie könnte ich mich um ein anderes Leben kümmern?"

Die kleine weiße Katze trank die Milch aus und Sunny streichelte ihr das Fell. Dann setzte sie sie auf den Boden und ließ sie spielen.

Sunny holte die restlichen Speisen, Katzen- und Hundefutter aus ihrem Rucksack und verteilte sie auf dem Boden. Dann steckte sie zwei Finger in den Mund und pfiff zweimal laut.

Die streunenden Katzen und Hunde, die sich in den umliegenden Gassen versteckten und in jeder Ecke der Sommerhitze entkamen, kamen aus allen Richtungen, wedelten einer nach dem anderen mit dem Schwanz und versammelten sich mächtig. Schwarz, gelb, weiß, bunt, gesund oder krank, alle waren gekommen.

„Wuff! Wuff! Wuff!"

„Miau! Miau! Miau!"

Sie senkten ihre Köpfe und aßen mit Selbstvertrauen und Hingabe, während das Knacken und Schmatzen der Hunde und Katzen den Raum erfüllte.

Das geschäftige Treiben ließ den Engel die Augen aufreißen – wie konnten in dieser schmalen Gasse so viele Tiere versteckt sein?

Sunny lächelte und sah zu, wie die Tiere fraßen: „Sie sind die Herrscher dieser Stadt und können im ganzen Stadtgebiet herumstreifen. Obwohl es auch einige potenzielle Gefahren gibt, sind die meisten Menschen immer noch sehr freundlich zu ihnen, wie ich. Wenn ich sie nach Hause bringe und in Gefangenschaft halte, werde ich ihr Herr sein, aber dann verlieren sie ihre Freiheit."

Der Engel nickte zustimmend. Plötzlich fiel ihm auf, dass sie bislang noch nicht einmal seinen Namen gesagt hatte.

41

Sunny, die ein hellrosa T-Shirt und weiße Shorts trug, hockte auf dem Boden und streichelte sanft die kleine weiße Katze. Mit einem Ast in der Hand spielte sie mit ihr in der Sonne. Eine Katze und eine Person harmonierten in diesem Frühsommer mit gelegentlicher Brise wie ein Gemälde und strahlten eine warme Atmosphäre aus.

Plötzlich klingelte Sunnys Handy. Sie stand auf, griff hektisch nach ihrem Handy, sah sich die Nummer auf dem Bildschirm an und rollte dann die Augen zur langsam herankommenden Person: „Hallo! Was ist los? Kannst du nicht direkt sagen, wenn du etwas brauchst? Warum rufst du an?"

Der Engel streckte den Hals aus und sah sorgfältig auf die Zahl, die auf ihrem Handy angezeigt wurde. Es war tatsächlich seine Handynummer, und sein Blick konnte seine Enttäuschung nicht verbergen: „Warum hast du meine Handynummer nicht gespeichert?"

„Ich muss sie nicht speichern, weil es in meinem Handy nur eine Handynummer gibt, nämlich deine."

Der Engel steckte sein Handy ein, wollte etwas sagen, hielt aber inne. Als er sah, dass Sunny weggehen wollte, stand er schweigend vor ihr.

„Hey, was machst du? Sag es einfach, steh mir nicht im Weg."

„Kannst du auch meine Handynummer speichern? In meinem Handy gibt es auch nur deine Nummer, ich habe deinen Namen gespeichert, kannst du meinen auch speichern...?"

Sunny erinnerte sich daran, dass sie ihm tatsächlich geholfen hatte, seinen Namen in sein neues Handy zu speichern. Sie machte eine hilflose Geste und holte ihr Handy heraus. Ihre Finger flogen über das Display und speicherten die Nummer sofort ein. Bevor sie es wegsteckte, winkte sie dem Engel vor sich zu: „Schau! Es ist gespeichert!"

Ihre Handlungen waren zu schnell, und der Engel folgte dem Pfad des Handys mit seinem Kopf wie eine verirrte Katze. Er hockte leicht, um mit dem Bildschirm des Handys auf gleicher Höhe zu sein. Nachdem er das Wort auf dem Bildschirm deutlich gesehen hatte, war er noch enttäuschter und konnte nicht anders, als sich zu beschweren: „Ach, warum hast du das gespeichert?"

Sunny stoppte ihre Schritte und war etwas verwundert: „Was ist los? Du bist doch ein Engel, oder? Täuschst du uns etwa?" Ein schelmisches Lächeln erschien unwillkürlich auf ihrem Gesicht.

„Ja! Ich bin ein Engel!" Der Engel öffnete seine Augen weit und nickte ernsthaft. Dann sagte er bedauernd: „Aber Engel ist nicht mein Name."

„Tatsächlich bist du der einzige Engel hier!" Sunny streckte einen Finger aus und zeigte lächelnd auf seine Brust: „Es bezieht sich auf dich!"

„Aber andere Engel können auch diesen Namen verwenden. Habe ich dir nicht meinen Namen gesagt?" Er kam ihr näher, näherte sich ihrem Ohr und flüsterte leise, als ob er befürchtete, dass die Hunde und Katzen es hören könnten: „Mein Name ist..."

Sunny unterbrach ihn sofort, indem sie ihren Finger hob und ihn vor sich hielt: „Dein Name ist zu lang. Außerdem sind wir den ganzen Tag zusammen, wir brauchen keinen Namen. Hey, was ist heute mit dir los? Warum bist du so merkwürdig?"

Sunny runzelte die Stirn und betrachtete ihn von oben bis unten.

„Aber ich heiße nicht ‚Hey'..." Der Engel gab nicht auf.

„Warum redest du heute wie eine alte Dame, oder liegt es daran, dass ihr Engel dieses Temperament habt, sodass es für euch bequem ist, mit der Arbeit zu beginnen?"

„Was für eine Arbeit?"

„Die Welt retten." Sie lachte.

Der Engel zog die Lippen zu einem Schmollmund und drehte sein Gesicht weg.

Sunny klopfte ihm lachend auf die Schulter und tat so, als ob sie ein erwachsener Tröster für ein wütendes Kind wäre: „Hey... verärgert? Eigentlich sehe ich gerne zu, wie du die Welt rettest." Sie machte immer noch Witze über ihn: „Deine Arbeit ist eigentlich sehr bedeutend. Es gibt zu viele Menschen, die gerettet werden müssen: Menschen, die in Armut leben, brauchen Rettung, Menschen mit geistiger Armut brauchen Rettung. Nicht nur Menschen müssen gerettet werden, sondern auch Hunde und Katzen... eigentlich muss die ganze Welt gerettet werden..." Während sie sprach, wurde ihr Gesicht etwas traurig. Sie starrte in die Ferne und sagte zu sich selbst: „Weil diese Welt so gewöhnlich und grausam ist."

„Aber du bist so wunderbar!" Der Engel sagte es ausdrücklich und fest. Obwohl es ihn manchmal ärgerte, dass sie ihn ständig wegen seiner Arbeit auslachte, war er dennoch aufrichtig. Manchmal konnte er es nicht verstehen. Gibt es etwas falsch daran, die Welt zu retten?

Seine Worte ließen Sunny kurz innehalten. Bevor sie reagieren konnte, hörten sie ein lautes, zerfetzendes Katzengeheul und Hundegebell aus der Ferne. Die beiden drehten sich um und sahen mehrere Katzen und Hunde um eine leere Futterschüssel herumstehen. Sunny schaute auf den runden Bauch der führenden Katze und nahm einen Beutel Hundefutter, zog den Engel mit sich und sagte: „Komm, lass uns dorthin gehen und sehen! Du kümmerst dich um die Katzen, ich kümmere mich um die Hunde."

Der Engel nickte und ging schnell auf die haarige Katze zu und nahm sie in seine Arme. Er führte die anderen Katzen weg, während Sunny die Futterschüssel mit Hundefutter füllte und dann eine Schüssel mit Wasser holte. Die zuvor tyrannische Katze lag jetzt brav in den Armen des Engels und genoss es, gestreichelt zu werden, ohne jegliche Unzufriedenheit zu zeigen. Sunny kam herüber, hob die kleine weiße Katze am Ende der Gruppe auf und hielt sie in ihren Armen und sagte liebevoll: „Du bist so viel fetter geworden, in ein paar Tagen muss ich dich mit beiden Händen tragen."

Der Engel schaute auf die zärtliche Art und Weise, wie sie mit der kleinen Katze umging, und empfand plötzlich etwas Neid. „Überlegst du nicht, sie zu adoptieren?", fragte der Engel.

„Miau..." Die kleine weiße Katze miaute in Sunnys Armen und schien seine Worte zu bestätigen.

„Sie scheint sehr willig zu sein", sagte der Engel und streckte die Hand aus, um ihren Kopf zu streicheln.

„In dieser Welt hat niemand einen Besitzer..." Sunny seufzte: „Ich möchte nichts mehr besitzen und mich nicht mehr darum sorgen, es zu verlieren. Als ich Weißchen gehen ließ, fühlte ich, dass ein Teil von mir mit ihr ging, ein Teil meines Fleisches und Blutes, ein Teil meines Lebens. Ich sah zu, wie die Menschen um mich herum nacheinander gingen und mein Leben verschwand auch langsam. Weißt du, Menschen sterben nicht sofort, sie sterben langsam."

Sie sah die kleine Katze in ihren Armen an, wollte sie absetzen, konnte ihre Zuneigung jedoch nicht verbergen: „Ich habe jetzt alles verloren, ich lebe wie ein Stein." Sie machte eine Pause und überlegte: „Wenn man darüber nachdenkt, macht es auch Sinn, dass wir alle Teilchen des Universums sind. Ich habe kein Herz, aber wenn ich eins hätte, würde es auch keinen Einfluss mehr haben..."

Ihre Worte waren noch nicht zu Ende gesprochen, als das laute Bellen einiger Hunde auf der anderen Seite die Katze im Arm des Engels plötzlich zum Strampeln und Springen auf den Boden veranlasste. Sie rannte auf die bereits bereit zum Gehen stehenden Hunde zu, und der Engel sah mit Bestürzung auf seine leeren Arme.

Sunny stand still und hielt die kleine weiße Katze im Arm. Sie miaute nur einmal und wagte es nicht, zu folgen.

„Ich muss jetzt eine Angelegenheit in der Welt regeln. Wartet hier auf mich", sagte der Engel, der sich nicht aufhalten lassen wollte, und rannte los. Als er ging, legte er seine Finger an seine Schläfe und schüttelte sie, bevor er zurückblickte, mit den Augen zwinkerte und lächelte.

Diese Serie von Aktionen fiel den Augen des Mädchens und der Katze auf. Die Katze war in Ordnung und miaute nicht einmal, sondern senkte den Kopf und leckte ihre kleinen Pfoten. Aber Sunny war geblendet von dem strahlenden und reinen Lächeln wie die zweite Sonne, was ihr Herz höherschlagen ließ.

42

Die Sonne neigte sich langsam nach Westen und das goldene Sonnenlicht verwandelte sich in orangefarbenes Licht. Die Lichtstrahlen wurden sanfter und verliehen der Erde einen schimmernden Glanz. Die weißen Wolken am Himmel wurden von goldenen Rändern umrahmt und erstrahlten in prächtigen Farben. Die Bäume und Häuser im Vorder- und Hintergrund erstrahlten im Abendlicht, während der Gesang der Vögel eine märchenhafte Welt voller strahlender Schönheit erschuf.

Sunny und der Engel brachten einige kranke Katzen und Hunde zurück, nachdem sie den Tierarzt besucht hatten. Das meiste Futter in den Schüsseln war aufgegessen worden. Einige Katzen und Hunde lagen noch faul in der Sonne und kümmerten sich nicht um ihre herumstreunenden Gefährten. Hier war es wie auf einem Markt: Wer früh kam, ging früh, wer spät kam, musste draußen warten. Nachdem sie mit dem Essen fertig waren, entfernten sie sich, und eine andere Gruppe von Katzen und Hunden kam, während eine andere Gruppe ging. Nun, am Abend, waren alle satt und zufrieden und konnten gehen. Als sie sahen, wie Sunny und der Engel die Schüsseln aufräumten, erhoben sie sich träge und gingen in kleinen Gruppen davon.

Der Engel packte die letzte Schüssel in seine Tasche. „Miau..." Plötzlich sprang eine dicke Katze von der Seite auf seine Schulter. Es war der Katzenkönig, der ohne zu zögern auf seiner Schulter landete und mit seinem pelzigen Schwanz sein weißes Hemd fegte. Der Engel spürte sofort das Gewicht auf seiner Schulter und lachte laut. Er wusste, dass er Abschied nahm. Er drehte seinen Kopf um und sah ihn liebevoll an: „Du bist so schwer! Du solltest in Zukunft nicht nur ans Essen denken, sondern auch mehr Sport treiben. Dick zu sein ist nicht gesund!"

„Miau, miau...", sprang er von seiner Schulter und sah ihn schief an, als ob er gegen seine Worte protestieren würde. Er rieb seinen runden Bauch.

„Es bringt nichts, mich anzustarren. Du musst wirklich abnehmen."

„Miau..."

Der Katzenkönig leckte seine Hand, als er sie ausstreckte, um ihn zu kratzen, und ging dann weg.

Der Engel stand auf und drehte sich um. Er sah jemanden in der Nähe stehen, der im Abendlicht badete und auf ihn wartete. Sie war anmutig und voller Zärtlichkeit. Er wusste nicht, wie lange sie dort gestanden hatte. Eine warme Welle durchströmte sein Herz und beschleunigte seine Schritte, als er zu ihr ging.

Als er sich umdrehte, sah er jemanden auf ihn warten. Es war ein unglaublich schönes Gefühl. Er stand vor ihr und wollte etwas sagen, wusste jedoch nicht, wie er es ausdrücken sollte. Er sah sie nur eifrig an.

Sie lächelte ihn an, ohne ein Wort zu sagen. In ihrem Blick sah er Verständnis. Dann drehte sie sich um und sagte: „Lass uns nach Hause gehen."

Die beiden nahmen ihre Rucksäcke auf und gingen in den Sonnenuntergang. Ein paar Katzen und Hunde liefen ihnen nach, vielleicht weil sie nicht gehen lassen wollten oder weil es sonst nichts zu tun gab. Die Sonne warf lange Schatten und bewegte sich langsam und träge mit ihnen.

„Ich beneide ihr Leben ein wenig", sagte Sunny und blickte auf die süßen Gestalten hinter sich.

„Warum?", fragte er.

„Weil ihr Leben so einfach und durchschaubar aussieht."

„Möchtest du eine Katze sein?"

Sunny schüttelte den Kopf: „Ich weiß es nicht. Egal ob man eine Katze oder ein Mensch ist, es ist nicht einfach. Wenn man sein Leben nicht kontrollieren kann und einfach ziellos lebt, ist es vielleicht nicht gut."

„Ist es nicht gut, einfach zu leben?"

„Den ganzen Tag zu essen und zu schlafen, ohne Unterschied zwischen Tag und Nacht, Vergangenheit und Gegenwart, ohne Zukunft und Ziele, ohne Ergebnisse und Erinnerungen, Gedanken und Wünsche, ohne Schwierigkeiten und Wachstum. Wäre das nicht wie in einer Leere verloren sein?"

„Ob du eine Katze, ein Hund oder ein Mensch bist, solange du bei mir bist, ist es gut. Ich mag es sehr, bei dir zu sein."

Seine Offenheit ließ ihr Gesicht ein wenig erröten, doch glücklicherweise wurde es von der rötlichen Abendsonne verdeckt.

„Warum?", fragte sie.

„Weil es sich anfühlt, als ob es keine Zeit gibt, wenn ich bei dir bin. Ob wir etwas zu tun haben oder nicht, ob wir zu Hause bleiben oder ausgehen, es spielt keine Rolle, solange ich mit dir zusammen bin und mit dir verschiedene interessante oder auch nicht so interessante Dinge erlebe, bis wir am Ende vergessen, was wir tun oder wohin wir gehen wollen. Es ist egal, solange ich bei dir bin."

Das Vertrauen, das er ihr entgegenbrachte, rührte Sunny an und etwas Neues begann in ihrem Herzen zu gären. Das schwarze Loch in ihrem Herzen schien von etwas Warmem erfüllt zu werden. Dennoch war sie es nicht gewohnt, solche Äußerungen wahrer Gefühle zu hören oder auszusprechen. Sie seufzte theatralisch und setzte ihren Weg fort.

Der Engel stand dort und wusste nicht, was er falsch gemacht hatte und wie er es wieder gutmachen konnte. Dann drehte sich Sunny um: „Willst du nicht mit mir kommen? Komm schon!"

Der Engel eilte schnell zu ihr und sagte ernsthaft: „Ich möchte mit dir gehen, überall hin, wirklich! Es spielt keine Rolle, wohin wir gehen, alles ist gleich. Solange ich bei dir bin, bin ich glücklich."

Sunny schaute ihn an, ihr Blick wurde von der goldenen Abendsonne berührt, die in ihren Augen funkelte: „Ich verstehe."

Als er ihre Zustimmung erhielt, füllte sich sein Herz mit einer nie zuvor erlebten Freude. Seine Augen leuchteten heller als Sterne, sein Körper fühlte sich so leicht an, dass er in der Luft schweben könnte, und sein Gesichtsausdruck war der eines Idioten, der vor Freude strahlte. Er wollte in dieser goldenen Welt fliegen und durch die Straßen und Gassen sausen, laut schreien und schreien und sich in dieser prächtigen Welt frei fühlen. Er näherte sich ihr, sah sie an und lächelte dumm, während verschiedene kleine Elfen in seinen Ohren klingelten und der Duft ihrer Blumen in seiner Nase lag. Der Wind strich sanft über seine Haut und brachte eine erfrischende Schönheit mit sich. Er atmete tief ein und wollte alles erleben, was diese Welt zu bieten hatte, denn das war das Leben, das er gewählt hatte.

Sunny beobachtete, wie er dumm aussah, und auch ihr Herz wurde leichter. Diese Person an ihrer Seite konnte immer wieder Rührung in ihr hervorrufen. In Zukunft würde sie sich bemühen, diese Person nicht zu enttäuschen, und ihr Bestes tun, um ihn an den Tagen, an denen er da war, zu beschützen. Sie würde sich voll und ganz einsetzen, denn sie hatte nur sehr wenig und konnte nur das, was sie hatte, festhalten, selbst wenn es nur ein kleiner Teil war. Denn sie war zu klein, um die ganze Welt in ihren Armen zu halten.

Mit dem Beitritt gelegentlicher Katzen und Hunde wurde die Gruppe immer imposanter und strahlte eine gewisse Großartigkeit aus. Als sie die Straße erreichten, zogen sie die Blicke der Menschen auf sich, und einige Kinder liefen herüber, um die Katzen zu streicheln und die Hunde zu necken. Die Erwachsenen beobachteten sie nur aus der Ferne oder gingen mit gesenktem Kopf ihren eigenen Weg, ohne aktiv zu sprechen oder auch nur das geringste Interesse an neuen und aufregenden Dingen zu zeigen. Das Leben hatte sie gelehrt, schweigsam zu bleiben und Distanz zu Fremden zu wahren. Möglicherweise hatte die tägliche Routine dazu geführt, dass die Menschen ihre Sensibilität für schöne Dinge verloren hatten. Wie dem auch sei, wenn es darum geht, Dankbarkeit auszudrücken, tun Katzen und Hunde dies besser und direkter als Menschen.

Aber ich mag dich

Niemand mag mich,
aber ich mag dich.
Niemand vertraut mir,
aber ich vertraue dir.
Ich schaue dich an,
aber du siehst mich nicht.
Ich verstehe etwas,
aber ich verstehe es doch nicht.

Ich lasse dich gehen,
aber warum kommst du wieder näher?
Es gibt keinen Anfang,
und auch kein Ende.
Es scheint eine Zukunft zu geben.
Es scheint keine Zukunft zu geben.
Du bist mein begehrter Traum.
Ich bin deine unbedeutende Person.
Alles, alles scheint nicht geschehen zu sein.
Alles, alles geht unwiderruflich verloren.

43

Die Abenddämmerung hüllte die Straßen ein und die heiße Luft von der Oberfläche strahlte Hitze aus. Ein warmer Wind wehte sanft herüber und löste etwas von der schwülen Luft auf. Es war der angenehmste Moment an diesem heißen Sommertag. Als Sunny und der Engel zu ihrem Wohngebiet zurückkehrten, verteilten sich die Katzen und Hunde, die ihnen gefolgt waren, in verschiedene Richtungen. Als sie ihr Gebäude erreichten, fuhr plötzlich ein Polizeiwagen heulend vor dem Eingang vor und die nahe gelegenen Bewohner kamen neugierig herbei. Innerhalb kürzester Zeit drängten sich unten am Eingang viele Menschen und wollten wissen, was passiert war. Kurz darauf kam ein Krankenwagen mit viel Lärm an. Als er an ihnen vorbeifuhr, zog Sunny den Engel zu sich und schützte ihn hinter ihrem Körper. Angesichts der Situation schien es, als wäre etwas Schlimmes passiert.

„Engie, folge mir", sagte sie und wandte sich an den Engel. Sie blickte auf den blockierten Eingang des Flurs und runzelte die Stirn. Es schien, als könne sie vorerst nicht nach Hause gehen. Da die Menschen jedoch ihren Weg versperrten, musste sie geduldig warten, bis die Situation geklärt war.

Der Sommerwind strich über ihr Gesicht und bewegte sanft einige Strähnen ihres Haares. Der Engel starrte sie an und wollte die widerspenstigen Haare hinter ihrem Ohr feststecken, konnte es jedoch nicht. Sie rief seinen Namen und die Süße ihrer Stimme erregte sein Herz. Das Rauschen der Insekten und das laute Durcheinander der Menschen wurde allmählich leiser und seine Ohren füllten sich nur noch mit dem schneller werdenden Herzschlag.

Er starrte dumm auf ihr wunderschönes Gesicht, und als sie sich umdrehte, um ihn anzusehen, schien alle Schönheit der Welt augenblicklich ihre Farbe zu verlieren. Er schaute sie an, öffnete den Mund, konnte aber keinen Ton herausbringen. Im nächsten Moment wurde seine Hand von einer weichen, warmen Hand gepackt: „Komm mit mir!"

Sunny hatte sich bereits an seine gelegentlich dumme Verfassung gewöhnt. Sie führte ihn in eine weniger überfüllte Ecke der Menschenmenge und beobachtete mit ihren Augen die Bewegungen am Eingang. Sie wollte auch wissen, was passiert war. Vor ihnen drängelten sich die Menschen, aber anhand der Gespräche konnte sie ungefähr verstehen: Ein einsamer alter Mann war gestorben und erst nach ein paar Monaten von seinem Sohn entdeckt worden, der aus einer anderen Stadt zu Besuch kam. Er verließ diese Welt still und ohne jemanden zu kennen. Angeblich hatte er vier Kinder, dreizehn Enkelkinder und Urenkel. Niemand lebte bei ihm.

Die Frau, die gerade allen davon erzählte, sprach schnell und teilte alles mit, was sie wusste. Ihre Worte waren zu dicht und machten Sunny müde. Sie seufzte leicht, neigte den Kopf und flüsterte leise zu der Person hinter ihr: „Vielleicht wird mein Ende auch so sein."

Plötzlich spürte sie, wie ihre Hand festgehalten wurde, und eine entschlossene Stimme klang in ihrem Ohr: „Nein, das wird es nicht! Du hast mich!"

Sunnys Nase wurde von einem schwachen, süßen Duft nach Kokosmilch umgeben. Das war der Duft eines Engels. Ihre Ohren färbten sich rosa.

Der Engel schaute auf die Menschen vor sich, drehte sich um, senkte den Kopf und schien schüchtern zu sein. Er lächelte breit, stolz wie ein Kind, das etwas Gutes getan hatte. Sein Blick richtete sich auf den strahlenden Sonnenuntergang in der Ferne. Es gibt auch lang anhaltende Schönheit auf dieser Erde, man muss nur wirklich suchen, betrachten und schätzen.

Der alte Mann wurde herausgetragen, bedeckt mit einem weißen Leintuch. Der Engel sah dann einen weiteren Engel in Weiß, der neben dem alten Mann stand, und er sah auch den Engel an, hielt an und nickte ihm zu. Das Lächeln des Engels verschwand allmählich, und er ließ Sunnys Hand sanft los. Er näherte sich ihrem Ohr und flüsterte leise: „Ich gehe kurz weg."

Sunny drehte sich überrascht um, doch der Engel war bereits verschwunden.

„Kommst du, um den alten Mann abzuholen?"

„Ich bin gekommen, um dich zu finden und ihn nebenbei mitzunehmen." Der Engel nickte.

Die beiden standen an der höchsten Stelle eines Wolkenkratzers. Alles auf dem Boden erschien winzig wie Staub.

Sie schwiegen lange Zeit, nur das Rauschen des Windes an ihren Kleidern war zu hören.

„Komm dieses Mal mit mir zurück. Das ist nicht nur meine Meinung, sondern auch die von oben. Du bist lange genug hier gewesen, er denkt, dass du deine Entscheidung getroffen hast und bald zurückkehren wirst."

Der Engel senkte den Kopf und schwieg.

„Siehst du, wie schmutzig und chaotisch es auf der Erde ist, wie egoistisch und grausam die Menschen sind?

Gibt es etwas, das es wert ist, hierzubleiben?" Der in Weiß gekleidete Engel stand neben ihm und schaute hinab. „Und du weißt, dass das Ende der Welt bald kommen wird. Du kannst nicht jeden retten."

Diese Worte ließen den Engel erstarren. Er hob langsam den Kopf, und sein Blick wurde allmählich entschlossen: „Ich verstehe. Ob ich zurückkehre oder nicht, werde ich heute eine Entscheidung treffen."

Als die Polizei- und Rettungswagen abfuhren, löste sich die Menschenmenge allmählich auf. Sunny blieb stehen und schaute zum Himmel hoch. Die plötzlich dunklen Wolkenzüge nahmen das letzte Licht am Horizont mit sich. Ein plötzlicher Sturm brach aus, das heulende Geräusch des Windes sollte die Menschen im Freien erschrecken, aber Sunny stand ruhig da und ihre Augen wanderten umher, doch niemand war in der Nähe. Wohin war diese Person gegangen? Bei diesem schrecklichen Wetter, wenn er nicht zurückkam, würde er sicherlich vom Regen durchnässt werden. Ihre Augen zeigten ein gewisses Maß an Besorgnis, als sie ihr Handy herausholte und eine Nummer wählte.

„Hast du mich angerufen?" Eine Stimme erklang hinter ihr.

Sunny drehte sich um und sah den Engel lächelnd hinter sich stehen. Sie legte ihr Handy weg und konnte nicht umhin zu meckern: „Wo bist du hingegangen? Ich habe so lange auf dich gewartet." Als sie den betrübten Ausdruck sah, wurde der Engel traurig und vermisste sie bereits, obwohl sie direkt vor ihm stand.

Er sah sie sanft an, und sein Blick schien alles auf der Welt zum Schmelzen zu bringen. Er nahm ihre Hand und sagte leise: „Lass uns nach Hause gehen." Über ihnen hing der bedrohliche dunkle Himmel, und nach langem Grübeln brach schließlich ein Gewitter aus und goss auf sie herab, durchnässte sie und bildete Pfützen auf den unebenen Straßen. Hand in Hand rannten sie zum Eingang und spritzten Wasser, während sie über die Pfützen traten.

Nachdem Sunny geduscht hatte, stand sie am Fenster und trocknete ihr Haar ab. Sie schaute auf den strömenden Regen draußen, und die ganze Welt schien in Feuchtigkeit gehüllt zu sein. Obwohl ihr Gesichtsausdruck regungslos war, war ihr Inneres alles andere als ruhig. Zum ersten Mal seit langer Zeit verspürte sie ein unkontrollierbares Auf und Ab in ihrem Herzen. Die Angst, die sie beim Warten auf den Engel empfunden hatte, und die Freude, ihn endlich wiederzusehen, ließen sie erschauern. Es war ein Zeichen dafür, dass sie wieder Erwartungen hatte, die sie nicht wollte. Denn sie fürchtete, erneut das Gefühl zu haben, nachdem sie zusammen waren, wieder allein zu sein. Sie war so weit gegangen, hatte so viele Berge erklommen und so viele Flüsse durchquert, um endlich ihre innere Ruhe zu finden. Sie war müde und konnte keine Turbulenzen mehr ertragen. Sie durfte auf keinen Fall zulassen, dass jemand anderes all das zerstörte, besonders nicht jemand, der bald gehen würde.

Die Tür des Badezimmers wurde mit einem Klicken geöffnet. In dem Moment, als Sunny zurückblickte, traf sie in ihrem Herzen eine Entscheidung und schloss die Tür, die gerade geöffnet worden war, wieder in ihrem Inneren.

44

An der Tür wurde geklopft, und Sunny legte das Buch beiseite und ging zur Tür, um sie zu öffnen. Sie sah den Engel mit den Händen auf dem Rücken, die Beine zusammengefügt, aufrecht stehend, gehorsam wie ein Grundschüler. Sunny betrachtete ihn von oben bis unten und bemerkte, dass er ein weißes Hemd und kurze Freizeithosen trug. Es schien, als würde er nicht schlafen, sondern rausgehen wollen, was ihn etwas seltsam erscheinen ließ.

„Kann ich hereinkommen?", fragte der Engel.

Dieses Arbeitszimmer war Sunnys privates Heiligtum, und der Engel war noch nie zuvor dort gewesen. Sunny zögerte einen Moment, trat dann einen Schritt zurück und ließ den Engel eintreten. Sie schloss die Tür, änderte jedoch plötzlich ihre Meinung und öffnete die Tür wieder weit.

Der Engel schaute nach links und rechts und betrachtete das Arbeitszimmer und das Schlafzimmer. Im Raum befanden sich zwei große Bücherregale, die mit Büchern gefüllt waren. Auf dem Schreibtisch neben dem Bett lagen einige Bücher herum, ebenso wie auf dem breiten Schlafsofa daneben. Es lagen auch einige Bücher am Ende des Teppichs. Der Engel konnte sich vorstellen, dass der Besitzer des Raumes überall sitzt, liegt und liest. Obwohl die Bücher überall unordentlich waren, waren die Möbel und andere Einrichtungsgegenstände sehr einfach, sauber und großzügig. Beeindruckend war auch das riesige bodentiefe Fenster. Am Morgen strahlte das Sonnenlicht durch dieses riesige Fenster, und der ganze

Raum war voller goldenem Licht. Es war so angenehm, in diesem komfortablen Licht zu sitzen, Kaffee zu trinken und ein Buch zu lesen.

„Bitte nehmen Sie Platz.", sagte Sunny mit einem höflichen Lächeln und um peinliche Stille zu vermeiden, ging sie zur Seite und schaltete den Plattenspieler ein. Entspannende Musik erklang, und Schumanns Klavierstücke füllten sofort den Raum zwischen den beiden, verringerten die Entfernung zwischen ihnen und ließen sie sich entspannen, als wären sie von Fremden zu Freunden geworden.

„Kann ich das sehen?", fragte der Engel und zeigte auf das aufgeschlagene Buch auf dem Tisch.

Sunny nickte.

Sunny ging zu ihm und setzte sich auf das Sofa, hörte entspannt Musik und schien darauf zu warten, dass er sprach.

Der Engel sah sich um, legte dann das Buch ab und zog mit dem Finger einen Halbkreis in die Luft: „Du hast hier so viele Bücher."

„Bücher sind meine Bibel."

„Hast du all diese Bücher einmal gelesen?"

„Ja, weil ich nach Antworten suche."

„Über welche Antworten?"

„Über das Leben, den Tod, die Leere."

„Hast du sie gefunden?"

„Ich weiß nicht…nada pues nada y nada pues nada…"

„Wenn du in den Büchern keine Antworten findest, suche im Leben oder frage die Weisen."

„Meinst du Gott?"

„Wenn ich du wäre, würde ich das natürlich tun."

Sunny schwieg einen Moment und nickte dann. „Wann planst du zurückzugehen?"

Diesmal schwieg der Engel. Als er den Kopf hob, funkelten seine Augen voller Entschlossenheit und Ehrlichkeit. Er sprach langsam, vorsichtig und ernst: „Ich weiß es nicht...ich werde vielleicht für eine Weile weg sein, und wenn ich zurückkomme, werde ich nicht mehr gehen."

Sunny hob eine Augenbraue und zeigte Überraschung. „Würdest du auf mich warten?"

Sunny spürte einen Schlag in ihrem Herzen. Ihr Gesicht blieb zwar kalt, aber innerlich tobte ein Sturm, und zahlreiche Unruhegefühle stiegen in ihr auf. Sie gab zu, dass sie sich nach diesen Tagen des Zusammenlebens allmählich an die Anwesenheit dieser Person gewöhnt hatte. Ob sie es zugab oder nicht, sie empfand eine leichte Abhängigkeit von dieser Person. Sie schüttelte leicht den Kopf. Eigentlich hatte sie sich schon lange auf seine Abreise vorbereitet. Sie brauchte genügend Sicherheit, um eine Verbindung zu einer anderen Person aufzubauen. Hatte sie nicht bereits eine Entscheidung getroffen? Doch seine Worte ließen sie eine unerklärliche Traurigkeit und Unruhe empfinden. Sie senkte den Kopf und vermied es, den Blickkontakt mit seinen Augen zu halten, die unverwandt auf sie gerichtet waren. Der Glanz in seinen Augen machte ihr Angst. Ihr Herz war so lange verschlossen geblieben, dass sie noch nicht bereit war, es für irgendjemanden zu öffnen. Sie brauchte genug Geduld und Zeit, um wieder ihre eigene Sanftheit zu zeigen.

Nach einer langen Zeit räusperte sie sich leicht: „Warum?"

Der Engel schien nicht erwartet zu haben, dass sie so fragen würde. Er erinnerte sich an einen Satz, den er gerade in ihrem Buch gelesen hatte, und sagte impulsiv: „Weil ... ich bin jemand, der von einer Schlange gebissen wurde ... Ich wurde schwer gebissen, und an der wichtigsten Stelle ..."

Als Sunny das hörte, runzelte sie die Stirn. Was für eine widersprüchliche Antwort war das? Wo genau war er gebissen worden? Um unhöflich zu sein, versuchte sie, ihren Blick auf seine obere Körperhälfte zu richten, aber der wichtigste Teil eines Mannes sollte ...

Als der Engel ihren Blick spürte, errötete er plötzlich und wandte sich wütend ab: „Was denkst du? Dieser Ort ist das Herz oder die Seele! Das steht in deinem Buch."

„Oh!" Sunny strich sich über die Stirn. Das schien tatsächlich das zu sein, was in dem Buch „Das Symposium" stand. Sie war immer so durcheinander, wenn sie las, und vergaß oft Dinge. Sie konnte nicht anders und lächelte, als sie ihre Augen auf ein Paar tiefe schwarze Augen richtete, was dazu führte, dass ihr Lächeln sofort verschwand. In diesen Augen waren Sterne eingebettet und ein ernstes Aussehen, als würde er bereit sein, für sie in den Himmel zu fliegen und einen Stern zu pflücken.

„Du brauchst mich nicht", sagte sie ernst.

„Nein, ich bin mir sicher, dass ich Gott, Poesie, Schönheit und dich brauche!"

„Bleib nicht wegen mir hier."

„Ich möchte bleiben. Du denkst sicher, dass ich hierbleiben werde, um dich zu begleiten. Aber in Wirklichkeit brauche ich deine Gesellschaft. Ohne dich fühle ich mich nicht vollständig und glücklich, selbst im Himmel. Aber wenn du bei mir bist, auch wenn wir nichts tun, auch wenn du nicht mein bist, fühle ich mich so glücklich und erfüllt, wenn ich nur an dich denke. Wirklich!" Der Engel streckte seine Hand aus, bedeckte seine Brust und senkte seinen Kopf.

Sunny mochte keine süßen Worte und fand sie zu künstlich. Wenn sie sie hörte, bekam sie Gänsehaut. Aber als der Engel sprach, hörte sie plötzlich einen kleinen, knackenden Ton in ihrem Inneren. Etwas sprudelte aus ihrem Herzen und füllte ihre Augen. Sie senkte schnell den Kopf und beruhigte ihre Gefühle. Sie wusste, dass es das Geräusch war, als die harte Schale ihres jahrelang eingefrorenen Herzens brach und ein kleiner, warmer Fluss fröhlich durch sie hindurchfloss.

„Wirst du auf mich warten?", fragte die zitternde Stimme des Engels erneut.

Sunny wusste, dass das keine einfache Frage war. Es war das Herz, das er in den Händen hielt. Es war eine Seele, die nicht zögerte. Sie war erstaunt und zugleich ängstlich. Sie hatte Angst, dass wenn sie den Mut aufbrachte, ihr Herz zu öffnen, sie am Ende einem trostlosen Ende gegenüberstehen würde.

Sie zögerte und fühlte eine Emotion, die sie nicht aussprechen konnte, die sie nicht herunterschlucken konnte und in ihrem Hals stecken blieb und ihr Unbehagen bereitete. Sie senkte ihre Augenlider und sagte schließlich emotionslos: „Ich bin nur eine gewöhnliche Frau, ich bin es nicht wert, dass du deine Zeit mit mir verschwendest."

45

Der Engel zog eine kleine Schmuckschatulle aus seiner Hosentasche und verbarg sie hinter seinem Rücken. Dann ging er halb in die Knie und schaute Sunny ernsthaft an: „Es gibt nichts, was es nicht wert ist. Ich weiß nur, dass ich mit dir zusammen sein möchte. Ich möchte in einer Welt bleiben, in der du bist, selbst wenn morgen der Weltuntergang bevorsteht, werde ich keine Reue haben." Er schaute sie liebevoll an, seine Augen waren voller unverhüllter Zuneigung und Bewunderung.

Sunny kämpfte mit ihrem Blick, traurig und wehmütig, aber auch voller Freude, als ob alles Gute vor ihr läge. Sie schaute in die Ferne, die stille Nacht war dunkel und die Sterne am Himmel leuchteten wie Glühwürmchen.

Der Engel reichte Sunny die kleine Schmuckschatulle: „Ich schenke dir etwas."

Sunny nahm die kleine Schachtel verwundert an: „Was ist das?"

„Ich habe es selbst gemacht, schau es dir schnell an und sag mir, ob es dir gefällt."

Als Sunny die Schachtel in Empfang nahm, verstand sie plötzlich. In den letzten Tagen hatte er sich heimlich in seinem Zimmer eingeschlossen, um dieses Geschenk zu machen. Sie zog ihre Mundwinkel leicht nach oben, mit etwas Neugier, und öffnete die Schachtel. Es war eine minimalistisch gestaltete Halskette mit einem goldenen Halbmond, der einen hohlen kleinen Stern umarmte. Von der Mitte bis zum unteren Ende waren kleine Diamanten angeordnet, einfach und rein. Im Schein des Lichts strahlte es hell und sah sehr wertvoll aus.

Sunny wurde von dem Design angezogen und betrachtete den Anhänger in ihrer Hand.

„Magst du es?"

Sunny nickte. Diese Halskette erinnerte sie an einen fernen und schönen Traum. Niemand hatte ihr je ein Geschenk gemacht, für das sich jemand so viel Mühe gegeben hatte. Nach einer Weile sagte sie leise: „Es ist sehr schön... Aber es ist sehr teuer, oder?"

Als er das hörte, atmete der Engel erleichtert aus und sagte freudig: „Ich finde auch, dass es sehr schön ist und zu dir passt! Aber eigentlich hast du dafür bezahlt, also behalte es einfach."

Sunny legte die Halskette vor ihm um ihren Hals und sagte: „Danke für dein Geschenk, ich mag es sehr." Sie streichelte mit einer Hand den Anhänger der Kette und strich mit der anderen Hand über den Kopf des Engels.

Der Engel sagte leise: „Ich freue mich, dass es dir gefällt. Wirst du es oft tragen?"

Sunny fühlte eine Wärme in ihrem Herzen und Wellen der Emotion breiteten sich aus. Für einen Moment wusste sie nicht, wie sie antworten sollte, und gab nur ein leises „Ja" von sich. Niemand hatte jemals so viel Mühe für sie aufgewendet, nur um zu hören, dass sie es mag.

Sunny zögerte und sagte: „Aber ich habe dir kein Geschenk gegeben."

Der Engel betrachtete die Halskette, dann Sunny, und seine Augen waren voller Bewunderung. Es war so schön, wie die beiden zusammenpassten. Als er ihre Worte hörte, zog er eine Halskette aus seinem Hemd, nahm sie von seinem Hals und legte den Anhänger vor sie, um ihr zu zeigen: „Schau mal, ich habe auch eine für mich selbst gemacht."

Der Anhänger seiner Kette war ein schlichter kleiner Stern ohne jegliche Verzierung. Er nahm Sunnys Anhänger und drückte seinen eigenen Stern in die Aussparung des Anhängers, sodass sie nahtlos zusammenpassten. Als er ihr erstauntes Gesicht sah, lachte er unbeholfen, schaute sie mit gerötetem Gesicht an und wartete nervös auf ihre Reaktion, während ein unverhohlenes Gefühl des Stolzes in seinen Augen lag.

Sunny war erstarrt und sah ihn an, dann schaute sie auf sein straußenähnliches Aussehen und sein rotes Gesicht und fühlte sich ein wenig merkwürdig, aber auch amüsiert.

Der Engel war noch nervöser und fragte sich, ob er zu weit gegangen war. Er nahm all seinen Mut zusammen und atmete tief ein: „Vielleicht werde ich kurz weggehen und meine Flügel zurückgeben, damit ich für immer hierbleiben kann. Dann werden wir wie diese Halskette sein und nie wieder getrennt sein... Wirst du auf mich warten?"

Sunny biss sich auf die Lippen und versuchte, ihre Aufregung zu unterdrücken. Aber ihre Hand, die den Anhänger der Halskette streichelte, zitterte leicht. Sie schaute in die unschuldigen, klaren und schönen Augen des Engels gegenüber. War er wirklich ihr Engel? Er war so schön wie ein reiner Traum, der niemals verblassen würde.

Der Engel nahm ihre Hand sanft und legte sie an seine Lippen, küsste sie zärtlich wie ein Neugeborenes, langsam und behutsam. Sein Gesichtsausdruck war voller Ernsthaftigkeit, als er sagte: „Ich werde für immer bei dir sein und dieser Welt gemeinsam mit dir gegenübertreten, wenn ich zurückkomme."

„Für immer?", fragte sie.

„Ja, für immer!"

Sunny wusste vielleicht nicht, dass er nur einmal die Chance hatte, seine Engelsgestalt aufzugeben, aber wenn er einmal verliebt war, dann für immer.

„Warte auf mich! Wir werden viele Dinge zusammen machen", sagte er schüchtern.

„Welche Dinge möchtest du mit mir machen?", fragte sie und wurde plötzlich rot, als sie etwas begriff.

„Alles! Alles, was du magst!", antwortete er überzeugt.

Sunny war für einen Moment verwirrt. „Für immer" und „alles" waren Worte, die kaum zu glauben waren und normalerweise Teil menschlicher Lügen oder etwa nicht? Sie seufzte leise, strich ihm über die Wange und betrachtete ihn, als ob sie eine Antwort in seinem Gesicht oder seinen Augen finden wollte. Ihr Blick verweilte für einige Sekunden auf seinem Gesicht und wurde allmählich intensiver. Dann sagte sie nichts, stand auf und ging zum Fenster, um sich selbst zu umarmen und in den Nachthimmel zu blicken.

Sein Blick folgte ihrem Rücken, und als sie sich umdrehte, sah er, dass sie eine leichte Falte auf der Stirn hatte und etwas traurig aussah. Ihre Silhouette schien so einsam zu sein. Der Engel beschloss heimlich, dass er selbst dann, wenn sie nicht bei ihm sein wollte, bei ihr bleiben und sie leise beobachten, beschützen und nicht stören würde, egal wie sie ihn ansah, bis sie ihn nicht mehr brauchte.

„Dann gehe ich jetzt, du solltest dich ausruhen", sagte der Engel, stand auf und ging zur Tür.

Als sie das hörte, drehte sich Sunny um und begleitete ihn zur Tür, um sich von ihm zu verabschieden. Es war spät in der Nacht, wohin würde er gehen? Wie lange würde er fortbleiben? Wann würde er zurückkehren? Für einen Moment fühlte sie sich unruhig und zögerte. Doch sie sagte nichts und schloss die Tür leise hinter ihm.

Nach zwei Sekunden hörte sie ein leises Klopfen an der Tür. Sie öffnete sie schnell, und er zog sie in seine Arme. Immerhin würde er eine Reise antreten, die er noch nie zuvor gemacht hatte, und die Ungewissheit in seinem Herzen ließ ihn sie fest umarmen, fest, festhalten.

Sie war etwas überrascht und errötete unwillkürlich.

„Willst du nicht gehen? Warum bist du zurückgekommen?" Sie ließ sich von ihm halten, da sie spürte, dass er unruhig war.

Er schüttelte den Kopf und sagte nichts. Langsam strich ihre Hand über seinen Rücken und umarmte ihn sanft, während sie ihn liebevoll beruhigte, wie eine fürsorgliche Mutter, die ihr Baby beruhigt: „Es ist alles in Ordnung, ich bin hier."

Wüdest du mein Ende Sein

Du bist wie ein Stern am Nachthimmel,
außerhalb der Reichweite.
Sommernacht im Juni,
warm und transparent.
Ich schaue in den Himmel,
und denke an dich.
Mein Herz ist unterwegs,
würdest du mein Ende sein?

Lang gehegter Wunsche in diesem Leben

Ich möchte jemand finden
gemeinsam den Sternhimmel beobachten
gemeinsam Wale schwimmen sehen
gemeinsam in der Wüste wandern
gemeinsam einen Sturm erleben
und gemeinsam ein Nest bauen
für einander da
einen Hund, eine Katze

46

Sunny stand am Fenster, und es war bereits spät in der Nacht. Sie beobachtete den Engel, der die Straße entlangging und im Mondlicht langsam voranschritt, ohne sich umzudrehen. Plötzlich wirkte sein Körper etwas verschwommen. Sunny schaute nach oben und bemerkte, dass eine dicke Wolkendecke den Mond verdeckte. In diesem Moment wurde es draußen pechschwarz, ohne den geringsten Hauch von Licht. Ihr Herz begann plötzlich heftig und krampfhaft zu schlagen, ein Gefühl, das sie zuvor noch nie erlebt hatte. Instinktiv hielt sie sich die Brust und spürte eine leichte Unruhe in ihrem Inneren. Mit gerunzelter Stirn zögerte sie nicht und zog ihre schwarze Sportkleidung und -hose an, griff nach ihrem Handy und begann, den Standort des Engels zu verfolgen.

Sunny folgte den Anweisungen ihres Handys und gelangte zum Fuß des höchsten Wolkenkratzers der Stadt. Es war niemand da, die Umgebung war still und das Licht der Straßenlaternen gedämpft. Sie ging in den Hinterhof des Gebäudes, schaute nach oben und starrte auf das Gebäude, das majestätisch in den Himmel ragte. Je höher es war, desto dunkler wurde es, bis ein sanftes weißes Licht langsam von der Dachterrasse herabfiel. Es war der Engel, der eine sanfte und helle Aura um sich verbreitete und seine reinweißen Flügel auf seinem Rücken entfaltete.

Leicht zitternd mit seinen Flügeln schwebte er in der Luft. Er faltete seine Hände vor seinem Gesicht und blickte in den Himmel, als ob er betete oder etwas mitteilte. Seine nackten Füße waren in der Luft zu sehen und strahlten von Kopf bis Fuß ein heiliges Licht aus.

Sunny starrte auf diese strahlende Gestalt und konnte ihren Blick nicht abwenden. Ihr Herz verwandelte sich von Angst in Frieden.

Der Wind begann zu wehen und in seinem rauschenden Geräusch fielen weiße Elfen aus der Luft, tanzten um den Engel herum und die großen Wolken umgaben ihn allmählich. Die kleinen Elfen hörten nach und nach auf zu tanzen und verschwanden einer nach dem anderen in der fernen Nacht. Weiße Federn fielen langsam vom Himmel herab, weich und leicht wie fliegende Blätter, wie tanzende Schmetterlinge, wie fallender Schnee – ein wahrhaft schöner Traum.

Die reinweißen Federn flatterten in der Luft und landeten auch auf Sunnys Schultern. Sie streckte ihre Hand aus, um eine von ihnen aufzufangen. Diese weiße Feder strahlte ein sanftes Licht aus, genau wie damals, als der Engel sie ihr zum ersten Mal gezeigt hatte. Beim Gedanken an den Engel regte sich etwas in ihrem Herzen und sie schaute zum Himmel hinauf. Der Mond war unbemerkt aus den Wolken hervorgekommen.

Eine aufrechte Gestalt schwebte im Mondlicht, und Federn fielen langsam von seinen Flügeln, wie fallende Blütenblätter, was die Traurigkeit des Mondlichts noch verstärkte. Als die letzte Feder fiel, erstrahlte sein Körper ein letztes Mal wie eine Sternschnuppe am Himmel, und dann wurde alles dunkel. Ohne den Halt seiner Flügel begann sein Körper zu fallen und stürzte schnell in einen pechschwarzen Abgrund.

Der Kopf von Sunny brummte, ihr Herzschlag übersprang einen Schlag und plötzlich bekam sie Krämpfe in der Herzgegend, die es ihr unmöglich machten zu atmen. Es fühlte sich an, als ob ein riesiger Stein in eine ruhige Wasseroberfläche gefallen wäre und eine Welle mit Donner und Blitz ausgelöst hätte, die unaufhaltsam auf sie zukam und drohte, sie zu verschlingen. Die Zeit schien stillzustehen. Sie starrte auf die schnell fallende Gestalt, ihr Herz raste immer schneller, Peng Peng! Knall Knall!, als ob es ihre Brust durchbrechen und explodieren würde. Sie spürte, wie sich das Blut in ihrem Körper ansammelte und enorme Belastung auf ihr Herz ausübte. Sie war so nervös, dass sie kaum noch atmen konnte. Sie musste ihn retten. Wenn das so weiterging, würde er sterben. Sie musste ihn fangen!

Ihr Herz schlug beinahe verrückt, jede Arterie dehnte sich aus und sie spürte, dass etwas kurz davor war, ihre Kehle zu durchbrechen und herauszuspritzen oder innerlich zu explodieren und sie in Stücke zu reißen.

Sie schrie und sprang plötzlich auf, während sie gleichzeitig ihre Arme ausbreitete. Im selben Moment, als ihre Füße den Boden verließen, entfalteten sich mit einem Knall Flügel hinter ihr. Zwei Meter lang und im goldenen Licht glänzend breiteten sie sich aus. Sie schlug mit den Flügeln und gab ihr Bestes, um nach oben zu fliegen. Schneller! Schneller! Der Wind pfiff an ihren Ohren vorbei, der Nebel umhüllte ihre Sicht und die eisige Kälte drang bis in ihre Knochen. Ihr Körper begann unkontrolliert zu zittern, als ob ihre Organe zerspringen würden. Der Schmerz breitete sich von innen nach außen aus und sie spürte, dass sie es nicht mehr lange aushalten konnte. Sie behielt seine Gestalt im Blick und flog auf ihn zu. Sie durfte nicht sterben, bevor sie ihn sicher zurück auf den Boden gebracht hatte. Ihr Bewusstsein wurde allmählich durch den Schmerz getrübt, doch sie wurde wieder klar, als der Schmerz noch heftiger wurde. Schließlich trafen sie sich in der Luft und umarmten sich. In dem Moment, als sie sich berührten, verschwanden ihre goldenen Flügel. Sie umarmten sich, fielen gemeinsam und rollten auf dem Boden.

Der kühle Sommerwind blies ihm ins Gesicht. Der Engel öffnete langsam seine Augen und empfand eine Leere in seinem Kopf. Sein Hals fühlte sich eng an und das Atmen fiel ihm schwer. Vorsichtig hob er eine Hand an und bemerkte, dass die Rückseite seiner Hand und sein Ellbogen bluteten. Als er die Verletzung mit einem anderen Finger berührte, konnte er vor Schmerz nicht anders, als zu stöhnen. War das das Gefühl von Schmerz? So fühlten sich also die Menschen. Es war wunderbar. Ein Lächeln breitete sich auf seinem Gesicht aus. Obwohl der Schmerz sich von der Wunde auf seinen gesamten Körper ausbreitete, funkelten seine Augen wie Sterne.

Er setzte sich langsam auf und sah Sunny auf dem Boden liegen. Ihre Augen waren geschlossen und ihr Gesicht war mit Blut und Staub bedeckt. Er berührte seinen Kopf und konnte sich nicht daran erinnern, was passiert war. Plötzlich hörte er ein lautes Geräusch in seinem Herzen. Was ist mit ihr los? Kann es sein ... Ein entsetzlicher Gedanke ließ ihn kurzatmig werden. Sein Gesicht wurde blass und der schwache Geruch von Blut verbreitete sich zwischen seinen Lippen. Nervös kletterte er zu ihr und umarmte sie. Ihr Körper war entsetzlich kalt. Er drückte sie fest an sich und flüsterte leise ihren Namen, während er sogar ihr Gesicht abklopfte. Langsam begannen seine Tränen zu fließen.

Sunny öffnete mühsam ihre Augen. Ihre einst strahlenden Augen, wie der Mond, hatten ihren Glanz verloren. Doch sie konnte immer noch undeutlich das Gesicht des Engels erkennen und hörte, wie er ängstlich ihren Namen rief. Sie spürte seine Tränen auf ihrem Gesicht fallen. In dem Moment, als sie in die Luft gestiegen war, explodierte ihr Herz und erzeugte eine immense Energie, die ihr die Flügel verlieh. Mit aller Kraft zwang sie sich zu einem Lächeln – das war ihr letzter Abschied von ihm. Die Stimme in ihrem Ohr wurde immer leiser, ihr Blick verblasste und sie war glücklich, dass er noch am Leben war. Leben konnte man nur mit Leben tauschen, das war fair.

Der Engel umarmte Sunnys Körper fest und saß dann regungslos da. Seine Augen wussten nicht, wohin sie schauen sollten, und er konnte den Schmerz nicht mehr spüren. Es gibt keine schönere Landschaft auf der Welt als dich. Es gibt keine schönere Farbe auf der Welt als dich. Es gibt keine sanftere Zärtlichkeit auf der Welt als dich. Ich bin noch am Leben, aber meine Welt ist tot.

47

Sunny fühlte sich wie in einem langen Traum, in dem sie eine traurige Erfahrung nach der anderen durchmachte. Als sie aufwachte, war ihre Wange kalt und als sie es mit der Hand abwischte, war ihre Hand mit transparenter Flüssigkeit bedeckt. Sie starrte auf die Tränen auf ihren Fingerspitzen und fragte sich, was passiert war und warum ihr Herz so schmerzte. Sie versuchte sich zu erinnern, aber ihr Gehirn brummte und zerstreute die wenigen Erinnerungsfragmente, die sie hatte, und es blieb nur eine Leere zurück. Sie runzelte die Stirn und bewegte ihren Körper ein wenig, wobei sie am ganzen Körper Schmerzen spürte, als würde sie aus großer Höhe fallen, fragmentierte Schmerzen. Ihre andere Hand wurde von einer Person gehalten, die setzte sich auf den Stuhl, beugte sich auf ihrem Bett vor und schlief. Das musste jemand sein, mit dem sie sehr eng verbunden war, sonst würde er ihre Hand nicht loslassen, selbst wenn er schlief.

Sie drehte leicht den Kopf, um sich umzuschauen, und alles um sie herum war reinweiß. Es schien sich um ein Krankenzimmer zu handeln. War sie krank? Auf dem Nachttisch neben ihr spielte ein Handy Musik. Sie erinnerte sich an die vertraute Melodie von Schumanns Kinderszenen… Was war passiert? Sie konnte sich wirklich an nichts erinnern…

Sie hob ihre Hand mühsam an und berührte das kurze Haar der Person neben ihr. Es schien, als hätte eine andere Person in ihrem Traum ebenfalls so weiches Haar.

Als die Person ihre Berührung spürte, hob er sofort den Kopf und traf Sunnys offene Augen. Freude erfüllte seine Augen: „Du bist aufgewacht!"

Die Person beugte sich zu ihr hinunter und umarmte ihre Schulter: „Du bist endlich aufgewacht!" Seine Stimme war sogar von Schluchzen erstickt.

Sunny wurde von seinen Emotionen angesteckt und strich langsam mit einer Hand über sein Haar, um ihn zu beruhigen: „Habe ich lange geschlafen?"

Die Person stand auf und nahm ihre Hand, legte sie an seine Wange. Er drehte leicht den Kopf und küsste sanft ihre Handfläche. Er nickte und starrte sie an, sein Blick war voller Liebe, die sie fast ertränkte. Sie errötete und wandte ihren Blick ab: „Was ist los mit mir?"

Als er ihre Worte hörte, schien er plötzlich etwas zu realisieren und sprang auf: „Ich werde einen Arzt rufen!"

Da es bereits Nacht war, wurde von einem diensthabenden Arzt eine einfache Untersuchung bei Sunny durchgeführt, und er verkündete fröhlich: „Die gefährliche Zeit ist vorbei. Morgen machen wir eine ausführliche Untersuchung."

„Ich bin krank geworden?" Sunny runzelte die Stirn und konnte sich nicht erinnern.

„Sie erinnern sich überhaupt nicht mehr?" Der Arzt machte während des Sprechens Notizen in sein Notizbuch: „Sie hatten vor einer Woche einen Autounfall. Nach der Operation lagen Sie eine Woche im Koma. Wenn Sie sich nicht erinnern, könnte es sein, dass das Gehirn getroffen wurde und Amnesie verursacht hat. Wir werden es morgen bei der detaillierten Untersuchung herausfinden. Nun, ruhen Sie sich gut aus."

Sunny nickte: „Danke, Doktor!"

„Gern geschehen! Es gibt noch jemanden, dem Sie danken sollten." Er zeigte auf die Person neben ihm: „Er war hier und hat sich um Sie gekümmert. Er sprach jeden Tag mit Ihnen, um Sie so schnell wie möglich aufzuwecken, und spielte Musik für Sie. Seine tiefe Zuneigung hat so viele unserer Krankenschwestern berührt." In seinem Lachen errötete die Krankenschwester, die ihm folgte, senkte den Kopf, öffnete die Tür und ging hinaus.

Der Arzt zwinkerte Sunny zu: „Sehen Sie, ich habe nicht falsch gesagt." Dann drehte er sich auch um und ging.

„Weißt du, wer ich bin?" Der Mann bückte sich und zog Sunnys Bettdecke zurecht. Dann setzte er sich auf den Bettrand. Eine sternförmige Halskette glitt aus seinem Hemd und kam ihr bekannt vor.

Sunny sah ihn an, streichelte sein Gesicht mit ihren schlanken Fingern, strich vorsichtig über seine Augenbrauen und sagte langsam: „Natürlich weiß ich, du bist mein Engel."

Der Mann lächelte, hielt ihre Hand und verflocht seine Finger sanft mit ihren, während er sie liebevoll ansah: „Du bist mein Engel."

Er streichelte ihren Kopf, zögerte einen Moment und tippte mit seinen Lippen auf ihre Lippen.

Sunny wurde bei dieser intimen Geste rot. Sie blinzelte und erinnerte sich nicht an ihn, aber sie lehnte seine Nähe nicht ab. Nach diesem Kuss wusste sie nur nicht, wie sie mit diesem vertrautesten Fremden umgehen sollte, also schloss sie einfach ihre Augen.

„Schlaf noch ein bisschen, ich werde auf dich aufpassen", flüsterte er und küsste ihre Stirn.

Die Müdigkeit übermannte Sunny, und sie nickte gehorsam: „Schlaf auch ein bisschen." Sie drehte sich um und gab die Hälfte des Bettes frei: „Dieses Bett ist breit genug, leg dich auch hin und schlaf ein bisschen."

Der Mann zögerte einen Moment am Bett, zog dann aber vorsichtig seine Schuhe aus und legte sich neben sie. Er lag auf dem Rücken und hielt einen Abstand von einer Faustbreite zu ihr. Dann schien er eine Entscheidung zu treffen, drehte sich um, bewegte sich näher und umarmte sie sanft mit seinen langen Armen. Sie schloss die Augen und bewegte ihren Körper benommen, um eine bequeme Position in seinen Armen zu finden. Ein leichter Kokosmilchduft umgab ihre Nase. Wie vertraut.

Er vergrub sich in ihrem Hals und atmete tief ein. Es war gut, dass sie zurück war. Auch er schloss die Augen: „Schlaf ein, du musst schnell wieder gesund werden, damit wir Weißchen von Awu abholen können."

Als sie diese beiden vertrauten Namen hörte, hatte Sunny, die am Rande des Schlafs war, einen Moment der Klarheit. Sie runzelte die Stirn: „Wer ist Awu?"

Der Mann war inzwischen in einen tranceähnlichen Zustand verfallen. Seit Langem hatte er keinen vernünftigen Schlaf mehr gehabt. Er antwortete instinktiv: „Das ist dein Bruder."

„Und wer ist Weißchen?"

„Das ist unsere Tochter."

„Warum hat sie einen Namen wie ein kleiner Hund?"

„Ihr richtiger Name ist Tiger, Weißchen ist ihr Spitzname."

„Tiger... Tiger... Das klingt wie der Name eines Jungen."

„Das ist, weil du vor vielen Jahren ‚Crouching Tiger, Hidden Dragon' gesehen hast und es sehr mochtest. Du hast gesagt, dass unser Kind diesen Namen tragen soll, egal ob es ein Junge oder ein Mädchen ist."

„Was ist ‚Crouching Tiger, Hidden Dragon'?"
„Das ist ein Film von Ang Lee."
„Mag ich Filme von Ang Lee?"
„Ja…"
Nach dieser Antwort hörte Sunny leichte Schnarchgeräusche. Sie lächelte und schloss die Augen. Sie hatten noch viel Zeit, um gemeinsam in die Vergangenheit zurückzufinden und die Zukunft zu entdecken. Sie legte ihre Hand auf die Hand, die um ihre Taille lag, und schlief langsam ein. Sie hoffte, diesmal einen süßen Traum zu haben.

Glück

Hermann Hesse

Solang du nach dem Glücke jagst,
Bist du nicht reif zum Glücklichsein,
Und wäre alles Liebste dein.

Solang du um Verlornes klagst
Und Ziele hast und rastlos bist,
Weißt du noch nicht, was Friede ist.

Erst wenn du jedem Wunsch entsagst,
Nicht Ziel mehr noch Begehren kennst,
Das Glück nicht mehr mit Namen nennst,

Dann reicht dir des Geschehens Flut
Nicht mehr ans Herz – und deine Seele ruht.

Nachwort

Vor zwei Jahren war mein Arbeits- und Privatleben eine einzige Katastrophe. Ich habe mich über alles und jeden beschwert und wusste, dass ich selbst etwas ändern musste, aber ich wusste nicht, wie. Mein Leben schien außer Kontrolle geraten zu sein und viele der Gefühle, die ich in meinem Buch beschrieben habe, waren damals meine wahren Empfindungen. Ich wünschte mir wirklich einen Engel, der mir helfen würde, mein Leben wieder auf den richtigen Weg zu bringen – nicht langsam, sondern sofort. Natürlich spielte das Leben nicht nach meinen Regeln und es sagte mir, dass ich durchhalten und geduldig sein musste. Im Rückblick denke ich, dass ich in dieser Zeit viel gewachsen bin. Wenn ich nicht durch diese schwere Phase gegangen wäre, hätte ich mich wahrscheinlich nie dazu motiviert, etwas in meinem Leben zu ändern. Ich denke, dass ich jetzt stärker bin als je zuvor – obwohl es etwas spät ist, sich weiterzuentwickeln, ist es immer besser als gar nicht zu wachsen. Jetzt bin ich geistig reifer als früher und nicht mehr so besessen von Dingen wie damals. Ich liebe immer noch die Menschen und Dinge, die ich liebe, aber ich habe gelernt, loszulassen und zu akzeptieren, dass ich nicht alles haben kann.

Dieses Buch ist mein Nachdenken über das Leben und eine Zusammenfassung meiner persönlichen Erfahrungen. Manchmal frage ich mich, warum wir überhaupt leben und wie wir unser Leben gestalten sollen... Obwohl ich noch keine klare Antwort darauf habe, habe ich meine Depression überwunden und verstehe die Bedeutung, das Leben zu schätzen. Ich versuche jeden Tag das Beste aus meinem Leben zu machen. Man sollte immer daran glauben, dass es Engel gibt, die uns beschützen – sei es unsere Familie, Freunde oder Menschen, die uns zufällig begegnen. Auch wenn das Leben manchmal grau und düster erscheint, sollten wir immer an eine bessere Zukunft denken. Das ist nicht nur mein Wunschdenken, sondern auch ein Überlebensmechanismus. Ich bin positiver eingestellt, so lebe ich.

12. Juni 2023 – Hannover

Die Autorin

Jinyan Mao, eine vielseitige Autorin mit einem Hintergrund in Architektur, Medizintechnik und Biomedizintechnik, bringt einzigartige Perspektiven in ihre Literatur ein. Nach ihrem Ingenieurdiplom in Gießen und einem Master in Hannover arbeitete sie über ein Jahrzehnt im medizinischen Produktmanagement. Ihre internationale Erfahrung, einschließlich einer Lehrtätigkeit an der Shi Jia Zhuang Railway University und eines Work & Travel-Aufenthalts in China, prägt ihre Erzählkunst. Fließend in Chinesisch, Deutsch und Englisch vereint Jinyan in ihrem neuen Buch technisches Wissen und kulturelle Einflüsse zu tiefgründigen und bewegenden Geschichten.

Der Verlag

> *Wer aufhört
> besser zu werden,
> hat aufgehört
> gut zu sein!*

Basierend auf diesem Motto ist es dem novum Verlag ein Anliegen, neue Manuskripte aufzuspüren, zu veröffentlichen und deren Autoren langfristig zu fördern. Mittlerweile gilt der 1997 gegründete und mehrfach prämierte Verlag als Spezialist für Neuautoren in Deutschland, Österreich und der Schweiz.

Für jedes neue Manuskript wird innerhalb weniger Wochen eine kostenfreie, unverbindliche Lektorats-Prüfung erstellt.

Weitere Informationen zum Verlag und seinen Büchern finden Sie im Internet unter:

www.novumverlag.com